真愛收信中

THE
GUERNSEY
LITERARY & POTATO
PEEL PIE SOCIETY

瑪麗・安・薛芙　　安妮・貝蘿絲————著
Mary Ann Shaffer　　Annie Barrows

趙永芬————譯

最美妙的關係

袁瓊瓊（知名作家）

　　《真愛收信中》原名是「根西馬鈴薯皮派文學讀書會」，出版社沒有直譯原書名是對的，原來的書名把整本書的內容完全透露了。看到書名，便可以完整地想像這是怎樣的一本書。是的，這本書的背景是「根西島」（Guernsey）。書裡講的是文學與食物，而這個讀書會，事實上，非常之庶民、隨性，參與者主要是為了食物而來，但是一邊品嘗食物之時，多少也就讀了一些「文學」。

　　在書裡，「文學」這兩個字非常難以界定。雖然一般而論，能跟「文學」搭上邊的多少必須具有某種藝術性高度，或者，至少需要有一定的知名度，但是在根西島上，完全不是這麼回事。對於根西島的居民，對於這些「根西馬鈴薯皮派文學讀書會」的成員，「文學」的定義非常簡單，就只是寫在紙上的字而已。

　　某方面來說，這看法也不能說它不正確。所有的文學，高的或低的，偉大的或平凡的，有趣的或嚴肅的，不都也是從寫在紙上的字開始的嗎？

　　由於對「讀書」這件事的理解如此直率單純，因此根西島上的這個讀書會便非常不同於流俗，他們的讀書類型出人意表，他們的讀書態度理直氣壯、滑稽突梯。在他們，讀書這件

事與生活相關，他們以讀書為生活的藉口，又從生活來理解他們的閱讀。說實話，這其實就是讀書的最高境界，如果我們所閱讀的書，無法在我們的人生裡產生共鳴，如果我們的人生，無法在某本書裡得到映照，那麼書只是書，人生只是人生。這樣的閱讀是蒼白的。

《真愛收信中》的特別之處是，它不僅僅是一本書，它是書中有書，書之中有人生故事，書之外也有。

這本書的作者有兩位，分別是瑪麗·安·薛芙和安妮·貝蘿絲。兩個人的關係是姨甥。瑪麗自述是：「因為出乎意料的健康因素，我的工作不得不中斷。」之後的接手者便是安妮。

以關係來說，瑪麗是安妮的長輩，而以寫作資歷來說，安妮已經有過寫作經驗，而這是瑪麗的第一本書。我認為「由某個人開啟，卻由另一個人完成」的這種「合作」模式，在作者絕對是個意外，但奇妙的是，卻正好與書的內容呼應。

這本書裡，一個遠去的作者，開啟了一個現存的作者的人生。而一個過去的愛情故事，完成了現在的一段愛情。這些事，與書有關，也與人有關。

書中的「現在」，其實是一九四六年，第二次世界大戰剛結束不久，百廢待舉。人們無論精神或物質，都正在重建時期。一邊重建城市，一邊也試圖從戰爭期間的無序混亂中重新建立價值感與秩序，並藉以找到人生方向。

這樣沉重的主題，作者卻以一種輕鬆的方式切入。

女主角，這位「親愛的茱麗葉」是個報社專欄作家，算是個小名流。她剛發生了生命中最要命的大事，因為做了逃婚新

娘，成為小報和閒人茶餘飯後的談笑資料，因此目前處在非常不愉快的境地。

她小有成就，既不夠宏大到使她選擇寫作為平生志業，也不夠渺小到甘願屈身去做個平凡的家庭主婦。她過了適婚年齡，但還沒老到不再期待愛情。總之，就是這麼個懸在半空中的女人，在人生的不確定階段之時，收到了一封「讀者」來信。

這封信，有趣的是，對方之所以寫來，與茱麗葉的作家身分沒有什麼關係。他是因為「擁有一本屬於你的舊書而知道你」。想來茱麗葉也像多數愛書人一樣，會在自己最喜歡的書裡留下名字和資訊，以這種「擁有」來標示自己與寫作者的連結。也標示自己的口味。換句話說，這是一封「讀者」寫給「讀者」的信。而兩者的相同之處是，都喜歡同一本書。而這本書是查爾斯・蘭姆的《伊利亞散文選》。

就因為這樣，十九世紀的寫作者蘭姆，在去世一百多年後，依舊連結了遙遠的英倫與根西島，連結了陌不相識的一對男女。

一本書存在，它便能向未來說話，不論多遠的未來。而你永遠無法預測，它能夠如何干預，以及創造了未來。

蘭姆是《真愛收信中》這本書裡一個不存在、但是血肉分明的角色。「喜歡查爾斯・蘭姆」絕對是一個明顯的標籤。他代表了一種非學術性的趣味。代表一種踏實生活，並且喜愛生活的樸質的性情。

十九世紀作家蘭姆是第一個把散文寫作從宏議大論帶到生活層面的作者。在他之前，西方認為「散文」都必須寫有意義

的題目。但是蘭姆是異常之小市民的，試看他某些散文的題
目，就大致可以想見他的生活態度，和他的關心範圍：〈耳朵
逸事〉、〈一個單身漢對於已婚男女言行失當之感嘆〉、〈教
書先生紀事〉、〈有感於京城乞業之蕭條〉、〈論烤豬〉、
〈情人節〉、〈愚人節〉……總之，多數是些小情小事，人人
都有的經歷，人人都有的想法。他這本《伊利亞散文選》風行
百年，至今不衰，其實顯示了人們最關心的，其實還是自己熟
悉的事情。

　　蘭姆一輩子都是上班族，在小公司裡做了三十五年的書
記。薪水微薄，地位卑微，自然沒有能力結婚。姊姊瑪麗・蘭
姆患有躁鬱症，不時發作。當時的人對這種病沒有概念，除了
隔離，沒有別的醫治方式。而蘭姆選擇跟姊姊住在一起，終身
照顧她。在不發病的時候，瑪麗應當也是個貼心的、甚至才華
洋溢的人。姊弟倆合寫過《莎士比亞故事集》，把莎士比亞的
戲劇改寫成故事。但是發病的時候，瑪麗有暴力行為。

　　蘭姆的一生，絕對無法稱之為美好的人生。他的生命裡缺
乏太多於一般人尋常的東西，他沒有錢，沒有機會，甚至沒
有經歷過愛情與婚姻，但是這樣幾乎一無所有的人生，充斥
磨難、毀壞與挫折的人生，蘭姆卻安貧樂道，給了我們幽默溫
暖，對生命興趣盎然的描述與解說。

　　根西島上這群讀書會會員的人生也很類似。這個小島在二
次大戰時為德軍占領，不但物質缺乏，還可能隨時喪失自由、
喪失性命。在這種高壓環境下，人性面對的是極致的淬鍊，雜
質不復存在，人人顯露的是真正本質。如同蘭姆在橫逆人生中

顯露的是樂觀積極和溫暖的本質，根西島上那些真正高貴的靈魂，顯現的也是勇敢和正直的本質。

　　書裡說了許多戰爭的故事。不是戰爭的醜惡和恐怖，而是在這些醜惡和恐怖之下激發的溫暖人性。這說明了在任何一種最惡劣的情況下，我們依舊可以有所選擇。而能夠讓人生快樂和了無遺憾的選擇，永遠只是相互的愛與援助。

　　根西島上這一群直率誠實，個性獨特因而可親可愛的小人物，他們稟直心而活，不受世俗成見的影響。對於那些公認的經典巨作發出的評論，時常令我大笑。

　　除了一個圓滿好看的愛情故事，我覺得這本書裡還傳達了另一種關係，那就是作者與讀者，當作者面對讀者來寫作，而讀者能夠在作者的文字裡看到自己，這是最美妙的關係。不只是單方面的寫作或閱讀，而是彼此分享，進而彼此融合。

用閱讀，走過黑暗、擁抱希望

譚光磊（本書中文版權經紀人）

　　二○○八年三月，《出版家週刊》登了一篇訃聞，悼念病逝家中的美國小說家瑪麗・安・薛芙。出版社登訃聞紀念作者並不稀奇，稀奇的是這位享年七十三歲的薛芙女士不但是「新秀」，而且她的處女作《真愛收信中》根本還沒出版！

　　薛芙究竟何德何能，還沒出道便受到國際文壇矚目？這得從二十年前說起。當時薛芙到倫敦旅遊，順道探訪歐洲最後一個實行封建制度的薩克島（Sark）。薩克島是英屬海峽群島中的一個，靠近法國諾曼地海岸，必須先搭機到根西島方能轉達。

　　就在她抵達根西島聖彼得港的那天，島上起了濃霧，不論船隻或飛機都無法啟航。薛芙決定隔天就回倫敦，當時機場只有她和經理兩人，窗外白茫一片，室內讓人凍得發抖。為了排遣時間，薛芙把機場所有的根西旅遊書都買了下來，並在經理建議下躲進男廁，打開烘手機取暖。

　　就這樣，她愛上了根西島。很少人知道這裡曾被德軍占領，更少人知道二戰期間小島上發生過什麼事。和歐陸上的腥風血雨或英國的恐怖空襲相比，島民所承受的或許不算什麼，可是仔細探究，那段烽火歲月裡的悲歡離合、人世無常，可也一點都不少。回到美國後，薛芙寫信給根西島的報社，詢問還

有沒有相關書籍可看，就這樣持續研究了二十年。

　　薛芙一輩子在書店工作，愛書讀書之餘當然也有寫作夢，只是光說不練，直到讀書會的朋友叫她「要嘛動筆，否則就閉嘴」。一氣之下，她寫了《真愛收信中》證明自己不是空談。小說以書信體寫成，描寫作家茱麗葉和根西島民因為一本舊書而牽起的奇妙友誼。

　　故事從作家茱麗葉離開倫敦，到外地宣傳新書揭開序幕。這位三十出頭的女作家有點脫線，但絕對真誠可愛。二戰期間，她以一篇描寫自己「恐雞症」的文章，贏得報社「女人最怕的東西」徵文比賽，後來應邀在報上開設專欄，用幽默的筆法觀察戰爭期間的人生百態，頗受讀者歡迎，於是由出版社集結成書。

　　出版社老闆席尼很關切她下一本書的寫作計畫，但茱麗葉很無奈地在信中說自己毫無頭緒。這時她收到一封來函，對方說他在二手書店買到一本《伊利亞散文選》，在書中發現她的名字和地址。因為他很喜歡這本書，所以想問問作者蘭姆有沒有其他著作可推薦？是否有人寫過他的傳記？

　　此人名叫道西，是個住在根西島上的農夫。他說在德軍占領期間，《伊利亞散文選》帶給他許多歡笑，尤其是書中關於烤豬的描寫更讓他忍俊不禁。為什麼？因為他們的「根西馬鈴薯皮派文學讀書會」就是因為烤豬而成立的。

　　看到這裡，你一定和茱麗葉一樣好奇。這個讀書會是什麼鬼？又和烤豬有什麼關係？根西島？被德軍占領？什麼跟什麼啊！於是她開始和道西通信，並認識了讀書會的其他成員，例

如在市場擺攤賣藥的女巫伊蘇拉（她養了一隻有幽閉恐懼症又不喜歡男人的鸚鵡），帶著孫子同住的老漁夫艾班，很有貴婦架勢的毛格莉太太，還有假扮貴族騙過德軍的男僕約翰。

這些人性格各異，喜歡的書也不盡相同；有的被《咆哮山莊》嚇得半死，有的從莎士比亞的劇本找到幫助自己活下去的警句，有農夫為了求愛而讀詩，也有人抱著羅馬哲學家塞內卡不放，還有家庭主婦寫食譜！他們的核心人物是一位名叫伊麗莎白的女子，她因緣際會來到小島，與艾班的女兒結為好友，後來戰爭爆發她沒有離開，留下來照顧艾班懷孕的女兒。她本來學畫，後來又捲起袖子當了護士，腦筋靈活、性格率真，讀書會乃是因她而起，可是她卻被德軍逮捕，下落不明。

隨著茱麗葉和島民的情誼日漸深厚，她決定親自一遊，並以德軍占領時期的根西島作為新書主題。她的生命將因此有了意想不到的轉折：她會解開伊麗莎白的失蹤之謎，參與島民的喜怒哀樂，甚至還會找到一生的最愛。

❧

我第一次聽說《真愛收信中》這本書，是在二〇〇六年五月。時值美國書展前夕，我拿著紐約地圖，搭地鐵或者徒步於曼哈頓的街道，到處拜訪客戶，其中之一就是薛芙的經紀人萊莎‧道森（Liza Dawson）。接待我的是萊莎的丈夫、負責版權和財務事宜的哈維斯（Havis）。他一坐下來就跟我說：「我們有本剛成交的大書，共有七家出版社參與競標。」

在萊莎的操盤下，《真愛收信中》成了該年書展的熱門大

書，在海外市場更是搶手到不行。美國版權最後由小說《直覺》的編輯蘇珊·卡彌兒（Susan Kamil）簽下，英國版權由《追風箏的孩子》出版社布倫斯貝瑞（Bloomsbury）拿下，預付金足足是美國版稅的兩倍！消息傳出後不到一個月，這本書已經賣出十國翻譯版權，包括德國、法國、荷蘭、義大利、西班牙、以色列和巴西，全球預付版稅直逼百萬美金。薛芙終於圓了作家夢。

誰知書約簽定之後，薛芙的健康情形就開始走下坡，甚至出現失憶的毛病。修稿進度一延再延，時間一天天過去，各國出版社望眼欲穿，可真是急壞了編輯和經紀人。幸好薛芙的外甥女安妮·貝蘿絲自告奮勇協助修訂文稿，才解決這個問題。貝蘿絲當過編輯，也是童書作家，文風和薛芙原稿中幽默慧點又溫暖的筆觸非常相似。更重要的是，貝蘿絲年輕又風趣，正好解決了薛芙年紀大了不便參與宣傳活動的難題！

二〇〇七年九月，貝蘿絲交出最終版本的稿子，我迫不及待開始讀。在一個萬籟俱寂的失眠夜，我打開電子檔書稿，聽著音樂、模仿英國口音，一字一句唸著稿子。我用一整個週末的時間讀完全書，與書中人物同喜同悲。這個道道地地美國製造的故事，卻有著非常傳神、不時讓人拍案叫絕的英式幽默，就像《查令十字路84號》那樣溫暖有情、詼諧逗趣。

最讓人感受良深的，是薛芙把戰爭期間的人間悲劇轉化成一個個荒謬、甚至有點好笑的事件，雖然迫於無奈、或者令人心痛，可是即便在最身不由己的絕境，我們依然可以選擇勇敢、擁抱希望。《偷書賊》借死神之眼旁觀戰爭，《真愛收信

中》則用書信的格式，透過一群平凡的小島居民，重新肯定閱讀的不朽和人性的不凡。這是一個關於書、關於愛與勇氣、友情和抉擇、歷史與記憶的美好故事。

《真愛收信中》終於排定二〇〇八年暑假隆重在英美上市，可惜薛芙還來不及看到心血印成文字，便在二月撒手人寰。此時試讀版樣書已在英美各地流傳，讀者反應超乎想像地熱烈，布倫斯貝瑞出版社的總編輯說她「從沒見過一本書引起這麼大的迴響」。

半年後，《真愛收信中》正式在美國出版，一推出便橫掃各大排行榜，久久居高不下。全美各地的書店業者彷彿把賣這本書當成一種使命，逢人就推薦，也讓這本書創下在獨立書商協會排行榜連續半年位居前三名的驚人紀錄。到了年底，這本書精裝版印量已經突破五十萬冊，全球賣出二十五國版權，獲選幾乎每一家媒體的年度好書，到目前為止，全球銷量已經超過五百萬冊。

也許薛芙早走了一步，可是她留下了一部讓讀者永遠懷念的作品。

【 推薦文 】

字句的旅程

保溫冰（影評人）

高中時我也交過筆友。挺懷念那段收信、拆信、寫信，由手部動作分隔出日常步調、漸層的日子——截然不同於如今3C橫行，人與人交流看似便捷，卻一個手滑就是攻訐、對立。

故事設於一九四六年二戰剛結束的《真愛收信中》，女作家茱麗葉情繫根西島上的讀書會，一封封文情並茂的通信，串起一幅微妙的人際網脈。那個戰爭煙硝尚未全然散去的時節，他們試以人與人之間的溫暖、良善，將戰火餘炙蓋去。

不單是「寄出的信」，我們也看到電報、字條等覆信軌跡，開展了故事形式特有的「時間／空間」辯證，有時，這些可愛的人們急於掙破未能即時傳達訊息的限制，偏偏囿於書信禮節，字間妙趣橫生。《真愛收信中》拉近作家與讀者的距離，催化我們想像文字一筆一畫形成字義，一行行織就交流，那是文字所初有，最赤誠的樣子。

當信與書，逐漸交疊、合一，不也是一種剪接工具？人們透過字句的旅程，往返剪裁彼此的人生。旅程終點更穿越時空，提醒現今讀者：「您有多久沒對一個人誠懇言說？多久沒有乖乖分段寫一封信，耐心讀一封信？」

你我生存的現下，一支智慧型手機擺平了多少不便，等同消滅掉多少故事橋段；讀完本書，我更加懷念那個純粹、極簡，將好故事穩妥存留下來的年代。

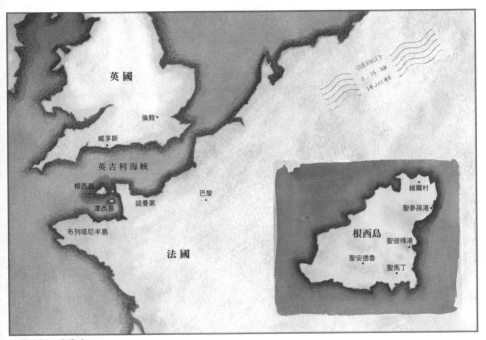

地圖繪製：唐壽南

深情獻給我的母親

埃德娜・費瑞・摩根（Edna Fiery Morgan），

以及

我最親愛的朋友茱莉亞・波比（Julia Poppy）

——瑪麗・安・薛芙

獻給我的母親

辛西亞・費瑞・貝蘿絲（Cynthia Fiery Barrows）

——安妮・貝蘿絲

第 一 部

一月八日，一九四六年

席尼・史塔克社長收

史提芬及史塔克出版社[1]

英國倫敦，聖詹姆斯街二十一號

親愛的席尼：

舒珊・史考特是個奇才。我們賣了四十幾本書，好開心，不過更讓我興奮的是食物。舒珊好不容易買來糖霜與真雞蛋的配給券，做了裝飾蛋糕的甜蛋白霜。倘若她辦的所有文學午餐會都能達到如此極致，我就不在意巡迴旅行促銷新書了。你想，豐厚的紅利有沒有可能激勵她也弄點奶油來呢？我們且試試看……這筆錢你可以從我的版稅裡扣除。

現在得說說我的壞消息。你問我的新書進展如何。席尼，完全沒有進展。

我原本想寫的《英國人的小怪癖》一開始似乎大有可為。一隻英國兔子居然無端引發「過度美化」的撻伐，此等社會畢竟值得大書特書。後來我挖出一張「撲殺有害動物同業工會」的照片，照片裡人人手持標語牌，在牛津市區一條街上遊行抗議，口中高喊：「打倒碧翠絲・波特！」[2]有那樣的照片說

---

1 以下簡稱雙史出版社。

2 碧翠絲・波特（Beatrix Potter, 1866-1943）是英國童書作家與插畫家，系列作品《彼得兔的故事》描述名叫彼得的兔子，以及發生在牠身上的故事。

明，我還有什麼好寫的？一個字也不必。

　　我已無意寫這本書，我的腦子與我的心怎麼也無法投入。縱使畢可史塔夫曾經也仍然是我心愛的化身，我已不想再用同樣的名字寫任何作品，也不再希望別人視我為歡快輕鬆的專欄作家。我承認戰爭期間能逗讀者開懷大笑（或至少會心一笑）並非易事，但我已經不想再寫了。近來我似乎找不到一絲心中的平靜與安寧。老天知道，少了那些是寫不出幽默的。

　　很高興《畢可史塔夫上戰場》能幫出版社賺錢，稍稍紓解安‧勃朗特傳記[3]的慘敗壓在我良心上的負擔。

　　一切多謝了。

愛你的茱麗葉

　　又：我正在讀蒙太丘夫人[4]的書信集。你知道這個陰沉的女人給珍‧卡萊爾寫什麼嗎？「我親愛的小珍，人人生來各有天職。你天生就適合寫迷人的小短箋。」我希望珍吐她口水。

---

3 安‧勃朗特（Anne Brontë ,1820-1849）是英國小說家與詩人，勃朗特三姊妹最小的妹妹。大姊夏綠蒂以小說《簡愛》傳世，二姊艾蜜莉則是《咆哮山莊》。
4 蒙太丘（Basil Montagu, 1796-1862）是英國海軍軍官，蒙太丘夫婦是蘇格蘭作家卡萊爾（Thomas Carlyle, 1795-1881）與太太珍‧卡萊爾（Jane Carlyle）的友人。

一月十日，一九四六年

茱麗葉・艾許登小姐收

倫敦雀西區，格雷街二十三號

親愛的茱麗葉：

　　恭喜！舒珊・史考特說，午餐會上你喜愛觀眾的程度有如醉鬼喜愛蘭姆酒，而他們也一樣喜歡你，所以請別再擔心下週的新書宣傳巡迴旅行了。我從不懷疑你會大大成功。自從十八年前目睹你為〈牧童在居謙谷歌唱〉[5]撼動人心的表演之後，我就知道全場來賓勢必立即為你瘋狂。提點你一件事：或許這回你講完的時候應該克制一下，別再把書砸向觀眾了。

　　舒珊非常期待陪同你造訪巴斯到約克郡[6]，到各家書店促銷新書。當然啦，蘇菲不斷慫恿我把這次旅程一路延伸到蘇格蘭。我以最令人氣結的兄長口吻告訴她再說再說。我知道她想你想得好苦，可是對於這種私心，出版社必須不為所動。

　　我剛剛收到了倫敦與大倫敦區《畢可史塔夫》的銷售數字……真是太棒了。再一次恭喜你！

---

5 〈牧童在居謙谷歌唱〉（The Shepherd Boy Sings in the Valley of Humiliation）是英國牧師作家約翰・班揚（John Bunyan, 1628-1688）的詩作，後經作曲家譜寫成曲。

6 巴斯（Bath）是英格蘭西南部城市，約克郡（Yorkshire）位於英格蘭北部。

別為《英國人的小怪癖》心煩。與其花上六個月時間寫兔子，不如趁現在興味全失之際打住。這個構想雖然乍看之下商機誘人，我卻也同意它勢將難逃一死，而且很快。你會想到其他喜歡的題目的。

動身之前，我們哪天吃個晚餐？跟我說時間。

愛你的席尼

又：你寫的小短箋好迷人。

茱麗葉給席尼的信

一月十一日，一九四六年

親愛的席尼：

好的，好極了！可不可以在泰晤士河畔的什麼地方？可能的話，我要生蠔、香檳和烤牛肉；如果不行，那就雞肉吧。我非常高興《畢可史塔夫》賣得不錯。有沒有好到我不必收拾行李離開倫敦呢？

既然你和出版社把我捧成還算成功的作家，晚餐一定要由我來請。

愛你的茱麗葉

又：那本〈牧童在居謙谷歌唱〉並沒有砸向觀眾。我要砸的是那位朗誦的女士，而且本來想丟到她腳邊，可是丟歪了。

一月十二日，一九四六年

亞歷山大‧史崔臣夫人收
阿蓋爾郡歐本鎮[7]，菲歐農場

親愛的蘇菲：

我當然好想見你，可我是個沒有靈魂、沒有意志的機器人。席尼命令我去巴斯、科契斯特[8]、里茲[9]，還有其他幾個我現在想不起名字的花園城市，實在無法就這麼偷溜到蘇格蘭去，否則席尼肯定會橫眉豎目，眼睛瞇成兩條縫。他會昂首闊步。你也知道每當他昂首闊步的時候，叫人多麼神經緊繃啊！

真希望我能偷偷溜到你家農場去給你好好伺候。你會讓我把腳蹺在沙發上，是不是？然後你會用毛毯把我全身裹得密密實實的，再替我拿杯熱茶。亞歷山大在不在意有人永遠霸占他

---

7 阿蓋爾郡（Argyll）位於蘇格蘭西部，歐本鎮（Oban）是該郡一個靠海的美麗小鎮。
8 科契斯特（Colchester）位於倫敦東北方。
9 里茲（Leeds）為英格蘭北部城市。

的沙發呢？你曾說他是個很有耐性的人，但說不定他會覺得挺討厭的。

我為什麼如此鬱鬱寡歡？想到即將唸我的書給如癡如醉的書迷聽，我應該高興才是。你知道我多愛談書，也知道我多愛聽到讚美。我應該興高采烈才對。然而我卻感到沮喪……比戰爭期間任何時候都更為沮喪。蘇菲，一切都殘破不堪：馬路，房子，人。尤其是人。

或許是昨晚可怕的晚餐聚會造成的後遺症吧。食物糟糕透了，不過那是意料中事。令我喪氣的是那些賓客，真是我此生僅見最最令人洩氣的一群人，嘴裡談的不是炸彈，就是挨餓。你記得莎拉‧莫柯嗎？她也來了，瘦骨嶙峋，渾身都是雞皮疙瘩，搽著血紅的脣膏。以前她不是挺漂亮的嗎？她不是瘋狂迷戀後來跑去劍橋那個騎馬的傢伙？他顯然是消聲匿跡了；她嫁個膚色灰暗的醫生，說話之前舌頭總是喀噠一聲，不過跟我那恰巧也是單身、大概是世上僅存的男伴相較，他其實有如狂野愛情故事的人物一般迷人……噢，老天，我的話多刻薄，叫人聽了多難受啊！

我發誓，蘇菲，我猜我這個人可能大有問題。我認識的每個男人，我都無法忍受。或許我該稍稍降低標準……不必低到喜歡舌頭喀噠響的灰皮膚醫生，但要低一點。我甚至不能怪罪到戰爭頭上。我向來對男人不太在行，是不是？

你想，聖史威辛教堂[10]那名暖爐工人會不會是我的真命天子？既然我從來不曾同他說話，所以不太可能，但至少那股熱情沒有因失望而折損，何況他還有一頭漂亮的黑髮呢。之後，你也記得的，就是「詩人年」了。席尼對那些詩人相當不假辭色。我實在不懂其中原委，當初還是他把他們介紹給我的。然後就是可憐的艾綴安。噢，我不需要把這些可怕的事情說給你聽。可是，蘇菲，我究竟是怎麼了？太過於苛求嗎？我不想為結婚而結婚。跟一個說不上話，更糟的是，一個無法默默相對的人度過餘生，我想不到還有什麼比這更叫人感到寂寞。

　　這封抱怨連連的信多麼可怕啊。你瞧，我這趟不去蘇格蘭讓你鬆了一口氣吧？不過我也可能會去……我的命運握在席尼手中。

　　替我親多米尼一下，跟他說，我那天看見一隻像小獵犬一般大的老鼠。

　　　　　　　　　　　　愛亞歷山大但更愛你的茱麗葉

---

10 聖史威辛教堂（St. Swithin's）是倫敦市一間英國聖公會教堂。

一月十二日，一九四六年

茱麗葉‧艾許登小姐收

倫敦雀西區，歐克來街八十一號

親愛的艾許登小姐：

　　我名叫道西‧亞當斯，住在根西島聖馬丁教區我的農場。我因為擁有一本曾經屬於你的舊書而知道你，這本書叫做《伊利亞散文選》，作者的真實姓名是查爾斯‧蘭姆[11]。你的名字與地址寫在封面內頁。

　　請容我坦白相告：我深愛蘭姆的作品。這本書名為《散文選》，因此我很好奇，這是否意指他還寫過其他文章，所以才可能從中挑選？我很想讀這些文章，雖然如今德國軍隊已經撤離，根西島上卻不剩一家書店。

　　我想請求你好心為我做件事。可否寄給我倫敦任何一家書店的店名與地址？我希望郵購更多蘭姆的作品。我也想問，有沒有人寫過他的生平事蹟？倘若有的話，可否替我找一本呢？我揣想蘭姆先生儘管心思聰穎靈活，但他一生之中肯定曾經遭

11　查爾斯‧蘭姆（Charles Lamb, 1775-1834）是英國散文作家，他不像先前散文家好議時論，而是書寫生活，風趣動人。著有《伊利亞散文選》（*Selected Essays of Elia*），並與其姊編纂給兒童看的《莎士比亞故事集》（*Tales from Shakespeare*）。

逢極大的傷痛。

在德軍占領時期，蘭姆令我發笑，尤其是他寫的關於烤豬的文章。「根西馬鈴薯皮派文學讀書會」之所以誕生，就為了我們不得不隱瞞德軍的一頭烤豬，因此我感覺同蘭姆先生十分投契。

很抱歉這麼麻煩你，但如果不能深入認識他的話，我會感到更遺憾的，由於他的文章，我已成為他的朋友。

希望沒有造成你的困擾。

道西‧亞當斯

又：我的朋友毛格莉太太也買到一本曾經屬於你的書冊，書名叫做《有燃燒的荊棘嗎？為摩西與十誡辯護》[12]。她喜歡讀你寫在書頁天地左右的眉批：「是上帝的話語，抑或要控制群眾???」你有沒有決定究竟是哪一個？

---

12 耶和華的使者曾顯現於燃燒的荊棘中，向摩西傳遞曉諭。典出《聖經》出埃及記第三章。

一月十五日，一九四六年

道西・亞當斯先生收

根西島聖馬丁區，布維路，弗拉宏宅

親愛的亞當斯先生：

　　我已搬離歐克來街，不過很高興你的信還是找到了我，我的書也找到了你。與《伊利亞散文選》別離令我傷心至極。我有兩本，而且非常欠缺書架的空間；賣掉它的時候，我自覺像個叛徒，但你已經讓我的良心得到安慰。

　　我好想知道此書如何在根西島落腳？也許書具有某種循路回家的神秘本能，讓它們一一找到完美的主人。果真如此的話，又該叫人多麼開心。

　　我最愛翻遍一家又一家書店找書，因此一收到你的信，我立刻跑了一趟賀氏父子書店。我是這家書店好幾年的老主顧，總能在裡頭找到一本想要的書……然後又發現三本我還不知道自己想要的書。我告訴賀老闆說你要一本乾淨、書況不錯（而且不是珍本）的《伊利亞散文選之二》。他會把書另外郵寄給你（連同收據），而且很高興你也是蘭姆的愛好者。他說，蘭

姆的傳記以盧卡斯[13]寫的最出色，他會替你搜尋一本，不過可能得耗上一點時間。

同時，你願不願意接受我這個小禮物呢？這是他的《書信選集》。關於他的事，我想這本書能告訴你的多於任何傳記。盧卡斯聽來太過莊嚴隆重，不可能收錄我最愛蘭姆的一段話：「呵，呵，呵，哈，哈，哈，啾，啾，啾，呼，呼，呼，喀隆，喀隆，喀隆，鏗鏘！我終於落到必然遭受譴責的地步。連續喝酒喝了兩天，我已經喝得太多。我發現我的道德意識已經消耗殆盡，宗教意識也越發微弱。」你可以在《書信選集》裡找到這段文字（在二四四頁）。我頭一次讀蘭姆就是讀這一段，而且我不得不慚愧地說，當初會買那本書，是因為我在什麼地方讀到有個名叫蘭姆的人，他曾去探望因「毀謗威爾斯王子」而入獄的朋友杭特[14]。

蘭姆在那兒幫杭特把牢房天花板油漆成藍天白雲，之後又在一面牆上畫了順著格子棚架攀爬而上的薔薇。後來我還發現，儘管蘭姆自己已經夠窮了，他還拿錢接濟杭特在監獄外的家人。蘭姆也教會杭特的小女兒倒過來唸祈禱文。像這樣的一個人，當然讓人很想徹底了解。

我就是為此而熱愛閱讀：一件小事使你對一本書感興趣，

---

13 盧卡斯（Edward Verrall Lucas, 1868-1938）是英國作家。
14 杭特（Leigh Hunt, 1784-1859）是英國散文家、詩人、作家，因攻擊威爾斯王子是一個「五十歲花花胖公子」而被監禁兩年。

接著那件小事將你帶往另一本書，然後書裡頭又一件小事將你帶往第三本書，就這樣曲折前進⋯⋯沒有止境，除了純粹的樂趣之外，完全沒有其他理由。

封面上看著像血的紅色汙漬正是血跡沒錯。我用裁紙刀時太過大意了。隨書附上的明信片印有蘭姆朋友赫茲里特[15]筆下的蘭姆畫像。

如果你有時間跟我通信，可否回答幾個問題？其實是三個問題。為什麼烤豬晚餐必須保密？為什麼一隻烤豬使你們發起這麼一個文學讀書會？還有最迫切想知道的是：什麼是馬鈴薯皮派？你們的讀書會又為什麼以它命名？

我在倫敦雀西區格雷街二十三號分租一間公寓。歐克來街的房子雖然已於一九四五年遭炸燬，但仍令我念念不忘。歐克來街真是美妙極了，我能從三扇窗前望見外面的泰晤士河。我知道自己能住在倫敦任何地方已經十分幸運，但我寧可抱怨，也不願覺得知足。很高興你想到找我幫你搜尋《伊利亞》。

茱麗葉・艾許登敬上

又：關於摩西，我一直無法打定主意，仍然為之困擾。

---

15 赫茲里特（William Hazlitt, 1778-1830）是英國散文作家與文學批評家。

一月十八日，一九四六年

親愛的席尼：

這不是一封信，而是道歉函。請原諒我百般抱怨你為《畢可史塔夫》安排的茶會與午餐會。我罵你暴君是不是？我收回……真高興出版社派我離開倫敦。

巴斯是個壯麗輝煌的城市，矗立著漂亮的白色新月形建築，不像倫敦陰暗的黑色建築或（更糟的）一堆堆原本是建築物的斷瓦殘礫。呼吸著乾淨、新鮮、沒有煤煙與灰塵的空氣真是好幸福。天氣雖然寒冷，但不像倫敦那樣又濕又凍。哪怕是街上的行人看來也不太一樣，個個站得直挺挺的，如同他們的房子，不像臉色灰敗的倫敦人，還駝著背。

舒珊說，參加艾柏特餐館新書茶會的賓客感覺很盡興，而我知道我也是。我才花兩分鐘就鬆開了黏在上顎的舌頭，開始玩得好開心。

舒珊和我明天要去科契斯特、諾維奇[16]、金斯林[17]、布雷福德[18]與里茲的書店。

愛你也謝謝你的茱麗葉

---

16 諾維奇（Norwich）是英格蘭東部諾福克郡的城市。
17 金斯林（King's Lynn）是諾福克郡的歷史城鎮。
18 布雷福德（Bradford）是英格蘭北部西約克郡的城市。

一月二十一日，一九四六年

親愛的席尼：

　　坐夜車實在美妙極了！不必站在走廊上好幾個小時，不必為了另一列火車經過而轉換軌道，而最棒的是：沒有密不透光的窗簾！我們經過的所有房屋窗戶都亮著燈，於是我又可以盡情窺探。戰時我最想念的就是這個了。我覺得我們彷彿都變成各自在地道裡竄來竄去的地鼠。我不認為自己真是偷窺狂，他們愛偷看臥室風光，令我興奮的卻是客廳或廚房裡的家人。只要看一眼他們的書架，或書桌，或點燃的蠟燭，或色彩明亮的沙發靠墊，我便能想像他們的一生。

　　今天耕種者書店有個惡劣又高傲的人。我談完《畢可史塔夫》之後，問大家有沒有問題。他立刻從座位蹦起來衝到我面前，幾乎跟我鼻子碰鼻子；他質問我說，以我區區一名女子，竟膽敢玷汙畢可史塔夫的英名？「真正的畢可史塔夫不僅是著名的新聞工作者，更是十八世紀文學神聖的中心與靈魂；他儘管已經去世，你卻褻瀆了他的名聲。」

　　我還來不及說隻字片語，後排一位女士一躍而起。「噢，快坐下吧！你不能褻瀆一個從來就不存在的人！他並沒有死，

因為他從來沒活過！畢可史塔夫是艾迪生[19]為他在《觀察者》週刊[20]的專欄取的一個假名！艾許登小姐想用什麼假名都好，所以給我閉嘴！」好英勇的守護者！後來那人匆匆離開書店。

　　席尼，你知道一個名叫「小馬肯・雷諾」的男人嗎？不知道的話，可否替我查查看《名人錄》、《英國土地調查清冊》或是倫敦警察廳？這些都查不到的話，說不定在電話簿便能找到。他送一束美麗的各色春天花朵到我在巴斯住的旅館，一打白玫瑰送上我搭的火車，又送一堆紅玫瑰到諾維奇……全都沒寫字，只有一張他的名片。

　　說到這個，他怎麼知道我和舒珊會在哪裡過夜？又怎麼知道我們搭哪班火車？他所有的花都在我抵達時送到。真不知道我該覺得受寵若驚，還是遭人追捕？

愛你的茱麗葉

19　艾迪生（Joseph Addison, 1671-1719）是英國散文作家與詩人。
20　《觀察者週刊》（*Spectator*）是英國歷史悠久的時事週刊

一月二十三日，一九四六年

親愛的席尼：

　　舒珊剛剛給我《畢可史塔夫》的銷售數字……我簡直無法相信。我真的以為大家早已極度厭倦戰爭，沒有人想回憶那段過去，尤其不想藉書憶往。好開心你又對了一次，而我是錯的（承認這一點讓我難過得半死）。

　　旅行、對如癡如醉的聽眾演講、簽書、認識陌生人，確實令人振奮。我見到一些婦女對我述說她們的戰時故事，我幾乎希望自己還有專欄可寫。昨天我同諾維奇一位女士盡興閒聊，她有四個妙齡女兒，而就在上星期，她大女兒受邀到城裡一所軍校參加茶會。她身穿最標緻的衣裳，戴上潔白無瑕的手套，款款移步來到學校，兩腳跨過門檻，朝面前滿坑滿谷、容光煥發的軍校男生臉龐望了一眼……隨即昏死過去！可憐的孩子，她這輩子從來不曾在同個地方看見那麼多男人。你想想，一整個世代在成長期間沒有舞會、茶會或是調情啊。

　　我好喜歡逛書店和認識賣書的人，他們絕對是另類人種。頭腦正常的人絕不肯當書店職員、拿那樣的薪水。頭腦正常的人更不肯當書店老闆，利潤實在少得可憐，因此想必是為了喜愛讀書人與讀書才甘之如飴……此外還有先睹新書之快吧。

　　記得你妹妹和我在倫敦的第一份工作嗎？在脾氣乖戾的霍

克先生那間二手書店？我多愛他啊！他不過就是打開一箱書，遞一、兩本給我們，說：「不准掉菸灰，兩手要乾乾淨淨……還有，看在老天份上，茱麗葉，不准寫眉批！蘇菲，親愛的，別讓她邊讀書邊喝咖啡。」於是我倆就拿新書去讀了。

當時我已感到不可思議（現在仍然如此），竟有那麼多人逛到書店來，卻不十分知道自己在找什麼書，只想東看西看，希望瞧見一本讓他們心動的書。但是他們也夠精明，不會輕信出版書商的誇大宣傳，所以他們會問書店職員三個問題：一、這本書在說什麼？二、你讀過了嗎？三、書好不好看？

真正徹頭徹尾的賣書人，就像蘇菲和我，是說不了謊的。我們的表情總會洩底。挑起的一道眉稜或是輕咬的嘴脣，透露出一本書並不怎麼樣，那位聰明的顧客便改而請我們推薦另一本書。於是我們押著他們來到某一本特別的書前面，命令他們讀讀看，如果讀了深惡痛絕，他們以後絕不會再來。但如果喜歡的話，他們將會是一輩子的顧客。

你有沒有在記筆記？你應該記下的：出版商應該不只寄一本書到書店供讀者翻閱，而是寄上好幾本，讓所有店員都先讀過才是。

希頓先生今天告訴我，《畢可史塔夫》是一份頗為理想的禮物，既適合送給喜歡的人，也適合送給不喜歡但又不得不送禮的人。他還信誓旦旦地說，有三成的書都是拿來當禮物餽贈的。三成？他有沒有撒謊啊？

舒珊有沒有跟你說，除了我們的巡迴旅行之外，她還搞定了什麼？我！我認識她不到半小時，她便告訴我說，我的化粧、衣著、頭髮和鞋子單調又乏味，無一例外；難道我沒聽說戰爭結束了嗎？

　　她帶我去海倫娜夫人那兒剪頭髮；如今我頂著一頭短短的捲髮，而非長長的直髮。我也染了較淡的髮色，舒珊與夫人說這樣更能突顯我「美麗的金栗色捲髮」，但我心知肚明，那是為了掩蓋埋藏其中的灰髮（四根，我數過）。我還買了面霜、好好聞的護手乳液、一管新脣膏與睫毛夾，每次夾睫毛的時候，我都成了鬥雞眼。

　　後來舒珊建議我穿件新衣裳。我提醒她，尊貴的女王身穿一九三九年的行頭照樣開開心心，我怎麼就不行？她說女王不用給陌生人深刻印象，我卻不同。我自覺有如叛徒般愧對女王與國家；正經女人絕對不會有新衣裳可穿……可我一見到鏡中的自己便忘了這回事。這是四年來我的第一件新洋裝，好美麗的洋裝啊！那布料的顏色和成熟的水蜜桃一模一樣，可愛的皺褶隨著我的走動而撒開。店員說它有「法國的時尚感」，我若買了穿上也會有的。於是我就買了。新鞋不得不等一會兒，因為我幾乎把一年的衣服配給券都花在洋裝上了。

　　由於舒珊、我的頭髮、臉龐和衣服的關係，我不再像個無精打采、蒼老不堪的三十二歲女人。現在的我活潑有勁、華麗時髦，站在時尚的尖端，看來只有三十歲。

至於我有新衣裳卻沒有搭配的新鞋，你不覺得戰後實施的配給制比戰時更嚴苛這事很駭人聽聞嗎？我了解全歐洲有成千上萬的人民要吃要住要穿，可是我忍不住暗暗憤恨其中有那麼多德國人。

　　我仍然想不到寫書的點子，而且漸漸覺得心灰意冷。你有沒有什麼建議？

　　既然這會兒我在滿北邊的，今晚我打算給蘇格蘭的蘇菲打個長途電話。你要不要帶個話給妹妹？妹婿？外甥？

　　這是我寫過最長的一封信……你不必投桃報李。

愛你的茱麗葉

 舒珊‧史考特給席尼的信

一月二十五日，一九四六年

親愛的席尼：

　　別相信報紙的報導。茱麗葉並沒有慘遭警方戴上手銬逮捕入獄，僅僅只有一名布雷福德警察責備她兩句罷了，而且還是一臉的忍俊不住。

　　她的確朝季伯特丟了茶壺，但可別相信他說的什麼他被燙傷了；茶水是冷的。況且根本沒有直接命中，頂多擦到茶壺邊邊一下。旅館經理甚至不許我們賠償損失，因為茶壺只砸出一

個凹痕。他倒是被季伯特的驚聲尖叫逼得非報警不可。

實情是這樣的，而我願意負全責。我應該拒絕季伯特訪問茱麗葉的要求，明知道他是個多麼可憎的人，一條油腔滑調、在《倫敦吶喊報》[21]上班的蟲。我也知道他和他的雜誌社多麼忌妒《觀察者》週刊「畢可史塔夫」專欄的成功，又多麼忌妒茱麗葉。

我們剛剛從布萊迪為茱麗葉舉辦的文人宴會回到旅館。我倆都累了（也志得意滿），這時季伯特突然從大廳椅子上冒出來，懇求我們跟他一塊兒喝茶，懇求「我國妙不可言的艾許登小姐……或者應該說是英國土生土長的畢可史塔夫」首肯來一段小小的訪問？單單是他的過度諂媚，我就應該有所警覺，但我卻沒有，我只想坐下，為茱麗葉的成功洋洋得意，吃頓豐盛的茶點。

所以我們坐下了。訪談還算平順，正當我有點心神恍惚的時候，忽然聽見季伯特說：「……你自己不也算是戰時死了丈夫的寡婦嗎？更確切地說，幾乎成了寡婦，等於是了。你本來是不是要同一位羅伯·達崔中尉結婚？婚禮都已經安排好了，不是嗎？」

茱麗葉說：「季伯特先生，對不起，請你再說一次。」你也知道她多有禮貌的。

---

21 典出狄更斯小說《孤雛淚》（*Oliver Twist*），竊盜集團頭子會讀《倫敦吶喊報》（*The London Hue and Cry*），主要刊載社會新聞與警方通緝令。

「我沒搞錯，是不是？你跟達崔中尉的確申請了結婚許可證，你們也的確約好一九四二年十二月十三日上午十一點到雀西區戶籍登記處註冊結婚。你們的確在麗池大飯店訂下午宴的位子……只是這三個地方你都沒有現身。顯然你是在婚禮的殿堂上甩了達崔中尉，可憐的傢伙……害他孤單又屈辱地回到船上，懷著一顆破碎的心航向緬甸。短短不到三個月之後，他便命喪他鄉。」

　　我坐直起來，嘴巴張得開開的，只能眼睜睜看著茱麗葉試圖保持客氣的口吻：「我並不是在婚禮的殿堂上甩了他，而是在前一天。他也沒有受辱，反倒覺得如釋重負。我只告訴他，我終究還是不想結婚。相信我，季伯特先生，他離開的時候開心得很，心想總算擺脫掉我了。他才沒有孤單又哀傷地潛回船上，他立刻跑到俱樂部去跟貝琳達跳了整夜的舞。」

　　席尼，季伯特雖然驚訝卻不氣餒。那種鼠輩從來不會，是不是？他迅速嗅到一則更加香豔刺激的報導可以貢獻給他的雜誌社了。

　　「噢……呵！」他嘻嘻假笑著，「那他又是怎麼了呢？酗酒？其他女人？還是有那麼點王爾德[22]的癖好？」

　　茱麗葉就是在那時候擲的茶壺。你可以想像此舉引發的騷動，大廳裡滿是喝茶的人。我敢說報社就是如此得知消息的。

---

22 王爾德（Oscar Wilde, 1854-1900）是愛爾蘭劇作家、小說家與詩人，生前頗具盛名，曾因與男人之間的關係入獄兩年。

我認為他的大標題「畢可史塔夫再上戰場！記者於旅館茶會遭擊受傷」稍嫌嚴厲，不過還算不賴。可是「被茱麗葉辜負的羅密歐——一個在緬甸殞落的英雄」，哪怕低劣如季伯特和《吶喊報》，都太令人不齒了。

茱麗葉擔心自己可能讓雙史出版社大為尷尬，不過羅伯·達崔的名字給人這樣說三道四，她是真的覺得反胃透了。無論我如何努力，她只肯告訴我說羅伯·達崔是個好人，一個非常好的人，這一切完全不是他的錯，實在不該有此下場！

你認得羅伯·達崔嗎？當然，酗酒、王爾德那檔子事純粹子虛烏有，可是茱麗葉為什麼取消婚禮？你知道為什麼嗎？你知道的話會告訴我嗎？當然不會；我真不知道何必要問。

流言蜚語自然會漸漸平息，可是茱麗葉非得待在倫敦默默承受嗎？我們是否應該拉長旅程到蘇格蘭？我承認我對此事也是左右為難；我們在蘇格蘭的銷售數字十分可觀，不過茱麗葉已經賣力出席那麼多場茶會與午餐會，站在一屋子的陌生人面前稱讚自己與自己的書並不容易。她不像我習慣於這種刺激的宣傳活動，我想她已經非常疲累。

星期日我們將到里茲，屆時請告訴我們去不去蘇格蘭。

季伯特當然可鄙可恨，我希望他得到報應。但他也把《畢可史塔夫上戰場》推上了暢銷書排行榜，我還真想給他寫張感謝函呢。

匆匆落筆的舒珊

又：你查出馬肯‧雷諾是誰了嗎？他今天給茱麗葉送來多如樹林的茶花。

茱麗葉給席尼的電報

非常抱歉讓你與雙史出版社難堪。愛你的茱麗葉

席尼給茱麗葉的信

一月二十六日，一九四六年

茱麗葉‧艾許登小姐收
里茲市城市廣場，女王旅館

親愛的茱麗葉：

別為季伯特煩心，你並沒有讓出版社難堪。我只遺憾茶水沒有更燙一點，你也沒有丟低一點。報界催逼我針對季伯特最新的扒糞文章發表聲明，我打算交給他們一篇。別擔心，我要談的是這個墮落時代的新聞事業，與你或羅伯‧達崔無關。

我剛剛才跟舒珊說去不去蘇格蘭的事。雖然明知蘇菲永遠不會原諒我，我還是決定不去。新書的銷售數字正在上升……

竄升⋯⋯我認為你們應該返回倫敦。

《泰晤士報》想請你在報紙的文學副刊寫一篇長文，是三篇文章的第一篇，他們計畫在報上連載。至於要寫什麼題目，還是讓他們嚇你一跳吧，不過這會兒我可以答應你三件事：他們希望由茱麗葉‧艾許登執筆，而非畢可史塔夫；主題嚴肅；他們所提的報酬，意謂著你可以整年天天把整間公寓塞滿鮮花、買一床緞料的被子（吳爾登勛爵[23]說，不需要等房子被砲彈夷為平地才能買新的床罩），以及買一雙真正的皮鞋⋯⋯要是你找得到的話。我的配給券可以給你。

《泰晤士報》這篇稿子到春末才要交稿，我們多的是時間可以一起想想你的下一本書。這些都是快快回來的好理由，不過最要緊的是我想念你。

現在說到小馬肯‧雷諾，我確實知道他是誰，《英國土地調查清冊》也幫不上忙，因為他是美國人。他是老馬肯‧雷諾的兒子，老雷諾曾壟斷美國的造紙廠，現在僅僅大半數的工廠還是他的。小雷諾心向藝術，不想為製造紙張弄髒一雙手，於是改而在紙上印刷。他是個出版商。《紐約雜誌》、《文字》雜誌、《觀點》雜誌都是他的，另外還有幾家比較小的雜誌社。我早知道他人在倫敦，官方說法是他為了《觀點》雜誌倫敦辦事處的開幕而來，不過也有傳言說他已決定出版書籍，所

---

23 吳爾登勛爵（Lord Woolton, 1883-1964）是英國商人與政治家。

以才來討那些夢想在美國揚名立萬的英國頂尖作家的歡心。我不曉得他的招數還包括送玫瑰與茶花，但我並不訝異。他向來具有過人的精神，即我們稱為「厚臉皮」、美國人稱為「勇於嘗試」的精神。等你見到他就知道了，他能讓比你更強悍的女人撤除心防，包括我的秘書在內。我要很抱歉地說，你的行程和地址就是她給的。那個傻女人覺得他看來好浪漫，身穿「好漂亮的西裝和手工鞋」。老天爺！她似乎無法理解違反機密的概念，所以我不得不開除她。

　　他的目標是你，茱麗葉，毫無疑問。要不要我跟他決鬥一場？他絕對會要了我的命，所以我寧可不要。親愛的，我不能保證你揚名立萬，甚至連奶油都保證不了，不過你確實知道你是雙史出版社（尤其是史塔克）最鍾愛的作家吧？

　　你回家第一個晚上共進晚餐？

愛你的席尼

一月二十八日，一九四六年

親愛的席尼：

好，樂於和你共進晚餐。我會穿上我的新衣裳，像小豬似的大吃大嚼。

真高興季伯特和茶壺的事沒讓出版社難堪，我挺擔心的。舒珊建議我也針對羅伯‧達崔向新聞界發表「鄭重的聲明」，說明我們沒有結婚的原因。這我絕對做不到。我真的不在意自己看起來像個傻瓜，即使羅伯會因此而不那麼難堪。可是會的……他當然不是傻瓜，聽起來卻會是那樣。我寧可什麼話也不說，一副不負責任、輕浮古怪的冷血壞女人模樣。

可我希望你知道原因……我以前曾告訴你這件事，不過一九四二年你即將隨海軍出征，因此你從未見過羅伯。連蘇菲也沒見過他，那年秋天她在布雷福德，後來我逼她發誓保密。我越是拖延不說，你知不知道這件事也變得越來越不重要，尤其是當初莫名其妙的訂婚更暴露出我的愚蠢與不明事理。

我以為我戀愛了（那是最悲哀的部分，就是我自認戀愛的想法）。為了準備跟丈夫分享我的家，我挪出空間，免得他自覺像個來訪的阿姨。我清出一半的抽屜櫃、衣櫥、藥櫃與書桌，還把我的軟墊衣架送人，另外買了一些沉沉的木頭衣架。我拿開床上的怪物擺飾束諸閣樓。這會兒我的房子不再是單身

公寓，而是準備給兩人住的。

　　婚禮前一天下午，羅伯把他最後一批衣服與雜物搬進我家的時候，我跑到《觀察者》週刊交一篇畢可史塔夫文章。事情辦完之後，我飛奔回家，衝上樓梯，一打開門就發現羅伯坐在我書架前面的矮凳子上，身邊堆滿紙箱。他正用膠帶與繩子封起最後一個紙箱，那兒一共有八個紙箱：我的書全都封在八個紙箱裡面，準備搬進地下室！

　　他抬起頭來說：「哈囉，親愛的。別在意這一團亂。搬家工人說會幫我把這些搬到地下室。」他朝我的書架點點頭說：「看起來是不是棒極了？」

　　哦，我啞口無言，實在太震驚了！席尼，每一個書架，我原來放書的地方，此刻擺滿了運動獎盃：銀盃、金盃、藍玫瑰花獎章、紅緞帶。各種運動獎座應有盡有，只要是用木製品玩的都有：板球球棒、壁球球拍、網球拍、船槳、高爾夫球桿、乒乓球拍、弓箭、撞球桿、長曲棍球桿、曲棍球桿、馬球球桿。還有男人可以獨自或騎馬跳越的比賽得到的各種獎盃雕像。接下來是裱裝的證書：某年某月某日擊中最多的鳥、獲得賽跑第一名，或是與蘇格蘭隊一場辛苦的拔河比賽撐到最後一刻仍站著的唯一一人。

　　我只能尖聲吼叫：「你膽大包天！你幹了什麼好事?!把我的書放回去！」

　　事情就是這麼開始的，最後我說了些話，意思是我絕不可

能嫁給一個視打小白球與打小鳥為幸福極致的男人。羅伯反脣相譏，罵我是討厭又愛炫耀學問的女人與潑婦。一切就此每況愈下，我們唯一的共通想法可能就是：我倆這四個月以來究竟都在聊些什麼？的確，究竟都在說什麼呀？他哼啊哈的噴著鼻息……然後就走了，我隨即開箱拿書。

　　還記得去年有個晚上你來火車站接我，跟我說我家被炸為平地的事嗎？你以為我當時氣瘋了才笑個不停？其實不是……我是因為其中的諷刺意味才笑成那樣。要是當時讓羅伯把我的書都存放在地下室，那些書仍然還是我的，一本不少。

　　席尼，由於我們長年的友誼，你不必針對此事發表評論，完全不必。其實我寧可你什麼話也不說。

　　謝謝你查出小馬肯‧雷諾的來歷。到目前為止，他的甜言蜜語完全是借花獻佛，我仍然忠於你與大英帝國。不過對於你的秘書，我真的感到同情與心疼，希望他送給她玫瑰作為補償，因為倘若給我看見那雙漂亮的手工鞋子，我也沒把握自己能否把持得住。如果真的跟他見面的話，我會小心不去注意他的腳……否則我就先把自己綁在旗竿上偷看，像奧德修斯[24]那樣。

　　感謝你讓我回家。我非常期待《泰晤士報》的系列文章計

---

24 奧德修斯（Odysseus）是荷馬史詩《奧德賽》主角，航行中面臨海妖魔音攻擊，便命令水手將他綁在船桅桿上、塞入耳塞，以免受魔音引誘、直奔海妖島而亡。

畫。你要不要以蘇菲的人頭擔保題目絕不會無聊？他們該不會要我寫溫莎公爵夫人[25]吧？

愛你的茱麗葉

一月三十一日，一九四六年

親愛的蘇菲：

謝謝你匆匆來里茲看我，言語無法形容當時我有多麼迫切需要看見一張友善的臉。我真的差一點就要偷偷歸隱雪特蘭群島[26]度過餘生。你能來真是貼心。

《倫敦吶喊報》筆下的我被人五花大綁帶走實在太過誇張，我甚至沒有遭到逮捕。我知道多米尼寧可有個關在牢裡的乾媽，可他這回也只能接受很不戲劇化的事實。

我跟席尼說，對於季伯特無情、不實的指控，我唯一能做的就是保持莊嚴的靜默。席尼說如果我想這麼做的話沒問題，不過出版社卻不能善罷甘休！

為了對抗季伯特那種垃圾，以維護《畢可史塔夫》、茱麗

---

25 英王愛德華八世愛上美國女性辛普森夫人，不惜為她退位而成溫莎公爵，這在英國是茶餘飯後的熱門話題。
26 雪特蘭群島（Shetlands）位於遙遠的蘇格蘭北部。

葉‧艾許登與新聞界本身的名譽，席尼召開了一次記者會。這事有沒有登上蘇格蘭的報紙呢？如果沒有的話……在此報告精采高潮。他罵季伯特是個心胸扭曲的奸詐小人（喔，可能不是一字不差啦，不過他的意思十分清楚），不但滿口謊言，又懶得查證事實，而且愚蠢透頂，渾然不知他的謊言已經嚴重戕傷新聞界的高貴傳統。好窩心。

蘇菲，有哪兩個女孩（現在是女人了）能擁有比你哥哥更好的同伴呢？我想沒有。他的演說棒極了，不過我得承認心中仍有幾分忐忑。季伯特是條狡猾的蛇，我不相信他會一聲不吭地乖乖溜走。舒珊卻說，季伯特不過是個討人厭的膽小鬼，絕不敢報復的。希望她說得對。

　　　　　　　　　　　　　　　愛你們大家的茱麗葉

又：那個人又送我一大把蘭花。我開始緊張地皮跳肉顫，等他從躲藏的地方現身。你猜這會不會是他的策略？

一月三十一日，一九四六年

親愛的艾許登小姐：

你的書昨天寄到了！你真是好心的女士，我衷心感謝你。

我在聖彼得港[27]有一份工作，負責卸船貨，因此可以趁喝茶休息的時間讀書。能夠喝到真正的茶、吃到塗奶油的麵包實在福氣，如今……還有你的書。我喜歡這本書，因為封面是軟的，上那兒都能攏在口袋裡，不過我得小心別太快把書讀完。我很珍視書裡那張蘭姆的圖片，他的頭挺好看的，不是嗎？

我想跟你通信，也會盡可能回答你的問題，雖然比我會說故事的大有人在。我要跟你說說我們烤豬晚餐的事。

我有父親留給我的一間農舍與一座農場。戰前我養豬，為聖彼得港的市場種蔬菜，為科芬園[28]種花。我也常常做木工和蓋屋頂。

現在豬全沒了，德國人把牠們拿去餵養歐陸的德軍，還命令我種馬鈴薯。他們叫我們種什麼就種什麼，其他免談。我們起初還不那麼了解德國人，以為可以偷偷養幾頭豬……給自己吃，可是給農業部的官員聞出味道，又把牠們抬走了。喔，那

---

27 聖彼得港（St. Peter Port）是根西島首府。
28 科芬園（Covent Garden）是倫敦最早的露天花卉蔬果市集，現今蛻變為手工藝品市集和街頭藝人表演場所，並有許多特色餐廳和個性商店。

是一大打擊，但我以為應該過得去，因為馬鈴薯與白蘿蔔多的是，而且當時還有麵粉。可是人的心思怎麼會不斷轉向食物呢？真是叫人莫名其妙。吃了半年的白蘿蔔和有一頓沒一頓的豬軟骨之後，我滿腦子想的都是美味豐盛的一餐。

一天下午，我的鄰居毛格莉太太給我捎來一張字條，上面說快拿一把殺豬刀過去。我設法不讓自己心中升起希望……但我還是飛快趕赴她的宅邸。結果是真的！她有一頭豬，偷偷養的，而且她邀請我和她與她的朋友共進大餐！

我成長期間向來話不多，我講話結巴得屬害，不習慣於餐會。老實說，我頭一次受邀就是毛格莉太太的餐會。我說好，因為我想著烤豬，但又多麼希望能把我那塊肉帶回家吃。

幸運的是我的願望沒有實現，因為那是「根西馬鈴薯皮派文學讀書會」的第一次聚會，然而當時我們並不知道。那頓晚餐是難得的樂事，不過共餐的同伴更棒。邊吃邊聊的同時，我們忘了時間與宵禁，直到阿米莉亞（就是毛格莉太太）聽見時鐘敲了九下……我們遲了一小時。只能說，美味的食物使我們變勇敢了，等到伊麗莎白‧麥坎納說我們應該各自回家、別整晚躲在阿米莉亞家裡的時候，我們全都同意。可是違反宵禁就是犯罪，我聽說有人因此慘遭遣送集中營，偷養豬更是重罪一樁。於是大夥輕聲細語，盡可能悄悄穿過田野循路回家。

要不是約翰‧布克，我們應該可以順利到家。他晚餐喝下的東西比吃下的還多，我們走在路上的時候，他竟渾然忘我、

高歌起來！我一把抓住他，但為時已晚。六名荷槍實彈的德軍巡邏隊員突然從樹叢中冒出來，開始大聲咆哮：我們幹嘛宵禁之後還留連在外？剛才上哪兒去了？現在要去哪裡？

我不知道該怎麼辦。如果撒腿就跑的話，他們會槍殺我，這點我很清楚。我口乾舌燥，腦中一片空白，只能抓住布克，希望逃過此劫。

這時伊麗莎白深吸一口氣，往前跨一步。她個子不高，因此那些手槍全對著她的眼睛，可她連眨也沒眨一下，好像壓根沒瞧見手槍的模樣。她走向負責的軍官說起話來。那可是你從沒聽說過的漫天大謊。她為我們違反宵禁法感到好抱歉。我們如何如何剛剛結束根西文學讀書會的一次聚會，今晚討論《伊麗莎白和她的德國花園》實在太愉快了，害我們忘了時間。多麼精采的一本書啊，他讀過沒有？

我們沒有一個人腦袋還夠清楚、能夠附和她的說法，不過那位巡邏軍官完全無力招架，只能微笑以對。伊麗莎白就是有辦法那樣。他記下我們的名字、彬彬有禮地命令我們次日一早向指揮官報到之後，便朝我們一鞠躬道聲晚安。伊麗莎白極盡可能地優雅點頭，我們這夥人慢慢離開，盡量不讓自己像兔子似的狂奔而去。哪怕是拖著布克，我仍然飛快到家。

這就是我們烤豬晚餐的故事。

我個人想問你一個問題。每天都有船駛入聖彼得港，載來根西島仍然需要的物資，像是食物、衣服、種子、犁、牲畜、

飼料、工具、藥品等；最重要的是，現在我們已經有食物吃、有鞋子穿。戰爭接近尾聲之際，我認為島上連一雙合腳的鞋都沒得穿。

我們收到的有些東西是用舊報紙與舊雜誌包起來的。我和我朋友柯洛維斯會把它們撫平了帶回家讀，然後再交給同樣想讀的鄰居。過去五年來，我們急於得知外界的任何消息，不僅是新聞或圖片：蘇西太太看食譜，樂培夫人看時裝（她是位裁縫），布羅瓦先生讀訃聞（他心有所求，卻不肯說是誰），克勞蒂亞・雷尼找的是雷諾・柯曼[29]的照片，涂鐵先生想看泳裝美女，我朋友伊蘇拉喜歡讀婚禮消息。

戰爭期間想知道的事情好多，可是我們不准接收來自英國⋯⋯或是任何地方的信件或報紙。德軍於一九四二年搜走所有的無線設備，當然有人私藏一些偷偷在聽，不過要是給逮到的話，就會被送到集中營。這也是我們現在有好多東西讀不懂的原因。

我喜歡看戰時的漫畫，不過有一幅很令我不解。那幅漫畫刊載於一九四四年的《笨拙》週刊[30]，畫的是走在倫敦街道的十幾個人，兩名主角頭戴黑色圓頂禮帽，手握公事包與雨傘，其中一人對另一人說：「要說這些『嗡嗡飛彈』對人們有任何

---

29 雷諾・柯曼（Ronald Colman, 1891-1958）是英國男演員。
30 《笨拙》週刊（Punch）主要刊載幽默、諷刺的漫畫。

影響實在太荒謬了。」過了好幾秒鐘，我才發覺這幅漫畫裡每個人的一隻耳朵都是正常大小，另一隻耳朵卻異常大。或許你能為我解釋一下。

道西・亞當斯敬上

二月三日，一九四六年

親愛的亞當斯先生：

很高興你喜歡蘭姆的書信與他的複製肖像。他的面容的確符合我想像中的模樣，因此我很高興你亦有同感。

多謝你告訴我烤豬的事，不過可別以為我沒注意到你只回答我一個問題。我滿心渴望知道更多關於「根西馬鈴薯皮派文學讀書會」的事，而且不單為了滿足無聊的好奇心……我此番刺探乃是為了工作需要。

我跟你說過我是作家嗎？戰爭期間，我每週為《觀察者》週刊撰寫專欄，雙史出版社集結這些文章出版成一本書，書名為《畢可史塔夫上戰場》。「畢可史塔夫」是《觀察者》週刊替我取的名字。感謝老天，現在這個可憐人已經功成身退，我又可以用本名寫作了。我想寫一本書，卻一直想不出可以讓我快樂寫幾年的主題。

同時，《泰晤士報》請我為文學副刊寫一篇文章，他們希望針對閱讀於實際、道德與哲學這三方面的價值發表看法，連載三期，由三位不同的作家執筆。我要討論哲學的層面，目前只能想到閱讀讓我們不至於發瘋。由此可見我多麼需要幫忙。

你想，你們的讀書會是否介意被我寫進文章呢？我知道《泰晤士報》的讀者一定會對讀書會成立的故事大感著迷，我也好想知道更多關於你們聚會的事。不過如果不願意的話，請不用擔心；無論如何我都了解，也想再聽見你的消息。

你所描述《笨拙》週刊的那幅漫畫我記得非常清楚，我想令你不解的是英國情資部自創的「嗡嗡飛彈」[31]這個字眼，其用意是希望聽起來不像「希特勒的V-1飛彈」或「無人炸彈」那麼讓人害怕。

我們已經習慣夜裡的轟炸攻擊及隨之而來的景象，不過這些飛彈卻不同於我們過去見過的。

它們都出現於白天，而且來得很快，根本沒時間拉空襲警報或是找地方掩護。你能看見它們，看著像是斜斜的黑色細鉛筆，而且在你頭頂發出模模糊糊、抽筋似的聲音，彷彿汽車的汽油用罄的聲音。只要能聽見它們的咳嗽聲與噗噗聲就安全了，你可以想著：「感謝上帝，飛彈會飛過我頭頂。」

---

31 原文「Doodlebug」是一種小蟲，此取炸彈飛過時嗡嗡作響之意。二次大戰期間，納粹以V-1型自動導航飛彈轟炸英國與歐陸各地，Doodlebug 便是這種飛彈的渾名。

可是一旦聽見噪音止歇，即表示飛彈再過三十秒便會直直落下。所以你會留心傾聽，用力傾聽那種「馬達關掉」的聲音。我就看過嗡嗡飛彈落下一次。它爆炸的時候，我還離得頗遠，於是我鑽進水溝裡，縮起身子靠著路邊。街道遠方一棟高高建築物的頂樓有些女人來到敞開的窗口觀看，結果爆炸的威力把她們全都吸了出去。

如今似乎不可能有人再畫嗡嗡飛彈的漫畫，包括我在內的每個人看了也似乎不可能發笑。但我們都覺得很好笑。幽默能讓難以忍受的事物變得可以忍受，這句老格言說不定是真的。

賀老闆幫你找到盧卡斯那本傳記了嗎？

茱麗葉·艾許登敬上

茱麗葉給馬肯·雷諾的信

二月四日，一九四六年

馬肯·雷諾先生

倫敦市，霍金街六十三號

親愛的雷諾先生：

你的送花小弟正要把一束粉紅色康乃馨放在我門口，剛巧被我逮個正著。我抓住他口出威脅，直到他招出你的地址……

你瞧，雷諾先生，能夠誘騙無辜員工的人不只你一個。希望你沒有把他開除；他似乎是個好孩子，而且他也真的別無選擇：我用《追憶似水年華》[32]恐嚇他。

現在我終於可以謝謝你近來送我的十幾打花朵，我已經有幾年見不到這樣的玫瑰，這樣的茶花，這樣的蘭花，你無從得知在這冷冽的寒冬，它們多麼提振我的心情。別人不得不滿足於泥濘中光禿禿的樹幹時，我不知道自己何德何能，竟能住在樹蔭底下，但我很高興能夠這樣。

茱麗葉・艾許登敬上

馬肯・雷諾給茱麗葉的信

二月五日，一九四六年

親愛的艾許登小姐：

我沒開除送花小弟，反而擢升他的職位。他給了我自己要不來的東西：將我引見給你。我認為你的短箋有如象徵性的握手，初識那一套算是結束了，希望你和我有同感，而這也省了我大費周章跟巴斯孔夫人硬拗下次餐會的邀請函，只為你有一

---

32 《追憶似水年華》（*Remembrance of Things Past*）是法國作家普魯斯特的半自傳式小說，一共有七大卷。

點點可能會出現。你的朋友都多疑得很，尤其是史塔克那個傢伙，說什麼他無法反轉租借條約的方向[33]，又不肯帶你出席我在《觀點》雜誌辦公室舉行的雞尾酒會。

老天知道我的動機純正，或至少沒有圖利的意思。事實很簡單，你是唯一能夠讓我開懷大笑的女作家。你的「畢可史塔夫」專欄是戰時最風趣詼諧的文章，而我想認識寫這些文章的女士。

如果我答應不綁架你的話，下週是否願意賞光與我共進晚餐呢？日子隨你挑，主隨客便。

你的馬肯‧雷諾

茱麗葉給馬肯‧雷諾的信

二月六日，一九四六年

親愛的雷諾先生：

我對恭維毫無招架之力，尤其是對我寫作的恭維。我很樂於與你共進晚餐。下週四如何？

茱麗葉‧艾許登敬上

---

33 二次大戰期間，美國與各盟國簽訂租借條約，向各國提供軍需物資而不需回報。席尼的意思是他沒有義務向別人提供茱麗葉的消息。

二月七日,一九四六年

親愛的茱麗葉:

星期四太遙遠了。星期一如何?柯瑞酒店[34]?七點?

你的馬克

又:我猜你大概沒裝電話吧?

二月七日,一九四六年

親愛的雷諾先生:

好吧,星期一,柯瑞酒店,七點。

我有一支電話埋在歐克來街一堆斷瓦殘礫底下,那以前是我的公寓。這裡只是我與人分租的地方。我的女房東伯恩斯太太是這裡唯一有電話的人。倘若你想同她聊天的話,我可以把號碼給你。

茱麗葉·艾許登敬上

---

34 柯瑞酒店（Claridge's）是全世界最頂級的飯店之一。

二月七日，一九四六年

親愛的艾許登小姐：

　　我有把握，根西文學讀書會很希望你在《泰晤士報》的文章寫到他們。我已經請毛格莉太太寫信跟你談談我們的聚會，因為她是頗有學養的女士，她的文字比我更適合專題報導的調性。我想我們和倫敦的文學讀書會不太一樣。

　　賀先生仍然沒找到盧卡斯寫的傳記，不過我接到他寄來的一張明信片說：「快找到了。別放棄。」他人真好，不是嗎？

　　我正在替皇冠旅館的新屋頂拖運石板瓦。旅館老闆盼望今年夏天觀光客說不定願意回來玩玩。我很高興有工作可做，但如果能夠快快回到我的土地上幹活，我會好開心的。

　　晚上回家發現一封你的來信真好。

　　祝你好運，希望你能想到一個喜歡的主題寫書。

道西‧亞當斯敬上

二月八日，一九四六年

親愛的艾許登小姐：

　　道西・亞當斯剛剛帶著你的禮物與來信來到我家。我從未見他為任何事這麼高興過。他一逕忙著說服我在下次郵差收信之前寫信給你，忙到忘記害羞了。我認為，道西並不知道自己具有一種讓人心悅誠服的罕見天賦；他從不為自己要什麼，所以只要他請人做什麼，大家都熱心照辦。

　　他告訴我你即將寫的專題報導，問我願不願意跟你通信，談談我們在德軍占領時期（也因為德軍）成立的文學讀書會。我很樂意這麼做，但有一個條件。

　　一位英格蘭的朋友給我寄來一本《畢可史塔夫上戰場》。我們五年以來聽不到外界絲毫消息，因此你能想像，我們得知英格蘭挺過那些年頭的時候有多麼欣慰。你的書很逗趣、令人捧腹也增廣見聞，不過我要挑剔的正是這種逗趣的筆調。

　　我了解「根西馬鈴薯皮派文學讀書會」這個名稱很不尋常，可能很容易遭人訕笑。你可否向我保證你不會這麼做？我很珍視讀書會的成員，不希望他們成為你的讀者取笑的對象。

　　你是否願意說說你寫這篇文章的用意，以及一些關於你的事？如果你能懂得我這些問題的重要性，我也樂於告訴你讀書會的事。希望能夠很快接到你的來信。

阿米莉亞・毛格莉敬上

二月十日，一九四六年

阿米莉亞・毛格莉太太收

根西島聖馬丁區，布維路，風十字莊園

親愛的毛格莉太太：

　　謝謝你的來信。我很高興回答你的問題。

　　我的確取笑過許多戰爭期間的狀況。《觀察者》週刊認為以輕鬆方式處理令人不悅的新聞有消鬱解悶的作用，可以提振倫敦低迷的士氣。我很高興《畢可史塔夫上戰場》不辱使命，不過感謝老天，需要以幽默對抗逆境的時候終於過去了。我絕不會取笑任何熱愛閱讀的人。我不會嘲笑亞當斯先生，我很高興得知我的一本書落入他那樣的人手中。

　　既然你想知道我的事，我已經請求索夫克郡伯瑞聖埃得蒙鎮[35]附近聖西達教堂的賽門牧師寫信給你。我還小的時候他就認得我了，他也很喜歡我。我請貝拉・唐敦夫人也替我寫一封推薦信，我們在閃電空襲期間[36]一起擔任火災看守人，她全心

---

35 索夫克郡（Suffolk）位於英國東部，伯瑞聖埃得蒙（Bury St. Edmunds）是索夫克郡的小鎮。

36 二戰期間德國於一九四〇年到四一年連續空襲英國，第一波攻擊始於連續夜襲倫敦市五十七個晚上，之後全英國許多城鎮都遭到轟炸。

全意討厭我。從他倆那兒，或許你能清楚看出我的人格操守。

隨信附上一本我寫的安・勃朗特傳記，你便知道我也能寫出不一樣的文章。這本書賣得不太好……其實根本賣不掉，不過較之於《畢可史塔夫上戰場》，我對它更感自豪。

如果還有其他事情能讓你對我的好意更加放心，我也樂意去做。

茱麗葉・艾許登敬上

茱麗葉給蘇菲的信

二月十二日，一九四六年

最親愛的蘇菲：

那位送茶花的馬肯・雷諾終於現身了。他自我介紹，對我極盡恭維之後，邀我上大飯店共進晚餐……最奢華的柯瑞酒店喔！我以女王之姿答應了，柯瑞酒店，噢，太棒了，我當然聽說過柯瑞酒店的大名……後來的三天，我都在煩惱我的頭髮。幸好我還有一件漂亮的新洋裝，所以不必浪費寶貴的時間煩惱衣服的事。

正如海倫娜夫人說的：「頭髮真是一場災難。」我嘗試上捲子；它卻塌下來。我試著把頭髮扭成一個髮髻；它還是塌下來。我幾乎要在頭頂上綁一條寬寬的紅色天鵝絨蝴蝶結時，我

的鄰居伊凡潔琳跑來拯救我，老天保佑她，她真是個天才。不到兩分鐘，我便出落得優雅脫俗……她抓起我的頭髮七扭八轉地固定在腦後，我甚至可以隨意扭動腦袋！我就這麼赴約了，覺得自己的模樣好可愛。哪怕是柯瑞酒店的大理石大廳也嚇不了我。

然後馬肯‧雷諾一個跨步上前，幻想的泡泡就破了。他令人目眩神迷。真的，蘇菲，我從來沒見過像他那樣的男人，就算那名暖爐工人也比不上。曬成棕褐色的皮膚，熾烈的藍眼，迷人的皮鞋，優雅的羊毛料子西裝，胸前口袋裡炫目的白色手帕。當然，他是美國人，所以個子很高，他還有那驚人的美式微笑，一口閃亮的白牙與好脾氣，但他可不是什麼親切和藹的美國人。他頗令人印象深刻，而且習慣於指使別人，不過他做得那麼不著痕跡，壓根沒人發現。他深信自己的意見就是真理，那副模樣其實不太討人厭。他太有把握自己是對的，所以完全不必端出討人厭的架子。

我們隨即入座，坐在垂墜著天鵝絨的僻靜角落，等到飯店的侍者、領班、總管忙不迭地招呼我們告一段落那當兒，我就單刀直入問他，為什麼送大把大把的花卻不留下隻字片語。

他笑了。「為了引起你的興趣。如果我直接寫給你、請你跟我見面的話，你會怎麼回答？」我承認我會婉拒。他對我挑起一道眉毛。他能如此輕易以智取勝，這是他的錯嗎？

讓人如此看穿使我深感受辱，可他只再嘲笑我一番，隨即

談起戰爭與維多利亞時代文學（他知道我寫過一本安‧勃朗特的傳記），以及紐約與定量配給，不知不覺中，我已經沐浴在他的殷勤注目之下，徹頭徹尾為他著迷了。

你還記得在里茲的那天下午，我們推測小馬肯‧雷諾不得不繼續扮演神秘人物的可能理由嗎？令人失望的是，我們完全猜錯了。他既沒有結婚，也絕對不害臊。他的臉上沒有害他毀容、不敢見人的疤痕，而且怎麼看也不像個狼人（至少手指關節沒有厚厚的毛髮），更不是畏罪潛逃的納粹（否則他講話會有口音）。

現在想想，他搞不好真的是狼人。我能想像他在曠野中來去撲衝、追捕獵物的畫面。我敢說他會毫不考慮吃掉無辜的旁觀者。下回月圓時，我會密切觀察他的。他邀我明天同他去跳舞……或許我該穿件高領衣服。噢，那是吸血鬼，對吧？

我想我有點頭暈了。

愛你的茱麗葉

二月十二日，一九四六年

親愛的毛格莉太太：

　　茱麗葉‧艾許登的信就在我手邊，信的內容令我大為驚愕。我沒搞錯吧，她希望我證明她的人格操守？好吧，證明就證明！她的人格操守我無法抨擊……她的常識卻不然。她沒有一點常識。

　　你也知道戰爭讓陌生人成為夥伴。閃電空襲期間一開始，茱麗葉與我即受命一起擔任火災守望人。火災守望人晚上睡在倫敦市的許多屋頂上，留意可能落下的燃燒彈。真有燃燒彈落下的時候，我們得帶著手搖滅火器與一桶桶的沙子，衝去撲滅小小的火苗，不讓火勢蔓延開來。茱麗葉和我兩人編為一組共同守望。我們是不聊天的，不像那些較不認真的火災守望人。我堅持必須隨時隨刻保持警覺。即使如此，我在戰前已經得知她人生中幾許細節。

　　她父親是索夫克郡一位受人敬重的農夫，我猜她母親是典型的農夫妻子，忙完家裡在伯瑞聖埃得蒙鎮經營的一間書店，如果還有空閒的話，也會擠牛奶、拔雞毛。茱麗葉的父母在她十二歲那年雙雙喪命於一次車禍，於是她搬去與住在倫敦聖約

翰之木區[37]的叔公同住，他是著名的古典學者。結果她離家出走……總共兩次，不但打亂了叔公的研究，更把家裡鬧得天翻地覆。

　　絕望的叔父送她到一所經過精挑細選的住宿學校就讀。畢業之後，不願繼續接受學校教育的她來到倫敦，與她的朋友蘇菲‧史塔克同租一間小公寓。白天她在書店上班，晚上寫書，寫悲慘的勃朗特三姊妹當中的一個……我忘記是哪一個了。我相信那本書是由蘇菲哥哥的公司「雙史出版社」出版的。雖說他們不可能有親戚關係，我只能假設那本書的出版活脫就是「內舉不避親」。

　　無論如何，她的專欄文章開始刊載於不同的雜誌與報紙。她那輕鬆、輕佻的心思流轉，贏得了許多缺乏知性的讀者……恐怕這樣的讀者還不少。她把最後的一筆遺產全花在雀西區的一間公寓。雀西區是藝術家、模特兒、放蕩的玩樂主義者與社會主義者的家園，都是些不負責任的人，正如擔任火災守望人的茱麗葉也證明了自己的不負責任。

　　現在我要具體談到我們的夥伴關係。

　　我和茱麗葉奉派登上內殿法學會堂[38]的屋頂，是登上此處的幾組火災守望人當中的兩人。容我先說一點，身為火災守望

---

37 聖約翰之木區（St. John's Wood）位於北倫敦，是融合古典與時尚的高級區域。
38 內殿法學會堂（Inner Temple Hall）是倫敦市四個法律會社的其中一棟建築。

人，快速行動與頭腦清楚是至關重要的，你必須察覺周遭的每一件事。每一件事。

一九四一年五月的一天晚上，一枚威力強大的炸彈炸穿了內殿法學會堂圖書館的屋頂。那裡與茱麗葉的位置還隔了一段距離，可是看見她寶貝的書籍中了炸彈，氣急敗壞的她撒腿衝向火焰，活像她可以隻手扭轉圖書館的命運似的！當然，她的錯覺除了造成更多的毀壞，實際上一點用也沒有，因為消防隊員還得浪費寶貴的幾分鐘去救她。

我相信茱麗葉在那次災害中受到輕微灼傷，不過五萬冊的書籍付之一炬。茱麗葉的名字立刻從火災守望人名冊中剔除，本該如此。我發現她後來又自願到輔助消防隊幫忙；炸彈攻擊後的早上，輔助消防隊都會動手泡茶給救援隊喝，或是提供安慰。輔助消防隊也為倖存者提供協助，幫助家人團圓，並尋找暫時住處、衣服、金錢。我相信茱麗葉做這份白天的工作算是稱職，倒茶倒水的，沒惹出什麼大災難。

晚上的時間她可以隨意支配，其中想必包括書寫更多輕佻的文章，因為《觀察者》週刊請她以「畢可史塔夫」的名義，每週寫一篇談論戰時國內情勢的專欄。

我讀過她一篇專欄文章之後，便停止訂閱那份雜誌。她居然攻擊我們親愛的維多利亞女王（雖然她已過世）的好品味。你一定知道維多利亞女王為她深愛的夫婿亞伯特親王建造的巨大紀念館，那是肯辛頓花園皇冠上的一顆明珠，對於女王的優

雅品味及已逝的王公貴族都是不朽的明證。茱麗葉竟讚揚糧食部在那棟紀念館周圍土地栽種豌豆的命令，說什麼全英國再也找不到比亞伯特親王更棒的稻草人了。

儘管我質疑她的品味、她的判斷力、她錯誤的優先順序和她並不恰當的幽默感，但她的確有個優點：誠實。如果她說她會尊重貴讀書會的名譽，她必然說到做到。我言盡於此。

貝拉‧唐敦敬上

賽門牧師給阿米莉亞的信

二月十三日，一九四六年

親愛的毛格莉太太：

是，你可以信任茱麗葉。這一點我十分確定。她父母曾是我的好友，也是我聖西達教區的居民。她出生的那個晚上，我還在她家作客。

茱麗葉雖然固執，但也是個乖巧、體貼又快樂的孩子，以她那麼小的年紀，可說是超乎常人地正直。

我告訴你一件她十歲時候的事。當時茱麗葉唱著讚美詩〈祂既看顧麻雀〉的第四段歌詞，突然啪的一聲闔上詩歌本，說什麼也不肯唱下去。她對我們唱詩班的指揮說，那段歌詞詆毀上帝的神格，我們不可以再唱。他（唱詩班指揮，不是上

帝）不曉得該怎麼辦，於是陪著茱麗葉到我辦公室來，請我跟她講道理。

我講得並不怎麼樣。茱麗葉說：「喔，他不該寫『祂既看顧麻雀』，那樣究竟好在哪裡？祂有沒有阻止那隻鳥掉下來摔死？祂只說『哎喲』而已？聽起來好像人們需要上帝的時候，祂卻跑去賞鳥了。」

在這件事情上，我也不得不贊同茱麗葉⋯⋯為什麼以前我從來都沒想過呢？就這樣，唱詩班沒唱〈祂既看顧麻雀〉，以後也不唱了。

茱麗葉的父母在她十二歲那年過世，她被送去跟住在倫敦的叔公羅德列克・艾許登博士同住。雖說他為人並非不和善，但太過專注於研究希臘羅馬，沒時間關心小女孩，也沒什麼想像力，而這正是撫養小孩的致命缺點。

她逃家兩次，頭一次只跑到國王十字火車站。警方發現她的帆布袋裡裝滿父親的釣竿，正在等候開往伯瑞聖埃得蒙的火車。她被帶回艾許登博士家⋯⋯後來她又逃家。這回艾許登博士打電話給我，請我幫忙找人。

我完全知道該上哪兒去找：她父母以前的農場。我在農場入口對面找著她，她坐在樹木茂密的小圓丘上，傾盆大雨，不為所動，就這麼全身濕透坐著，目光怔怔望著她的舊家（現在賣掉了）。

我打電報給她叔公，次日才帶著她一起坐火車回去。本來

我打算坐下班車回教區的，不過等我得知她那愚鈍的叔公竟然派了家裡的廚子來接她，我便堅持一路陪著回去。我闖進他的書房，我們激烈地談了好一番話。他同意茱麗葉或許還是上住宿學校最好；她父母為防遭遇不測，早已留下豐厚的金錢。

幸好我知道一所非常好的學校，聖史威辛，一所學術地位卓越的學校，女校長也不古板。我很高興告訴你，茱麗葉在那兒如魚得水，她覺得學習刺激有趣，不過我認為茱麗葉恢復生氣的真正原因，在於她與蘇菲‧史塔克及他們全家的友誼。她常常隨著蘇菲於期中假期回家，茱麗葉和蘇菲也曾來我與我妹妹同住的牧師寓所兩次。我們共度多少快樂時光啊：野餐，騎單車，釣魚。蘇菲的哥哥席尼有一回也一起過來，雖然他比她倆大上十歲，雖然常常對她們吆來喝去，我們開心四人組仍然歡迎他成為第五人。

看著茱麗葉長大成人實在值得。如今她已成熟穩重，我仍有同感。她請我給你寫信說明她的人格，我非常開心。

我道出我們之間的小小過往，好讓你了解我完全明白自己在說什麼。茱麗葉說她將如何就將如何，她說不就是不。

賽門‧辛普勒斯敬上

二月十七日，一九四六年

親愛的茱麗葉：

在這期《閒談者》雜誌[39]上，我瞥見一個人與馬肯·雷諾大跳倫巴舞，那會是你嗎？你看起來標緻極了，幾乎同他一樣標緻，可是容我給你一個建議，你要不要在席尼瞧見雜誌之前到防空洞裡躲一躲？

你知道，只要向我交代火辣辣的細節，我一定三緘其口。

你的舒珊

二月十八日，一九四六年

親愛的舒珊：

我全盤否認。

愛你的茱麗葉

---

39 《閒談者》雜誌（*Tatler*）原是報導英國上流社會的各類生活資訊，現為頂級生活風格類雜誌。

二月十八日，一九四六年

親愛的艾許登小姐：

　　謝謝你如此慎重看待我提的條件。在昨晚讀書會上，我把你要替《泰晤士報》撰寫的專題文章跟成員們說了，我還建議他們如果願意的話，應該同你通信，談談讀過的書以及從閱讀中得到的歡樂。

　　回答我的是一陣吵雜的喧鬧，害得我們的「風紀股長」伊蘇拉・裴比不得不大敲議事槌維持秩序（我承認伊蘇拉敲起議事槌不太需要鼓勵）。我想你將會收到許多封信，我也希望這些信對你的文章有所幫助。

　　道西告訴過你，我們讀書會是為了不讓德軍逮捕來我家晚餐的賓客而杜撰的花招。當晚的客人有道西、伊蘇拉、艾班・蘭姆西、約翰・布克、威爾・李斯比，以及我們親愛的伊麗莎白・麥坎納。多虧她的急中生智與如簧之舌，才能立刻掰出那套說辭。

　　當然，當時我並不知道他們面臨的困境。他們前腳才剛離開，我便匆匆趕到地下室去消滅烤豬大餐的所有痕跡。直到第二天早晨七點，我才第一次聽說這個文學讀書會的消息，那時候伊麗莎白出現在我家廚房，問我說：「你有幾本書？」

　　我的書還不少，不過伊麗莎白瞧了瞧我的書架卻搖搖頭。

「我們需要更多的書。你這裡太多園藝書了。」她的話當然沒錯，好的園藝書我的確愛讀。「我們這麼辦吧，」她說，「等我去指揮官那兒把事情處理完之後，我們就到福克斯書店把書全給買回來。如果我們真是根西文學讀書會的話，就得有點文學的樣子。」

整個上午我心慌意亂，擔憂會不會在指揮官辦公室出什麼事。要是他們全讓人關進根西監獄怎麼辦？最糟的是，要是關進歐陸的拘留營呢？德軍在司法執行方面向來捉摸不定，因此從來沒有人知道他們會如何判刑。幸好這種事並未發生。

聽著或許奇怪，德軍竟然允許（甚至鼓勵）海峽群島島民從事藝術與文化方面的消遣。他們的目的在於向英國人證明，德軍的占領是占領中的模範。不過他們一直沒有解釋這個訊息要如何傳送到外界，因為自從一九四〇年六月德軍登陸以來，根西島與倫敦之間的電話與電訊已經切斷。無論他們奇怪的理由是什麼，比起其他受到統治的歐陸人民，德軍對海峽群島島民仁慈些……一開始的時候。

我那些朋友在指揮官辦公室交出一小筆罰款、讀書會的名稱與成員的名單。那名指揮官還口口聲聲說他也熱愛文學，他和其他具有同好的軍官可不可以偶爾來參加讀書會呢？

伊麗莎白說太歡迎了。事後，她、艾班和我飛奔到福克斯書店，為我們新成立的讀書會選了滿懷的書，然後衝回莊園，把書放上我的書架。緊跟著我們從一家晃到一家，盡可能擺出

一副輕鬆悠閒的樣了，就為了提醒其他人，當天晚上要來我家選一本書來讀。我們巴不得用跑的，卻得一路慢慢走，還要不時停下來東聊西聊的，實在好痛苦。時機的掌握至關重要，因為伊麗莎白擔心指揮官會跑來參加僅僅相隔兩週的下一次聚會。（他沒來。幾年之間是有幾名德國軍官出席，不過好在他們離開時有點困惑，而且再也沒有回來過。）

於是讀書會就這麼開始了。在那之前我認識所有的會員，可是都了解不深。道西已經是三十多年的鄰居，但我相信我頂多只跟他談過天氣與種田罷了。伊蘇拉是親愛的朋友，艾班也是，不過威爾・李斯比只是點頭之交，約翰・布克則幾乎是陌生人，因為他在德軍占領前沒多久才搬來。我們的共通點就是伊麗莎白。沒有她的慫恿，我絕不可能想到邀他們來我家共享烤豬，「根西馬鈴薯皮派文學讀書會」也絕不可能開張。

那天晚上他們來我家選書，有些人一輩子除了《聖經》、《種子目錄》與《養豬人公報》之外很少讀書，在我家則發現全然不同的讀物。道西在這裡找到他的蘭姆，伊蘇拉研讀《咆哮山莊》。我自己呢，我選的是《匹克威克外傳》[40]，心想它可以讓我心情好起來……還真的是。

然後每個人回去讀書。我們開始聚會，最初是為指揮官的緣故而讀書，後來則為自己的樂趣。我們都沒有任何組讀書會

---

40 《匹克威克外傳》（*The Pickwick Papers*）是英國作家狄更斯的作品。

的經驗，於是自己訂規則。起初我們還試著保持平靜且客觀，不過很快就放棄了，主講人的目的即是刺激聽者想親自去讀讀那本書。有一回，兩位會員讀過同一本書，兩人可以爭辯，那是我們最大的樂趣。我們讀書、談書、為書爭辯，彼此情感越來越深厚。其他島民也要求加入，我們共度的晚上變成生氣勃勃的歡樂時光，偶爾幾乎忘掉了外界的黑暗。我們至今仍然每隔兩週聚會一次。

讀書會的名字加上「馬鈴薯皮派」是因為威爾‧李斯比的緣故。管他德軍不德軍，除非有吃的，否則他才不要參加任何聚會！所以我們的節目都會準備點心，可是當時根西島很少有奶油，更缺麵粉，又沒有多出來的糖。結果威爾調製出一種馬鈴薯皮派，用馬鈴薯泥當餡料，拿甜菜過濾增加甜味，馬鈴薯皮當派皮。威爾的食譜通常不太牢靠，不過這種派卻成為大家的最愛。

我很樂於接到你的來信，看看你的專題報導進行得如何。

阿米莉亞‧毛格莉敬上

二月十九日，一九四六年

親愛的艾許登小姐：

　　噢老天，噢老天。你寫了關於夏綠蒂與艾蜜莉的妹妹安・勃朗特的書。阿米莉亞・毛格莉說她會把你寫的書借給我，她知道我多麼喜愛勃朗特家的女孩！真是可憐的人兒啊。想想她們五姊妹全都那麼孱弱，又都那麼年輕就死了！多令人傷心。

　　她們的爸爸好自私，是不是？他完全不關心女兒，老坐在書房裡大呼小叫要他的圍巾，從不站起來自己去拿，對不對？他只會獨自坐在房間裡，任女兒像蒼蠅似的死掉。

　　她們的哥哥布蘭威也不怎麼樣，總是喝酒後吐在地毯上。姊妹們永遠跟在他後面清理善後。真是女作家的好差事啊！

　　我認為由於家裡有兩個這樣的男人，又無緣認識別人，艾蜜莉才不得不憑空杜撰出一個希斯克里夫[41]！而她把他寫得多好啊。書裡的男人比現實生活中的男人有趣多了。

　　阿米莉亞告訴我們，你想了解我們的讀書會，以及我們在聚會時都談些什麼。有一回輪到我發表的時候，我談到勃朗特姊妹。很抱歉，我沒辦法把我做的夏綠蒂與艾蜜莉的筆記寄給你……我為了給爐子生火而用掉了，當時屋裡沒有其他的紙。

---

41 希斯克里夫（Heathcliff）是咆哮山莊的男主角。

我已經燒掉我的漲退潮時間表、聖經啟示錄與約伯的故事。

　　你一定想知道我為什麼欣賞這些女孩。我喜歡男女熱情相遇的故事。我自己從來沒碰過，但現在我能想像這樣的遭遇。起初我並不喜歡《咆哮山莊》，可是打從凱西[42]的幽靈用她枯瘦的手指頭扒著窗玻璃的那一刻開始，我的喉嚨就給掐住了，怎麼也鬆不開。就這樣，艾蜜莉讓我聽見了荒野上希斯克里夫可憐的呼喊。我不相信讀過艾蜜莉‧勃朗特這樣傑出作家的作品之後，我還能開開心心地把吉莉花小姐寫的《受到蠟燭光的折磨》再讀一遍。讀過好書，便徹底壞了你讀爛書的胃口。

　　現在就跟你說說我自己。我在阿米莉亞‧毛格莉的莊園與農場隔壁有一棟農舍和一小塊地。我們倆都住在靠海的地方。我養雞，養一頭山羊「艾瑞兒」，還種些東西。我也養了一隻鸚鵡，她名叫「珊努碧亞」，而且她不喜歡男人。

　　我每星期在市場擺攤位，賣我的果醬、蔬菜和我做的可以恢復男性熱情的不老長壽藥。我親愛的好友伊麗莎白‧麥坎納的女兒姬特‧麥坎納幫我製藥。她今年才四歲，幫我攪拌鍋子裡的藥材時非得站在凳子上才行，不過她已經能夠攪起好大的泡沫了。

　　我沒有討人喜歡的外表。我鼻子大，而且從雞舍屋頂摔下來時把鼻梁摔斷了，一隻眼球總是往上飄，頭髮亂糟糟的，貼

---

42 《咆哮山莊》女主角凱瑟琳（Catherine）的暱稱。

不住腦袋瓜。我個子高，骨架大。

　　如果你要的話，我可以再寫信給你。我可以跟你說更多有
關讀書的事，以及德軍在這兒的時候，讀書如何振作我們的精
神。讀書唯一沒有幫助的時候是伊麗莎白遭德軍逮捕以後。他
們抓到她偷藏一名來自波蘭的可憐奴工，於是把她送進法國的
監獄。那陣子以及之後好久好久，沒有書能讓我心情開朗起
來。碰到德國人的時候，我只能強迫自己別走上前去甩他耳
光。為了姬特的緣故，我按捺住了。當時她只是個小娃兒，而
她很需要我們。伊麗莎白還沒有回來，我們很替她擔心，不過
聽著，這會兒時機還早，她仍然可能回來。我這麼祈禱，因為
我想她想到心痛。

你的朋友伊蘇拉・裴比

茱麗葉給道西的信

二月二十日，一九四六年

親愛的亞當斯先生：

　　你怎麼知道所有的花裡面我最愛白色紫丁香？我向來喜歡
紫丁香。這會兒我書桌上怒放著一捧雪白，真是美極了。我愛
它的模樣、它濃郁的香氣，和它帶給我的驚喜。一開始我還納
悶，在這二月的大冷天，他從哪兒弄來這些花啊？後來我才想

起海峽群島十分有幸，從來不乏溫暖的灣流。

今天一大早，戴文先生就帶著你的禮物出現在我家門前。他說因為銀行事務的關係到倫敦出差。他向我保證這趟送花來一點也不麻煩，由於戰時你送給戴文太太什麼肥皂的關係，他幾乎願意替你做任何事。他真是個好人，可惜他沒時間坐下來喝杯咖啡。

因為你親切的幫忙，我收到毛格莉太太與伊蘇拉‧裴比兩封可愛的長信。我從來不知道德軍不准你們接收外界的消息，連信也不能寄到根西島。我太訝異了。但是我不應該感到訝異的，明知海峽群島遭德軍占領，可我從來不曾想到可能帶來的後果，連一次也沒想過。我只能稱之為有意的無知，因此我打算到倫敦圖書館自我教育一番。圖書館因轟炸的關係而受損嚴重，不過走在地板上已經安全無虞，能補救的書都重新上架，我也知道他們已經把一九〇〇年到……昨天的《泰晤士報》蒐集齊全。我將努力研讀占領時期的報導。

我還想多找一些有關根西島的旅遊書或歷史書。聽說天氣晴朗的話，你能看見行駛在法國海岸公路上的車子。這是真的嗎？我這本百科全書就是這麼說的，不過我不太相信只花四先令買的這本二手書。我還從書中得知根西島「長約十一公里，寬約八公里，居民四萬二千人。」嚴格說來，資料挺豐富的，可是我想知道更多。

裴比小姐說，你的朋友伊麗莎白‧麥坎納被送到歐陸的一

間犯人營後至今未歸。我震驚得喘不過氣來。自從你信中提到烤豬晚餐以來，我一直想像她跟你們在一塊，而且不知不覺當中，我以為有一天也必然會接到她寫給我的信。我很抱歉。希望她早日回家。

再次謝謝你的花。你這麼做好貼心。

你永遠的茱麗葉・艾許登

又：你若認為這是隨口問問也行，為什麼戴文先生會為了一塊肥皂而流淚呢？

茱麗葉給席尼的信

二月二十一日，一九四六年

最親愛的席尼：

好久好久沒有你的消息了。這冰冷的沉默是否與馬肯・雷諾有任何關係？

我想到要寫什麼新書了。小說內容是關於一位美麗敏感的作家，她的心情因為跋扈的編輯而備受煎熬。喜不喜歡？

永遠愛你的茱麗葉

二月二十三日，一九四六年

親愛的席尼：

我只是開玩笑罷了。

愛你的茱麗葉

二月二十五日，一九四六年

席尼？

愛你的茱麗葉

二月二十六日，一九四六年

親愛的席尼：

你以為我不會注意到你不見了嗎？我注意到了。三封短信杳無回音之後，我親自去了一趟聖詹姆斯街，在那兒遇到硬邦邦如鐵打的緹麗小姐，她說你人不在倫敦。真能解人疑惑啊。

經我逼問之後,才知道你去了澳洲!緹麗小姐聽著我的驚呼絲毫不為所動,也不肯洩漏你究竟人在哪裡,只說你在澳洲內陸為出版社遍尋新銳作家。任何來信經她斟酌之後就會轉給你。

你的緹麗小姐騙不了我。你也一樣……我知道你在哪裡,也知道你在幹嘛。你去澳洲找皮爾斯·蘭利,此刻你正抓著他的手,等他從醉酒中清醒過來。至少我希望你這會兒做的正是這件事。他是如此親密的好友,又是那麼出色的作家。我希望他好起來繼續寫詩。我本想多說一句話,希望他把緬甸和那個日本人給忘了,但我曉得那不可能。

你知道你該先告訴我的。我若用心的話,當然可以守口如瓶的。(你一直不肯原諒我那次在涼亭的失言是不是?當時我已經鄭重道歉了。)

我比較喜歡你另一位秘書,你卻莫名其妙炒了她魷魚。你也知道:馬肯·雷諾和我已經見到面了。好吧,我們不光是見面而已,我們還跳過倫巴。但你可別大驚小怪。除非我們經過雜誌社,否則他從沒提起《觀點》雜誌,而且連一次也不曾試圖引誘我到紐約。我們談的都是比較崇高的事,例如維多利亞時代文學。他才不是你說的那種淺薄的藝術愛好者,他甚至是研究柯林斯[43]的專家。你知不知道柯林斯有兩個情婦分別住在

---

43 柯林斯(Wilkie Collins, 1824-1899)是英國小說家、劇作家,最著名的小說作品為《白衣女郎》與《月光石》。

兩個家庭，而且兩邊各有子女？時間的安排想必難上加難，怪不得他要吃鴉片了[44]。

　　我真的認為，如果你跟馬肯熟識一點的話就會喜歡他的，而且可能不喜歡也不行。不過我的心與我的寫作都屬於雙史出版社。

　　為《泰晤士報》寫的專題報導成了我的一大樂事，現在如此，而且持續如此。我交了一群海峽群島的新朋友，叫做「根西馬鈴薯皮派文學讀書會」。他們的名字豈不很討人喜歡？如果皮爾斯需要什麼讓他分心的消遣，我就給你寫一封既厚又長的信，說說他們讀書會名稱的來由。不需要的話，等你回來之後再告訴你。（你什麼時候回家？）

　　我那懷了雙胞胎的鄰居伊凡潔琳六月即將生產，可她一點也不開心，所以我要請她送一個寶寶給我。

愛你也愛皮爾斯的茱麗葉

---

44 傳說柯林斯罹患痛風，為了止痛而染上鴉片癮。

二月二十八日，一九四六年

親愛的蘇菲……

　　我和你一樣驚訝。他一個字也沒對我透露。星期二那天，我發現有好幾天都沒聽見席尼的消息，因此跑去出版社興師問罪，才發現他已經逃之夭夭。他的新秘書是個魔鬼，我每個問題她都回答說：「艾許登小姐，關於私人問題，我實在不能洩漏任何消息。」我多想朝她揮一拳啊。

　　就在我斷定席尼已遭國家情報組織選派到西伯利亞進行某項秘密任務的時候，討厭的緹麗小姐又承認他去了澳洲。這下子一切都清楚了，是不是？原來他去接皮爾斯了。泰迪・盧卡斯似乎很有把握地認為，除非有人前去阻止，否則皮爾斯打算在療養院裡慢慢讓自己喝酒喝到死。以他經歷的那些事，我一點也不怪他，可是席尼不准他這麼做，感謝上帝。

　　你知道我全心全意愛著席尼，不過他人在澳洲這回事卻給我一種無比自由的感覺。這三個星期以來，馬肯・雷諾對我付出的，套句你家莉迪亞阿姨的話，就是持續不輟地把注意力放在我身上，然而哪怕是我猛吞龍蝦、牛飲香檳的時候，我也心虛地不斷扭頭尋找席尼的身影。他深信馬肯企圖把我從倫敦、尤其是從雙史出版社偷走，我怎麼勸他都沒用。我知道席尼不喜歡馬肯，我們最後一次見面的時候，我相信他用的字眼是野

心勃勃與肆無忌憚，可是說真的，他在這整件事情太以李爾王自居了[45]。我是個成年女性（多數時候是），我想跟誰牛飲香檳就跟誰。

沒往桌子底下尋找席尼的時候，我玩得好開心，彷彿剛剛從黝黑的隧道裡鑽出來，結果發現自己置身於嘉年華會似的。其實我並不特別喜歡嘉年華會，然而經過隧道之後倒覺得有趣極了。馬肯天天晚上到處找樂子，我們要不參加派對（通常如此），就是看電影，或上劇院，或上夜總會，或是去某家惡名昭彰的酒館（他說想讓我認識一下民主典範）。非常刺激。

你有沒有注意到有些人（尤其是美國人）似乎不受戰爭的影響，或者至少沒有受到創傷？我沒有暗示馬肯逃避義務的意思，他當時在他們的空軍服役，但他並沒有因此消沉。我跟他在一起的時候，也覺得自己沒有受到戰爭的影響。我知道這不過是種錯覺，而且老實說，如果戰爭沒有影響到我，我會覺得很羞恥。不過讓自己稍稍開心一點也無可厚非，不是嗎？

多米尼是不是已經大到不能送小丑盒子了？昨天我在店裡看到一個好恐怖的小丑盒，小丑彈出來抖動著，邪惡的眼睛斜睨著你，諂媚的鬍子翹得老高，尖尖的白牙，好個壞蛋的模樣。多米尼被嚇過一次之後，一定會愛死了。

愛你的茱麗葉

---

45 李爾王（King Lear）是莎士比亞四大悲劇之一，年老的李爾王將王國交給兩個極盡諂媚的大女兒，而將實話實說的小女兒一腳踢開。結果兩個大女兒對他百般虐待，貧病交迫的老王終於瘋狂，只有孝順的小女兒陪在身旁。

二月二十八日，一九四六年

伊蘇拉·裴比小姐收

根西島聖馬丁區，布維路，裴比農場

親愛的裴比小姐：

　　非常感謝關於你自己與艾蜜莉·勃朗特的來信。讀到你說可憐凱西的鬼魂敲著窗玻璃那一剎那，你的喉嚨就像給艾蜜莉勒著的時候，我笑了。她也在完全一樣的時刻嚇到了我。

　　想當年，老師規定我們復活節假期讀《咆哮山莊》。我跟我朋友蘇菲·史塔克回家過節，為了這件不公平的事，我們整整抱怨了兩天。終於她的哥哥席尼叫我們閉嘴，快開始讀吧。氣呼呼的我只好讀了，但只氣到凱西的鬼魂敲著窗戶的時候。我一輩子還沒那麼害怕過。書裡的怪物或吸血鬼從來沒有嚇到過我⋯⋯鬼魂卻不一樣。

　　剩下的幾天假日，我和蘇菲除了從床上挪到吊床、再挪到扶手椅之外，啥事都沒做，只是一直讀著《簡愛》、《愛格妮絲·格雷》46、《雪莉》47與《韋佛大樓的房客》48。

---

46 《愛格妮絲·格雷》（*Agnes Grey*）是安·勃朗特出版的第一本小說。
47 《雪莉》（*Shirley*）是夏綠蒂·勃朗特繼《簡愛》之後的第二部小說。
48 《韋佛大樓的房客》（*The Tenant of Wildfell Hall*）是安·勃朗特出版的第二本、也是最後一本小說。

好厲害的家庭啊！不過我決定寫安‧勃朗特，是因為她在三姊妹中最鮮為人知，而我認為她和夏綠蒂是一樣優秀的作家，有布蘭威阿姨[49]施加的那種宗教壓力，天知道安怎麼還寫得出任何一本書。艾蜜莉與夏綠蒂比較聰明，不理會這位嚴酷的阿姨，安卻不然。天天聽著上帝要女人柔順、溫和與憂鬱的說教，家裡的麻煩事可就少多了吧。真是邪惡的老太婆！

　　希望你能再寫信給我。

你的茱麗葉‧艾許登

艾班‧蘭姆西給茱麗葉的信

二月二十八日，一九四六年

親愛的艾許登小姐：

　　我是根西島的居民，我的名字叫做艾班‧蘭姆西。我的祖先都是裁切和雕刻墓碑的人，而我特別會刻羔羊。這些是我晚上喜歡做的事，不過我是以捕魚維生。

　　毛格莉太太說你希望我們寫信給你，談談占領時期讀書的事。如果由得了我，我本來一輩子也不想談，或是去想那段日

---

49 布蘭威阿姨（Elizabeth Branwell, 1776-1842）是勃朗特姊妹母親的姊姊，三姊妹母親過世後，阿姨負起照顧一家的責任直到終老。她的個性非常頑固、嚴厲。

子，可是毛格莉太太說，我們大可信任你會審慎描寫戰爭期間讀書會的事。如果毛格莉太太說你值得信任，我就相信你。再說你人又那麼好，送給我朋友道西一本書，他只是個你不認識的人。所以我現在寫信給你，希望對你寫的故事有幫助。

實話說，我們打一開始並不是真正的讀書會。除了伊麗莎白、毛格莉太太，說不定還有布克以外，我們多半離開學校之後就沒怎麼讀書。拿走了毛格莉太太書架上的書，我們好怕弄壞那些漂亮的書頁。那時候我對這類事情很不熱中，只是想到指揮官與監牢，才不得不強迫自己翻開封面、開始讀書。

那本書叫《莎士比亞選集》。後來我漸漸知道，狄更斯先生與華茲渥斯先生[50]寫作的時候想著我這樣的人。不過最重要的是，我相信莎士比亞也是。可是呢，我也不是都能搞懂他的意思，不過最後都會慢慢明白。

我覺得好像他說的話越少，讀起來越美。你知道我最佩服他哪句話嗎？就是：「光明的日子已逝，我們將迎向黑暗。」

多麼希望那天看著滿載德軍的飛機接連落地、港口一艘艘德國軍艦上岸時，我已讀過這些字句！結果我想到的只是「去他們的！去他們的！」一遍又一遍。要是想得出「光明的日子已逝，我們將迎向黑暗」的字句，我多少能夠得到一點安慰，

---

50 華茲渥斯（William Wordsworth, 1770-1850）是英國浪漫派詩人，作品多描述鄉間生活與大自然。

也能準備好出門對付眼前的狀況，而不是一顆心沉到了谷底。

德軍來的那天是星期日，一九四〇年六月三十日，在轟炸我們兩天之後。他們說沒有炸我們的意思；原來他們把碼頭上載番茄的卡車誤認為陸軍的卡車。他們的想法讓我的心揪得好緊。德軍轟炸我們，炸死三十幾個男人、女人和小孩，其中之一是我表親的兒子；一看見飛機丟炸彈，他就躲在自己的卡車底下，結果卡車爆炸起火。他們殺死海面上搭乘救生艇的人，還掃射載運我們傷者的紅十字會救護車。等到發現沒有人還擊、英軍已經丟下我們毫無防衛，於是兩天之後，他們不費一兵一彈長驅直入，占領我們整整五年。

起初他們親切得很，因為征服英國的一小部分令他們驕傲極了，而且笨得以為只要隨便一蹦就可以攻占倫敦。等他們發現事實並非如此，立刻恢復殘酷卑鄙的本性。

他們什麼事都有規定，要這樣、不能那樣，可是他們老是改變主意，想要擺出一副友善的模樣，好像把胡蘿蔔伸向驢子的鼻子前面。不過我們可不是驢子，因此他們又嚴酷起來。

例如他們總是改變宵禁的時間，一下子晚上八點，一下子九點，如果覺得真心想使壞的時候，就是傍晚五點。我們不能去看望朋友，甚至不能照顧牲口。

我們一開始還抱著希望，心想他們肯定半年就滾蛋了，然而時間一再拉長。食物越來越難以為繼，不久連柴火也沒了。灰暗的白天只有辛苦工作，漆黑的夜裡只是乏味。由於只有一

點點營養，每個人都病厭厭的，而且滿心淒涼，不曉得苦日子什麼時候才會結束。我們緊緊抓住書本與朋友，那提醒我們自己還擁有別的東西。伊麗莎白唸過一首詩，我記不全了，不過它是這麼開始的：「享受太陽，活在春光下，愛過、想過、做過、交過知心的朋友，是如此微不足道的事嗎？」不是。我希望無論她在哪裡，心中都擁有那些事物。

到了一九四四年尾，人們根本不在乎德軍把宵禁規定在什麼時候，反正為了保暖，多半的人到了五點已經早早上床。德軍每星期只配給我們兩根蠟燭，後來只剩一根。冗長乏味的時間實在難熬，躺在床上卻沒有光線可以讀書。

「最長的一日」[51]之後，由於盟軍轟炸機的關係，德軍沒有從法國派遣補給船過來，於是他們終於和我們一樣餓肚皮了……他們為了果腹而殺貓殺狗、盜採我們的菜園、把馬鈴薯連根拔起，連黑掉、爛掉的也不放過。四個士兵因為吃了一把毒芹死掉，錯以為那是荷蘭片。

那些德國軍官說，若是抓到士兵在我們菜園裡偷東西一定槍斃。有個偷馬鈴薯的可憐士兵就給抓個正著，他被自己人追得爬到樹上躲著，結果被發現而中槍掉地。這樣還是阻止不了他們偷食物。我並不是指責他們偷東西，因為我們有些人也一

---

51 指的是一九四四年六月六日法國諾曼第戰役，盟軍大勝，進而解放納粹德國占領的歐洲。

樣。我猜想，每天早上一起來就肚子餓的感覺，會使人不顧一切吧。

我的孫子伊萊七歲的時候撤退到英格蘭，現在回家了。他今年十二歲，長得好高，但我絕不原諒德國人害我錯過他成長的幾年歲月。

我這會兒得去幫牛擠奶了，不過如果你喜歡的話，我會再寫信給你。

祝你健康。

艾班‧蘭姆西

三月一日，一九四六年

親愛的艾許登小姐：

請原諒素昧平生的我冒昧給你寫這封信，但是責任使然，我不得不寫。我從道西‧亞當斯那兒得知，你打算為《泰晤士報》的文學副刊撰寫以「閱讀價值」為題的長篇文章，而且你有意把「根西馬鈴薯皮派文學讀書會」寫進去。

我笑了。

等你知道他們的創始人伊麗莎白‧麥坎納連島民都不算，或許你會重新考慮。儘管她氣質出眾，充其量也不過是個飛上

枝頭的僕人，來自皇家藝術學院的安柏斯爵士倫敦家中。你一定知道安柏斯爵士是誰吧，他是頗知名的肖像畫家，雖然我從來也不懂為什麼。他那幅蘭貝斯伯爵夫人的肖像畫，把夫人畫成鞭策馬兒的柏蒂西亞[52]般野蠻，令人無法原諒。無論如何，伊麗莎白‧麥坎納就是他女管家的女兒。

伊麗莎白的母親在撣灰塵的時候，安柏斯爵士讓那孩子在畫室裡閒逛，而且栽培她入學讀書，一直讀到她那種身分的女孩早該離開學校以後。伊麗莎白十四歲的時候母親死了，安柏斯爵士有沒有把她送到什麼機構去學習適當的職業呢？沒有。他仍然把她留在雀西區的家裡，還提供她一筆獎學金，到史雷德藝術學院[53]讀書。

聽好了，我沒有說安柏斯爵士是那女孩的爸爸；我們太了解他的傾向，不會承認這一點……可是他的過度寵溺，養成她擺脫不掉的壞毛病：謙遜不足。道德的淪喪是我們這個時代的十字架，這種不幸的道德淪喪，在伊麗莎白‧麥坎納身上看得最是鮮明。

安柏斯爵士在根西島有個家，在懸崖頂上，布維路附近。伊麗莎白小的時候，爵士、他的女管家和這小女孩在此避暑。

---

52 柏蒂西亞皇后（Queen Boadicea）是英國歷史上的女英雄，公元一世紀古不列顛愛錫尼族（Iceni）的皇后，當時是羅馬帝國的藩屬。國王死後，羅馬人欲驅逐之，皇后帶領浴血反抗，兩年後戰敗，皇后不願成為階下囚，喝下毒藥結束傳奇一生。
53 史雷德藝術學院（Slade School of Fine Art）是倫敦大學學院知名的藝術學府。

伊麗莎白是個野丫頭，蓬頭垢面地在島上到處遊蕩，連星期日都是。不做家事，不戴手套，不穿鞋，不穿襪，同一些粗魯男人坐船出海釣魚，用望遠鏡偷窺規規矩矩的好人。丟臉透了。

安柏斯爵士眼看戰爭即將爆發，於是派伊麗莎白過來封閉房子。這回伊麗莎白就是因為率性的行事風格倒了大楣：正當她給窗子釘遮板的時候，德國陸軍就在她門口登陸。不過是她自己願意待下來的，而且從之後的一些事件（我可不想提哪些事，以免貶低我的身分）看來，她也並非有些人心目中無私的女英雄。

此外，所謂的讀書會是個醜聞。根西島上那些真正有文化素養與教養的人，絕不參與這個荒謬可笑的偽裝遊戲（即使受邀也不會參與）。讀書會裡只有兩個人值得尊敬，艾班‧蘭姆西與阿米莉亞‧毛格莉。至於其他會員，一個收破爛的，一個不再信奉上帝且酗酒的精神科醫生，一個口吃的養豬農，一個裝扮成爵士的男僕，還有一個以女巫為業的伊蘇拉‧裴比，她曾親口向我坦承自己配藥賣藥。他們一路邀集其他幾個同好，這些人的「文學之夜」是何光景，我們就只能用想像的了。

你絕不可以寫這些人與他們讀的書，天曉得他們認為適合閱讀的都是哪些書！

驚駭又不安的基督徒，阿德雷德‧艾狄森（小姐）

三月二日，一九四六年

親愛的茱麗葉：

我剛剛從我的樂評人那兒搶來歌劇票。科芬園，八點。你能來嗎？

你的馬肯

親愛的馬肯：

今晚？

茱麗葉

是！

M

太好了！不過我對你的樂評人感到很抱歉。那些歌劇票與母雞的牙齒一樣稀罕。

茱麗葉

他將就一下，有站位也可以了，還能寫寫歌劇對窮人的提升作用⋯⋯等等，等等。

我七點來接你。

M

三月三日，一九四六年

艾班・蘭姆西先生收

根西島聖馬丁區，加萊巷，蘋果樹宅

親愛的蘭姆西先生：

　　您寫信給我說到占領期間的經歷，您真是好心。戰爭快要結束時，我也曾答應自己，談論戰爭的時候已經過去了。我談論戰爭、活在戰爭裡六年，非常渴望能注意什麼別的事，任何事都好。但那就好像希望自己變成別人。如今戰爭已經成為我們生活的故事，怎麼也抹不掉。

　　很高興聽說你孫子伊萊已經回到你身邊。他跟你住還是跟他爸媽住呢？占領期間你完全沒有他的消息嗎？根西島所有的孩子是否都同時回家？如果是，該是多盛大的慶祝場面啊！

　　我並不想排山倒海似的問東問西，不過如果你願意回答的話，我還有幾個問題。我知道後來促成「根西馬鈴薯皮派文學讀書會」的那次烤豬晚餐你也在座，可是毛格莉太太怎麼會有豬呢？一頭大豬要怎麼藏啊？

　　伊麗莎白・麥坎納那天晚上好勇敢哪！壓力下的她仍然優雅大度，這種特質令我傾心不已。如今幾個月過去，沒有接獲她隻字片語，我知道你和讀書會其他會員想必很擔心。朋友告

訴我，歐洲好像給人捅破的蜂窩，成千上萬流離失所的人處處皆是，全都趕著回家。我一個至交好友在一九四三年遭人擊落於緬甸，上個月卻在澳洲再度現身，雖然身體狀況不是很好，但仍然活著，也打算繼續活下去。

謝謝你的來信。

茱麗葉・艾許登敬上

柯 洛 維 斯 ・ 佛 西 給 茱 麗 葉 的 信

三月四日，一九四六年

親愛的小姐：

起初我並不想參加任何讀書會。我農場裡要幹的活很多，才不想花時間去讀什麼從來不存在的人做些從來沒做過的事。

然後到了一九四二年，我開始追求胡波寡婦。我們在小徑散步的時候，她總是一馬當先，走在我前面幾步，從來不肯讓我攬住她胳臂，可她卻讓拉夫・莫契攬著，因此我知道自己漸漸落敗。

拉夫每灌幾杯老酒就開始吹牛，對著整間酒館裡的人說：「女人好比詩，只要聽見一個溫柔的字眼就融化了……在草原上熱暈了。」這麼說女士實在不應該。當時我就知道，他不像我是為了胡波寡婦本人而要她。他完全為了給他的牛群找一塊

吃草的土地。於是我想⋯⋯如果胡波寡婦要聽詩，我就為她唸一些。

我跑到福克斯先生的書店，請他幫我找些情詩。那時他的書已經所剩不多，都被島民買回家生火，等他終於明白這一點，便把書店永久關了⋯⋯總之他給我卡秋勒斯[54]的詩。這傢伙是個羅馬人。你知道他在詩句裡說些什麼事情嗎？我知道那些話是不能當著有教養的淑女說的。

他確實渴望一個名叫蕾斯比亞的女人。她跟他上床之後，把他一腳踢開。她這麼做我可不覺得奇怪，因為他不喜歡她輕拍毛茸茸的小麻雀。忌妒一隻小鳥，他就是那樣。他回家拿起筆來，寫下他看見她擁小鳥入懷時有多麼痛苦。他大受打擊，此後再也不喜歡女人，還寫了很多咒罵女人的詩。

他也是個小氣鬼。有個墮落風塵的女人同他燕好之後向他收費，真是可憐的姑娘。他為此寫了一首詩。你要不要看？我抄給你。

> 那個憔悴的妓女是不是瘋啦，竟跟我要
> 　一千個子兒？
> 那有個醜鼻子的女孩？

---

54 卡秋勒斯（Gaius Valerius Catullus）是公元前一世紀的羅馬詩人，一般認為他表現愛與恨的詩是古羅馬最優秀的抒情詩。

負責照顧那女孩的親戚啊，

快叫朋友與醫生過來；那女孩瘋了。

她以為她很美咧。

　　這些話是愛的標記？我對我朋友艾班說，我從來沒讀過那麼充滿惡意的詩句。他說我選錯詩人了。他帶我到他家，把一本小書借給我。那是歐文[55]的詩，他是第一次世界大戰時期的軍官，他很明白事理，而且叫得出事物正確的名字。帕森戴爾戰役[56]爆發的時候我也在場，他知道的我都知道，可我從來沒辦法形諸文字。

　　於是在那之後，我想「詩」這東西說不定真的值得一讀。我開始參加讀書會，很高興我去了，否則怎麼讀得到華茲渥斯的作品，我也就不會認識他了。他許多詩我都背得出來。

　　無論如何，我總算贏得胡波寡婦的青睞，我的南西。一天傍晚，我同她沿著懸崖散步，我說：「你瞧那邊，南西，天國的溫柔籠罩著海……你聽，偉大的生命醒來了。」[57]她讓我吻她。現在她成了我的妻子。

柯洛維斯‧佛西敬上

---

55 歐文（Wilfred Owen, 1893-1918）是英國詩人，有關戰爭的詩作真實且震撼人心。

56 帕森戴爾戰役（Battle of Passchendaele）發生於一九一七年比利時的帕森戴爾村，為一次大戰主要戰役，由英、澳、紐、加、法與南非聯手對抗德國，戰況慘烈。

57 出自華茲渥斯的詩作〈這是個美妙的黃昏〉（It is a Beauteous Evening）。

又：毛格莉太太上星期借我一本書，書名叫《牛津現代詩選，一八九二至一九三五》。他們讓一個名叫葉慈[58]的人挑選作品。他們不該這麼選他的。他是誰啊？他懂什麼詩詞？

我翻遍那本詩集，想找歐文或薩松[59]的詩。都沒有，連一首也沒有。你知道為什麼沒有嗎？因為這位葉慈先生說：「我故意不選第一次世界大戰的作品。我討厭那些詩。消極的苦難並非詩的主題。」

消極的苦難？消極的苦難！我差點動彈不得。那個人是哪裡不對勁？歐文中尉寫過一行詩：「有人曾為如牛隻一般死去的人們敲過什麼喪鐘嗎？唯有槍砲那駭人聽聞的憤怒罷了。」我想知道這話哪裡消極啦？他們就是這麼死的，我親眼瞧見的，我說葉慈先生去你的吧。

柯洛維斯・佛西敬上

58　葉慈（William Butler Yeats, 1865-1939）是愛爾蘭詩人與劇作家。
59　薩松（Siegfried Sassoon, 1886-1967）是英國詩人，以一次大戰的反戰諷刺詩聞名。

三月十日，一九四六年

親愛的艾許登小姐：

　　謝謝你的來信，以及親切詢問我孫子伊萊的事情。他是我女兒珍妮的兒子。一九四〇年六月二十八日德軍轟炸我們那天，珍妮和她的新生寶寶在醫院遇難逝世。伊萊的父親則於一九四二年死於北非，所以現在伊萊由我撫養。

　　伊萊是六月二十日離開的，跟他一起撤離到英格蘭的還有成千上萬個嬰兒與學童。我們知道德軍就快來了，珍妮很擔心伊萊在這裡的安全，然而珍妮的寶寶即將臨盆，醫生說什麼也不讓珍妮跟他們一塊兒上船。

　　我們有六個月聽不到任何孩子的消息，後來我才接到紅十字會寄來一張明信片說伊萊很好，但沒透露他在哪裡。我們一點都不知道孩子到底住在什麼城鎮，只能祈禱別是什麼大城市才好。之後過了更久時間，我才能寄明信片給他。不過關於這事，我有點拿不定主意。我好怕告訴他說他母親和小寶寶都死了。一想到孫子從明信片的背面讀到這些冷冰冰的字句，我就老大不願意。但我非說不可。之後聽說他父親過世的時候，我又說了第二次。

　　直到戰爭結束，伊萊才回到家裡。他們的確是同時遣返所有孩子。那真是好棒的一天啊！甚至比英軍解放根西島那天還

要美好。頭一個走下梯板的男孩就是伊萊,五年來他已經長得手長腳長;要不是伊蘇拉輕輕推我一下、換她抱住伊萊的話,我想我大概永遠會把他擁在懷裡吧。

我感謝上帝,他住在約克郡一個農家。他們對他很好。伊萊給我一封他們寫給我的信,滿紙皆是他成長過程中我錯過的點點滴滴。他們說到他的學校教育、他如何幫忙農家幹活,而接到我的明信片時,他又如何設法堅忍不拔。

他跟我一起捕魚、幫我照顧牛隻與花園,不過他最愛的還是木雕,道西和我正在教他怎麼雕刻木頭。上星期他用一小截斷裂的籬笆欄杆雕出一條漂亮的蛇,不過我猜,那截斷裂的籬笆其實來自道西穀倉裡的一根橡木。我問道西的時候,他只笑而不答,不過這會兒島上已經很難找到多餘的木頭,因為我們不得不砍倒大部分的樹(欄杆與家具也一樣),在沒有煤塊或煤油可用的期間當柴火燒。現在我和伊萊在我的土地上種樹,不過還得等好久才會長大……我們真的好想念樹葉與遮蔭。

我現在就告訴你烤豬的事。德軍對農家的牲畜相當挑剔,豬隻與牛隻的數量算得清清楚楚。根西島必須養活駐紮在島上與法國的德軍,我們只能吃剩下的,如果還有食物剩下的話。

德軍多麼喜歡記帳啊。我們擠了多少加侖牛奶、製作多少奶油、每一袋麵粉他們都一一記錄下來。有一陣子他們是不管雞的,可是等到飼料和殘羹剩菜變得少之又少的時候,他們又命令我們宰殺老雞,好讓會生蛋的雞隻能多吃些飼料,繼續給

他們生蛋。

　　我們打漁的漁夫必須把大部分的漁獲交給他們。他們到漁港等我們的漁船進港，然後拿走他們要的漁獲。占領初期，許多島民駕漁船逃往英格蘭，有些淹沒，有些成功抵達。於是德軍頒布一項新規定，任何有親屬在英格蘭的人不准上漁船，怕我們會拚命逃走。由於伊萊在英格蘭某個地方，我不得不出借我的漁船。我只好到卜沃特先生的一間玻璃溫室工作，過了一段時間，我已經能夠把那些植物照顧得很好。可是老天，我好想念我的船和大海哪。

　　德軍對肉品尤其斤斤計較，因為他們不希望任何肉品流入黑市，害他們的士兵吃不到。如果你的母豬生了一窩小豬，德軍的農業官員就會跑到你農場來數共有幾隻，給你每隻小豬的出生證明，並且記錄在他的簿子上。如果豬隻自然死亡，你得告訴農業官員，這時他又會跑來一趟，看看死去的屍體，給你一張死亡證明。

　　他們也會突擊檢查你的農場，你的活豬數量最好吻合他們清點的數量，少一隻就得罰款，再犯的話，你會慘遭逮捕，送進聖彼得港的監牢服刑。如果豬隻少了太多，德軍估計你八成是賣到黑市，於是把你送到德國的勞改營。你永遠無法預知德國人會怎麼做，他們是個喜怒無常的民族。

　　不過打一開始的時候，倒也挺容易騙過那個農業官員，偷偷養一隻自己享用。這就是阿米莉亞怎麼會有一隻豬的由來。

威爾‧李斯比有一隻病豬死掉了，那名農業官員過來發證書，在上面寫說那頭豬真的死了，然後丟下威爾獨自掩埋那頭可憐的死豬。可是威爾並沒有把死豬埋起來，他匆匆帶著小小的屍體穿過樹林，把它給了阿米莉亞‧毛格莉。阿米莉亞藏起她自己健康的豬，然後打電話給農業官員說：「快過來，我的豬死了。」

　　農業官員立刻趕來，看見豬隻上彎的腳趾頭，渾然不知那是當天早上他看過的同一隻豬，於是便在他的死動物簿子多記錄一隻死豬。

　　阿米莉亞再把同一隻豬的屍體拿給另一個朋友，次日他再搞一次同樣的把戲。在豬隻屍體發臭以前，這種做法可以一再重複。等到德軍終於想通了，他們開始烙印剛出生的豬隻與牛隻，我們再也沒有死畜牲可以「連環換」了。

　　不過，阿米莉亞偷藏起來的那隻胖豬活生生的又很健康，於是請道西過來悄悄宰殺，而且非得無聲無息才行，因為一支德軍砲兵連就駐紮在她家農場旁邊，要是讓那些阿兵哥聽見胖豬臨死尖銳的叫聲而跑來查看，那可不得了。

　　道西向來容易吸引豬隻，他一走上穀倉旁的空地，牠們便紛紛衝向他，只求他往牠們的背上摸一把。換了別人，牠們會大吵大鬧、尖聲怪叫、猛吸鼻子或來去衝撞，道西卻能安撫牠們。他也知道刀子應該既快又準地劃在牠們下巴底下什麼位置，那些豬壓根來不及發出尖鳴，已經頹然無聲地滑倒在地。

我告訴道西說，牠們只來得及驚訝地抬頭看他一眼，但他說才不呢，豬很聰明，知道自己被出賣了，我不該試圖美化這件事。

　　阿米莉亞的胖豬給了我們一頓豐盛的晚餐……除了烤豬，還塞滿洋蔥與馬鈴薯。我們都快忘了肚子飽飽是什麼感覺，直到那會兒才又想起來。拉上阿米莉亞家的窗簾，擋住德軍砲兵連的視線，一桌的食物與好友，我們大可假裝啥事也沒發生。

　　你說伊麗莎白很勇敢沒有錯。她的確勇敢，向來都是。她還是小女孩的時候，跟著她媽媽與安柏斯爵士從倫敦來到根西島。第一年夏天她就認識我女兒珍妮，當時兩人都才十歲，從此就是牢不可分的死黨。

　　一九四〇年春天，伊麗莎白為了關閉安柏斯爵士的房子回來島上，她想陪在珍妮身邊，卻在險境停留太久。我女兒的先生約翰跑去英國登記入伍，那是一九三九年十二月，是她懷著腹中小嬰兒等待分娩的時刻，日子十分難熬，所以心情很糟。馬丁醫生囑咐她多多躺在床上休息，於是伊麗莎白留下來陪珍妮，也陪伊萊玩。伊萊最喜歡伊麗莎白陪著玩了，他們可是家具的一大威脅，但聽見他們開懷大笑令人好開心。有一回我過去接他倆吃晚餐，前腳才跨進去，只見他們四仰八叉躺在樓梯底下一堆枕頭上，原來他們順著安柏斯爵士漂亮的橡木欄杆從三樓滑到一樓，把那欄杆擦得曄亮。

　　送伊萊登上撤離船的必要事務都是伊麗莎白一手打理的。

英國派船過來接孩子的時候，島民事前一天才接到通知。伊麗莎白工作起來像個打轉的陀螺，幫伊萊洗衣服、縫衣服，也讓他了解為什麼不能帶寵物兔一起走。我們朝學校操場出發的時候，珍妮不得不別開頭，免得讓伊萊瞧見離別前她淚眼模糊的臉，於是伊麗莎白攜起他的手說，這真是一個航海的好天氣。

等這件事過了，別人都想盡辦法要離開根西島，伊麗莎白仍然不走。「我不走，」她說，「我要等珍妮的寶寶生下來，還要等寶寶吃得夠胖了，然後寶寶、珍妮和我一起去倫敦。到那時候，我們就會知道伊萊在哪裡，再過去接他。」伊麗莎白作風強勢又很固執，她下巴往前一伸，於是你明白甭想說動她離開。即使我們都看見雪堡[60]那邊因為法國人不想讓德國人坐享其成、放火燒掉油槽而冒出了濃煙，她還是不肯丟下珍妮與小嬰兒先走。我猜安柏斯爵士曾經告訴她，他和一個駕遊艇的朋友可以在德軍登島之前直接駛入聖彼得港，載他們離開根西島。老實說，我很高興她沒有離開。珍妮和新生嬰兒在醫院過世的時候，她在這裡陪著我。她就坐在珍妮的床邊，緊緊握著她的手。

珍妮死去以後，伊麗莎白和我兩人站在走廊上，呆呆地凝望窗外。就在那當兒，我們看見七架德軍飛機低空飛越港口，本以為是一次偵查飛行罷了，可是後來他們開始丟炸彈，好像

---

60 雪堡（Cherbourg）位於法國諾曼第半島，與根西島遙遙相望。

棍子似的從天而降。我們沒說話，但我知道彼此心裡都在想：伊萊已經平安離開了，感謝老天。在那艱難的時刻與以後，伊麗莎白陪伴著珍妮與我，因此我感謝上帝，她的女兒姬特平平安安跟我們在一起，我也祈禱伊麗莎白能夠早日回家。

我很高興聽說你已在澳洲找到你的朋友。希望你會繼續同我與道西通信，因為他跟我一樣，很喜歡接到你的來信。

艾班‧蘭姆西敬上

道西寫給茱麗葉的信

三月十二日，一九四六年

親愛的艾許登小姐：

我很高興你喜歡白色紫丁香。

我要告訴你戴文太太的肥皂的事。大約是在德軍占領的中期，肥皂變得十分稀少，每戶人家、每個月、每個人只分到一塊用什麼法國黏土做的肥皂，放在盆子裡像是死掉的東西，怎麼也搓不出泡沫，非得使勁搓才勉強管用。

保持清潔非常辛苦，我們早已習慣身上與衣服有點髒兮兮的。德軍還發給我們一丁點肥皂粉清洗盤碟與衣服，不過分量少得可笑，也是搓不出泡沫。有些女士特別受不了，戴文太太就是其中之一。戰前她都在巴黎買衣服，而別緻的衣服又比樸

素的衣服壞得更快。

　　一天，史可普先生的豬死於乳熱病。由於沒人敢吃，於是史可普先生把屍體送給我。我記得我媽用肥肉做過肥皂，所以我想可以試試看。做好的時候，模樣很像凍結的洗碗水，聞起來更糟，所以我又把它們全部融化掉重做，布克也過來幫忙。他建議用紅辣椒加色、肉桂加味道。每樣東西阿米莉亞都給我們一點加在裡面。

　　等肥皂夠硬了，我們用阿米莉亞的餅乾模子切成一個個圓形。我在外層裹上紗布，伊麗莎白用紅色毛線綁上蝴蝶結。到了下次讀書會的聚會，我們把肥皂當做禮物送給所有女士。至少在接下來的一、兩個星期，我們看起來相當體面。

　　目前我每週在採石場與港口工作幾天。伊蘇拉覺得我滿臉倦容，送給我一罐消除筋骨痠疼的油膏，名叫「天使纖指」。伊蘇拉還有一種名為「魔鬼吸吮」的咳嗽藥水，我祈禱自己永遠沒有需要的那天。

　　昨天阿米莉亞與姬特來我家吃晚餐，餐後我們拿了毛毯去海邊，看月亮升起。那是姬特的最愛，可是每次月亮還沒完全升起，她就已經睡著了，於是我把她抱回阿米莉亞家。她很有把握等她長到五歲，一定可以整夜保持清醒。

　　你很懂小孩嗎？我不太懂。雖然我還在學習，但我大概學得很慢。姬特還不會說話的時候比較容易，不過沒現在這麼有趣。我試著回答她的問題，可我通常慢半拍，往往還來不及回

答頭一個問題，她已經跳到另一個新問題了。況且我知道的也不夠多，無法取悅她。我不曉得「獴」長什麼模樣。

很喜歡接到你的來信，但我常常覺得沒什麼值得一說的新鮮事，所以能夠回答你隨口問問的問題也挺好的。

你的道西・亞當斯

阿德雷德・艾狄森給茱麗葉的信

三月十二日，一九四六年

親愛的艾許登小姐：

我看你是不會聽我的勸了。我在市場碰到伊蘇拉・裴比，當時她正邊顧攤邊寫信……回你的信！我設法繼續平靜地辦我的事，可是後來又遇見道西・亞當斯在寄信……寄給你！我問你，下一個會是誰呢？此風不可長，於是我抓起筆來阻止你。

我在上一封信並沒有完全據實以告。由於事涉敏感、事關重大，我才故意遮掩那一夥人和他們的創立人伊麗莎白・麥坎納的本性。不過這會兒我看非得和盤托出才行：

讀書會的會員串通好，共同撫養伊麗莎白・麥坎納和她那德國醫官情夫克里斯欽・海曼的私生女。沒錯，一個德國阿兵哥。我敢說你肯定感到震驚無比。

如果我胡說八道，那我什麼也不是。我並沒有像那些無禮

的人罵伊麗莎白是「蠢貨」，說她願意跟隨任何可以送她禮物的德國阿兵哥在根西島亂晃。我從沒見過伊麗莎白套上玻璃絲襪、身穿綾羅綢緞（真的，她的衣服跟以前一樣難看）、全身聞起來是巴黎的香水味、滿嘴嚼著巧克力、狂飲葡萄酒，或是像其他島上的輕佻女子那樣抽菸。

不過真相也夠糟的了。

不幸的事實是：一九四二年四月，「還沒嫁人的」伊麗莎白・麥坎納生下一名小女嬰，生在她自己的大宅裡。分娩的時候，艾班・蘭姆西與伊蘇拉・裴比在場，艾班握著媽媽的手，伊蘇拉則不斷生火。馬丁醫生趕到之前，真正接生的人是阿米莉亞・毛格莉與道西・亞當斯。（一個未婚的男人！真丟臉！）傳說中的那位父親呢？缺席！其實他不久前才離開島上。「接獲命令返回歐洲。」他們是這麼說的。情況再清楚不過了：等到他倆不正當關係的證據無法否認的時候，海曼醫官便拋棄了他的情人，讓她面對應得的懲罰。

我早料到會有這種可恥的下場。我曾幾次瞧見伊麗莎白和她的情夫，他們一起散步，低聲交談，採集煮湯的蕁麻或是柴火。有一回他倆面對面站著，我看見他一手擱在她臉上，他的大拇指循著她的頰骨一路摸下去。

雖然我成功的希望很渺茫，但我知道我有責任警告她，讓她知道究竟有什麼樣的命運等著她。我告訴她，她會不見容於正經社會，然而她不但沒理會我，反而放聲大笑。我忍住了。

後來她還叫我滾出她家。

我對我的先見之明並不感到驕傲。基督徒不該驕傲。

回過頭來說小女嬰，她的全名叫克莉絲汀娜，他們叫她姬特。一年後，一如以往不負責任的伊麗莎白犯下一樁德國占領軍明令禁止的案子：她協助一名逃出德軍監獄的犯人找到落腳的地方，又提供食物給他。她遭到逮捕之後，被判到歐洲的監獄服刑。

伊麗莎白遭到逮捕的時候，毛格莉太太把女嬰抱到她家。是從那個晚上以後嗎？讀書會把那孩子當做自己的孩子撫養，一家一家輪流帶她。主要的照顧工作交給阿米莉亞·毛格莉，讀書會的其他會員則帶她出門走走，活像是借出圖書館的藏書似的，一次好幾星期。

他們都好寵那嬰兒，如今那孩子能跑能跳，到什麼地方都有他們這個人那個人跟著、牽著手，或是騎在他們肩膀上。這就是他們的水準！你絕對不可以讓這些人在《泰晤士報》耀武揚威！

你不會再接到我的來信。我已設法善盡責任，希望你能審慎考慮。

　　　　　　　　　　　　　　阿德雷德·艾狄森

席尼給茱麗葉的電報

三月二十日，一九四六年

親愛的茱麗葉：回家行程耽誤。落馬，斷腿。有皮爾斯照顧。
愛你的席尼

茱麗葉給席尼的電報

三月二十一日，一九四六年

噢，老天，哪條腿？好難過。愛你的茱麗葉

席尼給茱麗葉的電報

三月二十二日，一九四六年

是另一條腿。別擔心，不太疼。皮爾斯是很棒的護士。愛你的
席尼

三月二十二日，一九四六年

很高興不是我弄斷的那條腿。我能寄什麼東西幫助你復原嗎？
書，錄音帶，撲克牌籌碼……我的血？

　　　　　　　　三月二十三日，一九四六年

不要血，不要書，不要撲克牌籌碼，只要繼續寄長信來娛樂我
們。愛你的席尼與皮爾斯

　　　　　　　　三月二十三日，一九四六年

親愛的蘇菲：

　　我只接到一通電報，所以你知道的比我多。不過無論情況
如何，你若考慮飛去澳洲絕對是荒謬之舉。亞歷山大怎麼辦？
多米尼呢？還有你那些羊？他們會想死你的。

你停下來想一下，就會明白為什麼不需要小題大作了。第一，皮爾斯會把席尼照顧得好好的。第二，皮爾斯比我們更適合……還記得上回席尼生病的時候是多麼惡劣的病人嗎？我們應該高興他人在千里以外。第三，這幾年席尼彷彿一把拉得死緊的弓，他需要休息。摔斷腿說不定是他肯讓自己放假的唯一方法。最重要的是，蘇菲：他不希望我們去。

　　我敢說席尼寧可我寫本新書，也不要我出現在澳洲他的病榻旁，所以我打算待在我沉悶枯燥的公寓裡，好好想新書的主題。我的確已經想到小小的點子了，不過仍然十分虛無飄渺，即使是對你，我也不敢冒險一談。為了向席尼的斷腿致敬，我要好好醞釀這個點子，看看是否能讓它更具體一些。

　　現在來談談（小）馬肯・雷諾。關於這位先生，你問了一些非常微妙又棘手的問題，真像是你用棍子狠狠夯了我腦袋一下。我愛上他了嗎？這是什麼問題啊？好比長笛聲中冒出的低音號，你太讓我失望了。窺探他人隱私的首要規則就是旁敲側擊，當初你開始在信中暈頭轉向地大談亞歷山大的時候，我並沒有問你是否愛上他了，我只問他最愛的動物是什麼，你的回答立刻讓我明白有關他的一切：有幾個男人願意承認自己喜歡鴨子呢？（這倒提醒我一件很重要的事：我還不曉得馬肯最愛什麼動物。我很懷疑會是鴨子。）

　　要不要我給你幾個建議？你可以問我他最愛的作家是誰。

（多斯帕索斯[61]！海明威！）或是他最愛的顏色。（藍色，不確定淡藍或深藍，可能是略帶紅色的深藍。）他很會跳舞嗎？（是的，比我跳得還好，從來沒有踩過我的腳，不過跳舞的時候絕不說話，連哼曲子也不。據我所知，他從不哼哼唱唱。）他有沒有兄弟姊妹？（有，兩個姊姊，一個嫁給糖業大亨，另一個去年守寡。加上一個弟弟，他口氣輕蔑極了，說得弟弟好像白癡似的。）

那麼……既然我替你把工作都做好了，也許你可以回答自己荒唐的問題，因為我答不出來。在馬肯身邊，我覺得頭昏，這可能是愛，也可能不是，但絕不平靜。例如我對今晚就感到忐忑不安，又一個燦爛輝煌的晚宴，男士們的身子越過桌面抒發己見，女士們用她們的菸嘴頻頻示意。噢，老天，我好想舒服地窩在我的沙發上，但又不得不起來套上一件晚禮服。撇開愛情不談，馬肯硬是讓我頗有治裝壓力。

好了，親愛的，別為席尼煩心。他很快就能到處走動了。

愛你的茉麗葉

---

61 多斯帕索斯（John Dos Passos, 1896-1970）是美國作家，最著名的小說是《美國》（*U. S. A.*）。

三月二十五日，一九四六年

親愛的亞當斯先生：

我接到一封（其實是兩封！）來自一位阿德雷德‧艾狄森小姐的長信，警告我別在文章裡寫讀書會的事，我要是不聽，她就再也不跟我有任何瓜葛。我會設法勉力承擔這份磨難。那位「蠢貨」可真讓她激動得冒火，是不是？

我也接到柯洛維斯‧佛西談詩的來信，以及伊蘇拉‧裴比談勃朗特姊妹的來信。除了讓我滿心愉悅之外，他們給我的文章帶來許多嶄新的想法。根西島的他們、你、蘭姆西先生與毛格莉太太等於在替我寫文章。哪怕是阿德雷德‧艾狄森小姐也貢獻她的一份力量……跟她作對將是一大樂事。

儘管我很想，但我對孩子也不太在行。我是一個可愛的三歲小男孩的乾媽，他叫多米尼，是我朋友蘇菲的兒子。他們住在蘇格蘭，在歐本鎮附近。我們不常見面，但每次見到他的時候，都會為他漸漸增長的個人特質驚愕不已；我才剛剛習慣抱著懷裡溫暖的嬰兒走來走去，下回見到時，他已經不再是嬰兒，而是開始自行到處奔跑的小孩了。六個月沒見，結果一看，他已經學會講話！現在他會自言自語，我覺得好可愛，因為我也會自言自語。

你可以告訴姬特說，「獴」是一種模樣像黃鼠狼的動物，

牙齒尖利，脾氣暴躁，是眼鏡蛇唯一的天敵，蛇毒完全拿牠沒輒。除了蛇以外，牠也吃蠍子當點心。或許你可以給她一隻獴當寵物。

你的茱麗葉‧艾許登

又：我有點猶疑要不要寄這封信……萬一阿德雷德‧艾狄森小姐跟你是朋友呢？後來我判斷應該不是，她不可能是你朋友……所以我還是寄了。

❧ 約 翰 ‧ 布 克 給 茱 麗 葉 的 信 ❧

三月二十七日，一九四六年

親愛的艾許登小姐：

因為我是「根西馬鈴薯皮派文學讀書會」的創立會員，阿米莉亞‧毛格莉請我寫信給你……雖然我只是反覆把一本書讀了一遍又一遍，那本書叫做《塞內卡書信全集：譯自拉丁文，全一卷，含附錄》。塞內卡[62]與讀書會幫助我遠離醉鬼的悲慘人生。

62　塞內卡（Seneca, 4-65）是羅馬哲學家、政治家與劇作家，為暴君尼祿的導師與顧問，對尼祿影響極大。

從一九四〇到四四年，我對德國當局冒充自己是托拜·潘皮爾爵士。他是我以前的老闆，根西島慘遭轟炸的時候，他在慌亂中逃到英國，我是他的貼身男僕，我留下沒走。我真正的名字叫約翰·布克，生在倫敦，長在倫敦。

　　我和其他人一起在吃烤豬當天晚上的宵禁時間給德軍逮個正著。當時的情形我記不得了，八成已經喝醉，因為我通常都是醉醺醺的。我記得那些軍人大聲吆喝，槍桿揮來揮去。道西撐著我的身子，後來就聽見伊麗莎白的聲音，她談起書的事情……我實在搞不懂為什麼。然後道西拉著我，快快穿過什麼牧場，緊跟著我便倒在床上。就這樣。

　　可是你想知道書對我生活的影響，我說過，我只讀一本書。塞內卡。你知道他是誰嗎？他是羅馬的哲學家，寫信給幾個想像中的朋友，告訴他們應該如何規矩過日子。聽起來或許枯燥無味，可卻一點也不無聊：那些信非常機智風趣。我想如果你一邊讀一邊笑，可能會學到更多。

　　我覺得他的文字似乎無遠弗屆，對每個時代的每個人都合適。我講個活生生的例子給你聽：就拿德國空軍和他們的髮型來說吧。閃電空襲期間，德國空軍從根西島起飛，在飛到倫敦的途中與轟炸機會合。他們只在夜裡飛行，所以白天的時間屬於自己，在聖彼得港愛幹什麼幹什麼。結果他們怎麼消磨時間呢？上美容院：擦亮他們的指甲，臉部按摩，修眉毛，做頭髮，燙頭髮。我看見他們頭戴髮網、五人並肩走在路上，一邊

還忙著用手肘把島民擠下人行道，那會兒我就想到塞內卡談論禁衛軍的文字。他寫說：「這些人一個個寧可看見羅馬陷入混亂，也不肯弄亂自個兒一根頭髮。」

　　我這就說說我怎麼會冒充自己以前的老闆。托拜爵士要找一個安全的地方靜待戰爭結束，因此買下根西島上的拉佛特莊園。他曾在一次世界大戰期間住在加勒比海一帶，不過那裡的燠熱讓他吃了許多苦頭。

　　一九四〇年春天，他帶著包括夫人在內的大半財產來到根西島。他倫敦的男管家喬西把自己鎖在食品儲藏室，說什麼也不肯過來，於是身為貼身男僕的我便代替喬西，前來監督家具的擺設、帳幔的吊掛、銀器的擦拭，並把酒瓶塞滿他的酒窖。我在那裡把一隻一隻酒瓶擱在小小的酒架上，好像把嬰兒放進搖籃一樣溫柔。

　　我才剛剛把最後一幅畫掛上牆壁，德軍飛機已經飛到聖彼得港上空開始轟炸。托拜爵士聽見爆炸立刻驚慌失措，他大聲呼喚遊艇船長，命令他「快把船收拾收拾！」我們必須把他的銀器、名畫、裝飾品，還有，如果空間足夠的話，也把托拜夫人裝上船，然後即刻升帆朝英國出發。

　　我是最後一個走上梯板的，托拜爵士仍在一旁尖叫：「你快點，快點呀，德國兵要來了！」

　　就在那節骨眼，艾許登小姐，我突然福至心靈。爵士酒窖的鑰匙仍然在我手上。我想到那麼多的酒，香檳，白蘭地，那

些上不了船的干邑白蘭地……就我單獨一人伴著它們。我想到
再沒有喚人鈴，沒有制服，沒有托拜爵士。其實是，「再也不
必伺候別人了」。

我轉身背對著他，快步走下梯板，跑上通往拉佛特的路，
看著遊艇越駛越遠，托拜爵士還在大吼大叫。然後我走進莊
園，先升起火，再走下酒窖。我拿起一瓶紅酒，拔起第一顆軟
木塞，讓那紅酒呼吸，接著回到圖書室，慢慢啜飲，並且開始
讀《愛酒人指南》。

我研究葡萄，我照顧花園，穿絲質睡衣褲睡覺，也喝葡萄
酒。就這樣一直過到九月，阿米莉亞・毛格莉與伊麗莎白・麥
坎納上門來找我的時候。我同伊麗莎白的交情很淺，她跟我在
市場攤位之間聊過幾次，而毛格莉太太跟我則完全是陌生人。
她們是不是想檢舉我，要把我交給警察？我好納悶。

不。她們是來警告我的。根西島的指揮官已經命令所有猶
太人到格蘭傑旅館報到登記。根據指揮官的說法，我們的身分
證件僅僅會註明「猶太」兩字，然後就可以自由回家。伊麗莎
白知道我母親是猶太人，我提過一次。她們是來告訴我，無論
如何絕對不要乖乖跑去格蘭傑旅館。

不過還不只於此。伊麗莎白仔細衡量我的困境（比我自己
想的更加仔細）之後，幫我想好一個計畫。既然每個島民橫豎
都要有一張身分證，我幹嘛不乾脆說自己就是托拜・潘皮爾爵
士本人呢？我可以說自己只是來遊玩，所有文件都在倫敦的銀

行。阿米莉亞很有把握戴文先生也樂意證明我的說法，而他確實很樂意。他與阿米莉亞陪我到指揮官辦公室，於是我們一起宣誓我就是托拜·潘皮爾爵士。

想到畫龍點睛招數的人依舊是伊麗莎白。根西島上所有宏偉的大宅都給德軍占領、讓他們的軍官入住，所以絕對不會放過拉佛特莊園那樣的住宅，那裡太漂亮了，他們不可能放過。他們來的時候，我必須以托拜爵士的身分從容以待。我必須看起來就是個好整以暇的勛爵，裝出輕鬆自在的模樣。其實我嚇死了。

「別胡說了，」伊麗莎白說，「你很體面的，布克。你身材高挑、黝黑又英俊。再說每個男僕都很會擺架子。」

她決定趕快畫一幅我的肖像，充當十六世紀的潘皮爾家祖先。於是我身穿天鵝絨披風，坐在深色織錦的前方擺姿勢，重重暗影中的我撥弄著匕首，看來高貴、委屈且叛逆。

那真是神來一筆。後來不到兩個星期，一群德國軍官（一共六個）出現在我的圖書室，連門也沒敲。我就在那裡接見他們，口中細細啜飲一杯瑪哥堡紅酒[63]，面目酷似壁爐架上方那幅我「祖先」的肖像畫，相像到難以置信。

他們向我鞠躬行禮，極盡禮貌之能事，但也沒阻止他們占用房子，而且第二天就叫我搬到看門人的小木屋去。艾班與道

---

63 瑪哥堡（Château Margaux）為法國波爾多地區的一級酒莊。

西當天晚上宵禁後偷溜出來，幫我把大部分的葡萄酒搬到小木屋。我們很聰明，把酒都藏在柴堆後面、井裡頭、煙囪上面、乾草堆裡還有橫梁上面。不過儘管有這麼多瓶酒，到了一九四一年初仍然被我喝得一瓶不剩。那是好傷心的一天，還好有朋友讓我分神⋯⋯然後我便發現了塞內卡。

我漸漸愛上我們的讀書會聚會，那讓占領時期的日子差堪忍受。有些書聽起來不錯，但我還是只鍾情於塞內卡。我越來越感覺他在對我說話，以他那滑稽又犀利的口吻只對我一個人說。無論未來會如何，他的書信都幫助我活下去。

我仍去參加讀書會每次聚會。大家都對塞內卡厭煩透了，求我可不可以讀些別人的作品。但是我不肯。我也在一個劇團推出的話劇裡扮演一個角色；冒充托拜爵士讓我一嘗表演的滋味，更何況我的身材高挑、嗓門又大，連最後一排觀眾都聽得見。

我好高興戰爭已經結束，我又是約翰・布克了

約翰・布克敬上

三月三十一日，一九四六年

席尼・史塔克先生收

蒙瑞戈旅館

澳洲墨爾本，布羅大道七十九號

親愛的席尼與皮爾斯：

　　我沒寄鮮血……只不過為了抄寫根西島新朋友寫的信附在這裡，我把大拇指扭傷了。我好愛讀他們的信，於是忍不住要想，若把原信寄到地球的下面給你們，八成會給野狗吃掉。

　　我知道德軍占領過海峽群島，可是戰時我幾乎不曾想過這事。之後我遍尋《泰晤士報》或倫敦圖書館任何關於占領期間的報導與文章。我也需要找一本不錯的根西島旅遊書，而且是有文字描述的書，不只是時刻表與旅館的建議，讓我對這座島有點感覺。

　　我除了對他們的閱讀興趣感興趣之外，也愛上了其中兩個男人：艾班・蘭姆西和道西・亞當斯。我喜歡柯洛維斯・佛西和約翰・布克。希望阿米莉亞・毛格莉願意收養我；而我呢，我想收養伊蘇拉・裴比。至於我對阿德雷德・艾狄森（小姐）的感覺，讀過她的信後你自己判斷。其實此刻我更像生活在根西島，而不是在倫敦；我假裝在工作，卻歪著一隻耳朵傾聽信

件掉進信箱的聲音，終於聽見時立即飛奔下樓，為了一睹下一個故事跑得上氣不接下氣。當初聚集在《塊肉餘生錄》[64]出版商門口的人群想必就是這種感覺，滿心盼望能搶到剛剛印好的最新連載。

我知道這些信一定也會讓你愛不釋手，不過還有更多信，你有興趣嗎？對我來說，這些人和他們戰時的經驗既動人又令人著迷。你同意嗎？你認為可不可能出書？別客氣，我要聽你（你們兩個）的意見，而且要直話直說。不用擔心，就算你不要我寫關於根西島的書，我仍然會繼續把信抄錄下來寄給你。我（多半）不會那麼小心眼。

既然我為了討你們歡心而犧牲了我的大拇指，你也應該把皮爾斯最新的作品寄給我算是報答。親愛的，好高興你又開始寫作了。

愛你們的茱麗葉

---

64 《塊肉餘生錄》（*David Copperfield*）是英國小說家狄更斯的作品，是自傳題材小說，最初以連載方式每月刊出一次。

　　　　　　　　　　　　四月二日，一九四六年

親愛的艾許登小姐：

　　在阿德雷德‧艾狄森的「聖經」中，玩樂是最大的罪惡
（緊跟在後的是缺乏謙遜）。我一點也不訝異她會在信中跟你
提到「蠢貨」。阿德雷德靠著她的怒氣為生。

　　根西島上少有合適的單身漢，而且沒有一個稱得上刺激有
趣。我們大多筋疲力竭、憂心忡忡、衣衫破爛、沒鞋子穿，又
渾身髒兮兮的……一副挫敗的模樣。我們沒有多餘的精力、時
間或是金錢玩樂。根西島上的男人沒有半點魅力，德國軍人卻
有。據我一個朋友所說，他們既高又帥，頭髮金黃，皮膚古
銅……漂亮得像神一樣。他們辦奢華的宴會，個性快活又風
趣，出入有車，手頭有錢，可以狂歡暢舞，通宵達旦。

　　不過有些同德國大兵約會的女孩把香菸交給父親，麵包交
給家人。她們參加宴會通常在皮包裡塞滿了麵包捲、派餅、水
果、肉餅和果醬帶回家，於是全家人第二天可以飽餐一頓。

　　我想有些島民從不認為，那幾年無聊的歲月是跟敵人做朋
友的原因。其實無聊是強有力的理由，享樂的想法也十分吸引
人，尤其是你還年輕的時候。

　　許多人絕不跟德國人有任何往來；按照他們的思考模式，
即使只互道一聲早安，就是在幫助敵人。然而占領軍的醫官、

也是我的好友克里斯欽・海曼上尉的特殊情況，卻使我無法遵照那種模式。

一九四一年末，島上沒有鹽巴可吃，法國也沒運來任何鹽巴。根莖類蔬菜和湯頭沒有鹽巴調味根本難以下嚥，結果德軍想到利用海水供鹽。他們從海灣載水倒在聖彼得港中央的一座大水槽裡，我們要做的就是煮乾海水，然後拿鍋底的沉澱物當鹽巴用。這個計畫失敗了，因為沒有足以煮乾一鍋海水的柴火可供浪費。於是我們決定把所有蔬菜都放在海水裡烹調。

這樣味道是有了，不過許多老人家走不到鎮上，也抬不動沉重的水桶回家。沒人有多餘的力氣幹這種活。我有條腿因為骨頭沒接好，走起路來稍微有點跛，雖然因此不用服兵役，倒也沒嚴重到妨礙走路的地步。我非常健壯，於是就這麼開始替一些人家送水。我用一把多餘的鐵鍬和一些細繩交換樂培夫人的舊嬰兒車，桑姆斯先生給我兩個橡木小酒桶，而且都附有水龍頭。我鋸掉酒桶頂蓋做了可移動的蓋子，再把酒桶放在嬰兒車上，這麼一來我就有交通工具了。有些海邊沒有埋地雷，很容易順著石頭往下爬，把酒桶裝滿海水，然後再搬上去。

十一月的風陰冷刺骨，有一天我去海灣載運海水，才把第一桶搬上岸，雙手已經凍得毫無感覺。我站在嬰兒車旁邊，拚命想把手指摩搓出感覺時，克里斯欽・海曼正好開車經過。他停車，倒車，問我需不需要幫忙。我說不用，可他仍然下車幫我把酒桶放上嬰兒車，後來他一言不發地隨我一起走下懸崖，

又幫我搬了第二桶。

我沒注意到他一邊的肩膀與手臂僵僵的，但因為那樣，再加上我的些微跛腳，還有腳底鬆鬆的小石頭，我們往上爬的時候滑了一下，跌倒在斜坡上，抓住酒桶的手也鬆開，酒桶於是一路滾下，被石頭砸得四分五裂，海水也澆得我們渾身濕淋淋的。天知道我倆為什麼會覺得滑稽，不過確實滑稽透了，我們癱倒在斜坡上，怎麼也止不住笑。就在那時候，《伊利亞散文選》溜出我的口袋，克里斯欽把它撿起來時，書頁已經濕透。「啊，查爾斯‧蘭姆，」他說著便把書遞給我。「他這個人不會在意身上弄濕的。」我想必露出滿臉的驚訝，因為他又說：「我在家常常讀他的文章。很羨慕你有可以帶著走的書。」

我們又爬上岸，回到他的車旁。他想知道我能否再弄到一個酒桶，我說可以，還解釋了我的送水路線。他點點頭，我便推著嬰兒車要離開，但是後來我又轉頭說：「如果你想的話，也可以來借書。」他高興得你會以為我摘了月亮給他。我們交換姓名之後握手道別。

此後他常常幫我搬水，接著會請我抽菸，我們站在路上談天，談根西島的美，談歷史，談書，談農事，但從不談眼前，只談遠離戰爭的諸般事物。有回我們站著聊天的時候，伊麗莎白騎著腳踏車咯咯噠噠上來。那天她做護理工作忙了一整天，說不定之前大半個晚上也是。她同我們一樣，身穿滿是補丁的衣服，可是克里斯欽一看見她，說話就中斷了。伊麗莎白騎到

我們面前停下。他倆都沒說話，可我看見兩人的表情，馬上識相地離開了。之前我並不曉得他們互相認識。

克里斯欽曾經擔任戰地外科醫生，肩膀受傷之後才從東歐調來根西島。後來在一九四二年初，他奉派前往康城[65]的一間醫院，結果船隻遭盟軍轟炸機擊沉，他也淹死了。德國占領軍醫院的羅倫茲醫生知道我們是朋友，於是跑來通知我他的死訊。他的意思是要我轉告伊麗莎白。我也照辦了。

克里斯欽和我的相識經過或許很特殊，不過我們的友誼卻不特殊。我有把握許多島民與一些德軍後來漸漸成為朋友。不過偶爾想到蘭姆時，我不由得感到驚訝，這個誕生於一七七五年的人，竟然讓我結識你和克里斯欽這樣的兩個朋友。

你的道西‧亞當斯

---

65 康城（Caen）位於法國的諾曼第半島。

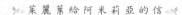

四月四日，一九四六年

親愛的毛格莉太太：

幾個月以來，今天還是第一次出太陽。如果我站在椅子上伸長脖子，就能看見河面上波光粼粼。我故意避開對街堆積如山的斷瓦殘礫，假裝倫敦又變得美麗起來。

我接到道西寄來一封傷心的信，告訴我克里斯欽·海曼的事，他的親切，他的死。戰爭真是沒完沒了，是不是？如此美好的生命……逝去了。對伊麗莎白來說，這該是多麼難以承受的打擊。我好感謝她生下小寶寶的時候有你、蘭姆西先生、伊蘇拉還有道西可以幫忙。

這裡春天即將來臨，沐浴在陽光中的我幾乎覺得暖和了。順著街道走著（這會兒我的眼光不再迴避），有個身穿補丁工作服的男人把家中大門漆成天藍色。旁邊兩個小男生本來用棍子互相打來打去，這會兒卻求那男人讓他們幫忙油漆。他給他們一人一把小刷子。那麼……說不定戰爭真的結束了。

你的茱麗葉·艾許登

四月五日，一九四六年

親愛的茱麗葉……

　　你真是難以捉摸，我很不喜歡。我不想跟別人一起看話劇……我要跟你看。其實我根本不在乎那齣話劇，只想設法把你拖出公寓。晚餐？喝茶？雞尾酒？駕船？跳舞？任你選，我遵命。我難得如此乖順……請別虛擲讓我修身養性的機會。

　　　　　　　　　　　　　　　　　　　　　你的馬肯

親愛的馬肯：

　　你想跟我一起去大英博物館嗎？我兩點鐘在閱讀室有約，之後我們可以參觀木乃伊。

　　　　　　　　　　　　　　　　　　　　　　　茱麗葉

去他的閱讀室與木乃伊。過來同我共進午餐。

馬肯

你管這叫乖順？

茱麗葉

去他的乖順。

馬肯

四月七日，一九四六年

親愛的艾許登小姐：

　　我是「根西馬鈴薯皮派文學讀書會」的會員。我以蒐集舊貨維生，不過有些人喜歡管我叫收破爛的。我也發明節省人力的小東西，最新發明是插電的曬衣夾，有了這種曬衣夾，洗衣婦不必耗費腕力，洗好的衣物會在微風中自動擺盪。

　　我有沒有從讀書當中得到慰藉？有，不過一開始沒有。我只是安安靜靜坐在角落吃我的派。後來伊蘇拉跑來跟我說話，叫我非得同別人一樣讀一本書，而且要談談對書的想法。她給我一本叫做《過去與現在》[66]的書，是卡萊爾寫的，好個沉悶乏味的人，害我頭痛不止，直到我讀了一篇關於宗教的文章。

　　我不信教，倒不是沒有試過。我好像繁花間的蜜蜂，從這個教會飛到那間教堂又飛到那個教會，可是我從來沒辦法抓住信仰……直到卡萊爾先生以不同的方式跟我述說宗教為止。他走在伯瑞聖埃得蒙修道院廢墟當中，突然腦中浮現一個想法，於是把它寫下來：

66　《過去與現在》（*Past and Present*）是蘇格蘭作家卡萊爾於一八四三年出版的作品，
　　內容結合中世紀歷史與對十九世紀英國社會的批評。

你是否停下來想過，人也曾有靈魂⋯⋯這不僅是道聽塗說或是一種比喻，而是人盡皆知且身體力行的真理！那確實是另一個世界⋯⋯可惜我們已經不知靈魂的去向⋯⋯勢必得再把它們找回來，否則更糟的事將鋪天蓋地降臨在我們身上。

　　這番話很了不起吧：認識自己的靈魂靠的是道聽塗說，而不是傾聽自己的心聲？我幹嘛聽個牧師跟我說我有沒有靈魂？如果我憑自己就相信有靈魂，那麼憑我自己就可以聽聽它說了什麼。

　　我在讀書會談卡萊爾先生，結果激起一場關於靈魂的熱烈爭論。有靈魂嗎？沒有？可能有吧？司徒賓醫生吼得最大聲，沒多久大家都停下來不吵了，開始聽他說話。

　　司徒賓醫生是個思慮深遠的人。他還沒在一九三四年佛洛伊德學會之友的年度晚餐會發狂之前，一直是在倫敦執業的精神科醫生。有一次他把事情經過說給我聽。這些學會之友個個能說善道，他們的演講往往持續好幾個小時⋯⋯盤子都還是空的呢。最後終於上菜了，這些精神科醫生狼吞虎嚥之際，整間大廳頓時變得鴉雀無聲。司徒賓醫生發現機會來了，他用湯匙輕敲酒杯，從座位上大聲吆喝，好讓大家聽見。

　　「在座的各位有沒有想過，大約在『靈魂』這個概念消聲匿跡的時候，佛洛伊德突然抬出『自我』來取代它的位置？這人真會挑時機啊！他有沒有停下來深思反省一下？不負責任的

老傻瓜！我相信人們夸夸而談的『自我』不過是一堆廢話，因為他們唯恐自己沒有靈魂！你們想想吧！」

從此司徒賓醫生再也不准踏進學會之友的大門，於是他搬到根西島種蔬菜。偶爾他跟我一起坐車，我們談人類和上帝還有兩者之間的事事物物。我要不是「根西馬鈴薯皮派文學讀書會」的會員，就會錯過這所有的一切。

告訴我，艾許登小姐，你對這件事的看法如何？伊蘇拉覺得你應該來根西島一趟。如果你來的話，就可以跟我們一道坐車，我會帶上一塊坐墊。

祝你永遠健康快樂。

威爾‧李斯比

克萊拉‧蘇西太太給茱麗葉的信

四月八日，一九四六年

親愛的艾許登小姐：

我聽說過你。我曾是那個讀書會的會員，不過我敢打賭，他們沒有一個人會告訴你關於我的事。我沒有讀任何死掉作家的書，沒有。我讀我自己的作品……我的烹調料理書。我敢說我的書要比狄更斯寫的任何作品更傷感、更催淚。

我選擇朗讀烤乳豬的正確方法。我說，先把奶油塗在小豬

身上，讓油汁淌下來掉在火裡嘶嘶作響。我那麼娓娓道來，大家好像聞得到烤豬的味道，聽得見豬肉發出劈劈啪啪的聲音。我又談起我的五層蛋糕（要用上一打蛋），我的棉花糖，蘭姆酒巧克力球，加了一鍋又一鍋奶油的海綿蛋糕。是用漂亮的白麵粉做的蛋糕，而不是我們那時候用的碎雜糧與鳥飼料。

噢，小姐，我的聽眾聽到受不了。他們聽我說著美味的食譜，終於忍耐到了極限。那個向來沒禮貌的伊蘇拉·裴比大聲嚷嚷，說我在折磨她，又說她要對我的鍋子施魔法。威爾·李斯比說我會跟我的火燒櫻桃冰淇淋一樣被活活燒死，接著司徒賓醫生對我大罵髒話。後來為了把我安全送走，還不得不勞駕道西與艾班兩人。

次日艾班打電話給我，為讀書會的禮貌不周道歉。他請我記得，大多數會員只喝了一碗白蘿蔔湯（裡面連根骨頭都沒有），或只吃幾顆在火上烤得半熟的馬鈴薯（因為沒有油炸用的烹調用油），就直接過來參加聚會了。他請我多包容，要我原諒他們。

我說我絕不原諒，他們用好難聽的話罵我耶。他們當中沒有一個是真正熱愛文學的人，因為我的烹調料理書明明就是文學，根本是平底鍋裡的詩。我認為宵禁和其他討厭的納粹規定弄得他們窮極無聊，只想編一個可以晚上外出的藉口，於是他們選擇了讀書。

希望你的文章能說出他們的真相。要不是德軍的占領，他

們絕不會碰任何一本書。我保證句句實話,你可以直接引用。

我的名字叫做……克萊拉‧蘇西,沒有草字頭的西。

克萊拉‧蘇西(太太)

阿米莉亞給茱麗葉的信

四月十日,一九四六年

我親愛的茱麗葉:

我也覺得戰爭沒完沒了。我兒子逸安在阿拉曼[67]過世的時候(與伊萊的父親約翰並肩作戰),訪客們來家裡表示哀悼之意,說什麼「生命會繼續下去」,希望能夠安慰我。真是廢話啊,我心想,生命當然不會繼續。繼續下去的是死亡;現在逸安死了,明天他還是死的,明年和永遠都是死的。死亡沒有完結,但是因他死去的哀傷可能有完結的一天。哀傷好像氾濫的洪水衝擊整個世界,洪水退去需要花相當時間,不過已經看得見一個個小島……是希望?幸福?至少是類似的東西。我喜歡你站在椅子上一瞥陽光、卻避而不看斷瓦殘礫的畫面。

我最大的樂趣就是恢復傍晚沿著峭壁散步的習慣。島上不再有層層鐵絲網環繞,景色一覽無遺,沒有偌大的「禁止」標

---

67 阿拉曼(El Alamein)是埃及北海岸的村莊,一九四二年盟軍曾在此打敗德軍。

誌擋住視線。海灘上的地雷已經全數掃光,我可以隨時隨處愛散步多久就多久。面向海洋站在懸崖上,我就看不見身後那些醜陋的水泥碉堡,或是光禿禿、沒有大樹的大地。哪怕是德國人也無法摧毀海洋。

今年夏天,防禦工事周圍的金雀花就要開始生長了,等到明年,說不定藤蔓會攀爬上去,希望能夠很快把那些防禦工事遮蓋住,因為我再怎麼別開目光,也永遠無法忘懷當初是怎麼蓋起來的。

建造防禦工事的人是納粹的奴工。我知道你曾耳聞德國在歐洲大陸集中營裡的奴工,可是你知不知道希特勒派了一萬六千多名奴工來到外島?

希特勒瘋也似的想要鞏固這些外島的防禦,絕不能讓英國把它們要回去!他的將軍們稱之為「島嶼瘋」。他下令裝置大砲,海灘上豎立反坦克圍牆,蓋了數百座地下碉堡、武器與炸彈補給站、長達好幾公里的地下通道、一間龐大的地下醫院,還有一條貫穿全島運送物資的鐵路。海岸的防禦工事更是荒唐可笑,比起為了抵擋盟軍入侵而建造的大西洋圍牆[68],外島的防禦工事更加堅固。這些設施在每個海灣都突出好大一塊。納粹帝國要持續一千年之久,當然要用水泥打造。

---

68 二次大戰所建的防禦工事,德國為防禦盟軍從英國入侵歐洲大陸,於一九四二至四四年間沿著歐洲西部海岸建造大西洋圍牆。

所以希特勒當然需要成千上萬的奴工；男人與男孩都被徵召來了，有些慘遭逮捕，有些更是從街上拉來的，從排隊看電影的人群、咖啡館、任何德軍占領國家的大街小巷與田野間，甚至還有西班牙內戰的政治犯。俄國戰犯的待遇最差，可能是因為俄軍在俄羅斯前線擊敗德軍的關係。

　　一九四二年，這些奴工多半來到外島。他們被關在露天棚子底下、挖好的隧道或圍欄裡，有些則有屋子住。他們行遍全島，徒步走到工作的地點，個個瘦得皮包骨，身穿破爛褲子，露出裡面赤裸的皮膚，天冷了往往沒有外套可以保暖，沒穿鞋子與靴子的腳上纏著血汙的破布。十五、六歲年輕的少年既累又餓，連抬起腿踏出一步的力氣都沒有。

　　根西島居民會站在自家門口，竭盡所能勻出一點點吃的或保暖的衣服給他們。監視這些奴工的德軍偶爾會讓他們接受這些禮物，其他時候多半用來福槍托把他們打倒在地。

　　有好幾千個男人與男孩奴工死在這裡。我最近才得知，這種非人的待遇是希姆萊[69]的意思。他稱他的計畫為累死計畫，由他負責實施，把奴工操到筋疲力盡為止，不在他們身上浪費寶貴的食物，任他們累死。反正德國統治的歐洲國家多的是可以取而代之的新奴工。

---

69 希姆萊（Heinrich Himmler, 1900-1945）是納粹時期重要首領，對歐洲猶太人大屠殺及許多戰爭罪行負有很大責任。

有些奴工被關在公有地，用鐵絲欄杆圍著。他們蒼白得像鬼，渾身沾黏著水泥灰沙；那些地方往往關了一百多人，卻只有一個水塔給他們清洗身體。

　　島上的孩子有時會去看那些關在鐵絲網後面的奴工，他們會伸手進鐵絲網遞核桃、蘋果，有時候是馬鈴薯。有一名奴工沒有拿吃的，只是走過來看孩子們。他從鐵絲網裡伸出胳臂，只用雙手握著他們的臉，摸摸他們的頭髮。

　　德軍每星期讓奴工放假半天，在星期日。那一天，德國衛生工程隊把所有污水排放進海裡，用一根大水管。魚群為了爭食排泄物群擁而來，於是奴工就站在水深及胸的污水當中，拚命要抓魚來吃。

　　沒有什麼花朵或藤蔓掩蓋得了如此的記憶，是不是？

　　我已經跟你說了戰爭最可憎的故事。茱麗葉，伊蘇拉覺得你應該過來寫一本關於德國占領時期的故事。她告訴我，她自個兒沒有寫這種書的技巧，不過儘管伊蘇拉和我如此親密，我好怕她買了筆記本照寫不誤。

　　　　　　　　　　　　永遠是你的阿米莉亞・毛格莉

四月十一日，一九四六年

親愛的亞當斯先生：

答應不再寫信給我的阿德雷德・艾狄森又寄來一封信，這封信是獻給所有她深惡痛絕的人與事，包括你與蘭姆在內。

好像是她有一回要把四月的教區雜誌送到你家，結果哪裡也找不到你，既不是在擠牛奶，也不在花園裡鋤草，好農夫該幹的活你都沒做，於是她走進你的穀倉，結果看哪……她瞧見什麼了呢？你，你正躺在乾草堆上讀蘭姆的書！你「為那醉鬼深深著迷」，根本沒注意到她來了。

好個搞破壞的女人。你會不會碰巧知道其中原因呢？我猜多半是她施洗的時候跑來一個心懷不軌的壞仙女。

無論如何，想到你懶洋洋靠在乾草堆上讀蘭姆的畫面，我就滿心歡喜。我忍不住回想起索夫克郡的童年。我父親務農，我也在農場幫忙；不過我承認自己頂多是跳下車、打開大門、關上、再跳回車上，心情好的時候才撿撿雞蛋、給花園除草、打一打乾草。

記得我躺在我家的乾草堆上讀《秘密花園》[70]，身邊擺一

---

70 《秘密花園》（*The Secret Garden*）是英國女作家柏納特（Frances Hodgson Burnett, 1849-1924）膾炙人口的作品，曾多次改編為電影、舞台劇、電視劇等。

只牛鈴，每讀一小時，我就搖鈴讓人拿杯檸檬汁過來。廚娘何金森太太最後累得向我媽告狀，於是我的牛鈴就此告終，不過並沒有終結我在乾草堆上讀書的日子。

　　書店老闆賀先生已經找到盧卡斯寫的蘭姆傳記。他決定立刻寄給你，不跟你收費了。他說：「不該讓蘭姆的忠實讀者苦苦等候。」

你永遠的茱麗葉·艾許登

舒珊·史考特給席尼的信

四月十一日，一九四六年

親愛的席尼：

　　我跟鄰家女孩一樣心腸很軟，可是該死的，如果你再不快點回來，查理·史提芬就要精神崩潰了。他不是幹這行的料，只適合交給你大把大把的鈔票讓你幹活。昨天他居然十點以前就出現在辦公室，不過這個努力也使他徹底瓦解。不到十一點，他已經臉色慘白，於是才不過十一點半，他就喝掉一杯威士忌。中午時分，一個年輕無辜的員工請他批准一份封面設計，他害怕地兩眼圓瞪，而且開始扯耳朵的噁心把戲；總有一天，那隻耳朵準會給他扯掉。他昨天下午一點回家，今天直到現在為止（現在是下午四點），我還沒見著他。

在其他令人心情鬱悶的發展方面，哈蕊‧孟佛萊已經徹底瘋狂；她希望用「顏色」編排所有的兒童書單，用粉紅色與紅色喔，我沒騙你。郵務室那個男孩（我已懶得問他們的名字）喝醉酒，然後把收信人為 S 開頭的信全扔了。別問我為什麼。緹麗小姐對肯瑞克無禮得不可思議，害他氣得企圖用她的電話打她。我還真不怪他，不過電話機得來不易，砸壞了我們負擔不起。等你回來，一定要立刻請她捲鋪蓋走路。

如果你需要其他買機票的誘因，我還可以告訴你，昨晚我在巴黎咖啡廳看見茱麗葉與馬肯‧雷諾，兩人在一起很愜意的樣子。他們坐在貴賓席的天鵝絨飾帶後面，不過遠遠坐在普通座的我也能窺見一切談情說愛的明顯徵兆：他對著她的耳朵輕聲細訴一些有的沒的，她放在酒杯旁的手給他握著久久不放，他碰觸她的肩膀指向一個認識的友人。我認為我（身為你的忠實員工）有責任拆散他們，因此我一路向前挺進貴賓席，同茱麗葉打招呼。她似乎很高興見到我，請我一起坐，但是從馬肯的微笑看來顯然並不歡迎，所以我只好告退。他可不是個可以隨便作對的人，不管他打的領帶有多漂亮，那笑容讓人很不舒服。再說，如果我毫無生氣的屍體被人發現在泰晤士河面浮浮沉沉的話，我媽可是要心碎的。

換句話說，弄張輪椅、弄根枴杖、弄頭驢子駝你，說什麼你都得即刻回來。

你的舒珊

四月十二日，一九四六年

親愛的席尼與皮爾斯：

我翻遍倫敦各個圖書館尋找根西島的背景資料，甚至弄了一張大英博物館的閱覽證，可見我多麼敬業……你也知道我怕極了那地方。不過倒是發現不少東西。你記不記得一九二○年代有一套悲慘又傻氣的書，叫做《漫遊斯凱島》……還是《漫遊聖島》[71]……還是綿羊島……還是那位作者的船碰巧駛入的任何一個港口？好，一九三○年他駛入根西島的聖彼得港，後來寫了一本關於那趟旅程的書（他赴薩克島、荷姆島與澤西島一日遊，結果被鴨子咬傷，不得不回家）。

那個旅人的真名叫做西西・梅瑞迪，明明是個白癡，卻自以為是詩人，又有錢到足以四處航行，然後寫下他的經歷，再自己出資印刷，送給任何願意一讀的友人。西西懶得寫枯燥無聊的事實，他比較喜歡跑到最近的荒野、海灘或花朵盛開的田野，並帶著他的詩興上山下海。不過無論如何都要感謝他：他的根西島漫遊正投我所好，讓我捕捉到一點根西島的感覺。

西西在聖彼得港上岸，丟下母親桃樂西在鄰近水域載浮載沉、在操舵室裡吐得死去活來。西西寫詩歌詠小蒼蘭與水仙

花，也寫番茄。根西島的母牛與純種公牛令他欽慕得激動無比，為了表示對牛鈴的尊敬，他還寫了一首小曲（「叮叮噹，叮叮噹，多麼歡樂的聲音……」）。西西認為，僅次於母牛則是「鄉間教區仍然口吐諾曼第人方言、相信有仙子與巫婆的純樸人家。」西西立刻入境隨俗，見到了薄暮中的仙子。

西西逛過一間間小木屋、灌木籬笆與店家之後，終於走到海邊，或者如他所說：「是大海！到處都是！那湛藍、翡翠般滾了銀邊的海水，不再有如一整袋堅硬、黝黑的鐵釘。」

感謝老天，那位旅人還有一位共同作者桃樂西。她就嚴格許多，而且憎恨根西島及它的一切。她負責描述根西島的歷史，而她絕不會錦上添花：

……至於根西島的歷史，這個嘛，說得越少越好。這些島嶼曾經隸屬法國諾曼第公爵，但是諾曼第公爵威廉成為征服者威廉[72]的時候，把這些海峽群島一起送給英國，而且附帶一些特權。後來英王約翰又擴充這些特權[73]，之後的愛德華三世亦然。憑什麼？他們做了什麼值得享受這些特權？一樣也沒有！

---

72 征服者威廉（William the Conqueror, 1027-1087）本為法國諾曼第公爵，一○六六年征服英國，成為英國國王。
73 根西島所屬之海峽群島原為法國諾曼第公爵屬地，一○六六年征服者威廉將諾曼第與海峽群島併入英國國土。一二○四年，法國人拿回諾曼第，海峽群島則仍歸屬當時英王約翰。

後來軟弱的英王亨利六世[74]終於輸掉大半的法國，拱手讓給法國人。海峽群島經過投票，決定繼續隸屬英國。誰會不肯呢？

海峽群島居民心甘情願地效忠英國，且對皇室至死不渝。不過親愛的讀者請注意：英王無法逼他們做任何不想做的事！

……根西島的執政單位叫地方審議會，簡稱為「地方」。一切事務的真正主導者是地方選舉出來的主席，叫做行政官。其實所有人都是選出來的，而不是由英王任命。拜託，如果不能任命人事，那要當君主幹嘛？

……這個極不合宜的混合政體中，唯一的皇室代表是副總督。儘管島民歡迎他參加地方會議，而且想說什麼、建議什麼都悉聽尊便，他卻沒有投票權。至少他也不准入住根西島上唯一值得一看的政府華廈……要是不把蘇斯馬瑞莊園[75]算進去的話，像我就沒把它算進去。

……皇室也無權要求島民繳稅，或是徵召島民入伍。正直的我不得不承認，島民不需要一紙徵召令，就願意為親愛、心愛的英國趕赴戰場。對抗拿破崙與德國皇帝的時候，他們都曾志願入伍，成為值得尊敬甚或英雄般的士兵與水手；然而，這些無私的行為卻難以彌補海峽群島從不繳納所得稅給英國的事實，連一先令都沒繳。讓人好想吐口水！

---

74 亨利六世在位期間為一四二二到六一年，以及一四七〇到七一年。
75 蘇斯馬瑞莊園（Sausmarez Manor）建於十三世紀初，後經多次整建，於十八世紀為蘇斯馬瑞家族購入，是根西島上美麗的建築。

這些是她最和善的文字……其他就不勞煩你讀了，但你該讀得出她的大意。

你們一人或者最好兩人都寫信給我，我想聽聽病人和護士都在做什麼。席尼，醫生說你的腿怎麼樣了呢？我敢打賭你已經有足夠時間重新長一條腿了。

XXXXXX的茱麗葉

道西給茱麗葉的信

四月十五日，一九四六年

親愛的艾許登小姐：

我不曉得阿德雷德‧艾狄森究竟哪裡不對勁。伊蘇拉說，只因為她喜歡壞人好事，所以才愛搞破壞……她可以藉此得到「天命如此」的感覺。不過阿德雷德也幫了我大忙，是不是？她比我更生動描述了我多麼熱愛閱讀查爾斯‧蘭姆的作品。

傳記已經寄到。我讀得好快……我實在太沒耐性，不得不飛快讀過，但我會翻回去重讀、讀慢一點，如此才能把每句話讀進去。我的確喜歡盧卡斯說的關於他的話：「他能讓任何平凡無奇又熟悉的事物變得清新且美好。」讀著蘭姆的文字，我感覺他的倫敦比我此刻居住的聖彼得港更像我的家。

不過我無法想像的是，查爾斯從外面工作回來，發現母親

慘遭刺死、父親渾身淌血、姊姊瑪莉手拿血淋淋的刀子站在兩人上方。他怎麼讓自己走進房間、從她手中拿走刀子啊？警方送她到瘋人院，他又如何說動法官將她釋放，交由他照顧，而且由他獨自照顧？當時他才二十一歲……他怎麼說服他們？

他答應終此一生照顧瑪莉，而且他一旦做此決定即從未反悔。悲哀的是，他不得不放棄最愛寫的詩，改寫評論和散文。他並不引以為榮，寫那些只是賺錢的手段罷了。

我想著他終其一生都在東印度公司當職員，因此可以存錢等瑪莉瘋病復發的一天，那天總會來到，於是他又得送她到私人療養院去養病。

即使送她去療養院，他似乎也會想念她……他倆是那麼好的朋友。想像一下：他必須像老鷹般觀察她每個可怕的徵兆，她自己也感覺得出什麼時候又要發瘋了，卻無法阻止那瘋狂；這應該是最糟糕的部分。我想像他坐在那裡悄悄望著她，她也坐在那兒看著他觀察她。他倆想必非常厭惡對方不得不過的生活啊。

可是你不覺得瑪莉精神正常的時候，沒人比她更正常……也更適合作伴嗎？查爾斯肯定是這麼想的，他們的朋友也是一樣：華茲渥斯、赫茲里特[76]、杭特，尤其是柯立芝[77]。柯立芝

---

76 赫茲里特（Willam Hazlitt, 1778-1830）是英國散文家與文學評論家。
77 柯立芝（Samuel Taylor Coleridge, 1772-1834）是英國浪漫派詩人與哲學家。

去世那天，他們在他正讀著的書裡發現他龍飛鳳舞的字條，上面寫著：「查爾斯與瑪莉‧蘭姆是我心愛的朋友，是的，我放在心上的朋友。」

也許寫他寫得太多了，不過我希望你和賀先生知道，你們的書給我多少思考的東西，我從中又得到多少樂趣。

我喜歡你童年的故事：牛鈴與乾草堆。我能在心中看見那幅畫面。你喜歡農場生活嗎？有沒有想念過呢？人在根西島是無法真正離開鄉下的，即使是在聖彼得港也一樣，所以我想像不出生活在倫敦那樣的大城市有多麼不同。

姬特現在知道獴會吃蛇，便再也不喜歡了。她希望能在石頭底下找到一條大蟒蛇。伊蘇拉今晚過來串門子，她叫我跟你說哈囉；等她的迷迭香、蒔蘿、百里香與天仙子收成了，就會立刻給你寫信。

你的道西‧亞當斯

四月十八日，一九四六年

親愛的道西：

　　我好高興你願意在信上談查爾斯·蘭姆。我一直以為，促使查爾斯成為偉大作家的主要原因就是瑪莉帶給他的憂傷，即使因此而放棄寫詩，且終身任職東印度公司。他有一種悲憫的天賦，是他所有傑出的朋友無法觸及的。華茲渥斯責怪他不夠關懷大自然的時候，查爾斯寫道：「我對樹林與山谷沒有熱情。我出生的房間、擺在我眼前一輩子的家具、無論我搬到哪裡都像忠心老狗般跟著我的書架……老椅子、老街道、我曬太陽的廣場、我的老學校……即使沒有你的群山峻嶺，這些還不夠嗎？我不羨慕你。我應該可憐你，我豈不知人心可以把任何事物當朋友？」可以把任何事物當朋友的人心……戰爭期間我常常想到這句話。

　　今天我正巧讀到他另一個故事。他往往喝酒喝了太多，實在太多了，不過醉得毫無乖戾之氣。有一回他醉過頭，不得不勞駕主人的管家好像消防隊員那樣，把他馱在肩膀上送回家。次日，查爾斯寫了一封爆笑的道歉函給這位主人，後來他在遺囑中還把這封信留給兒子。希望查爾斯也寫信給管家了。

　　你注意到沒有，當你的心智有所覺醒或是轉向什麼新事物的時候，無論走到哪裡，某人的名字都會突然出現？我朋友蘇

菲稱之為巧合，我教區的朋友辛普勒斯先生則說是神的恩典。他認為，如果一個人深切關注剛認識的人或事物，就能為這個世界注入一種能量，造就出「豐碩成果」。

你永遠的茱麗葉

伊蘇拉給茱麗葉的信

四月十八日，一九四六年

親愛的茱麗葉：

　　既然我們已經成為通信的朋友，我想問你一些問題……非常個人的問題。道西說問這些不禮貌，我卻說男女有別，無所謂有禮或無禮。十五年來，道西從沒問過我個人的問題，一次都沒有。要是他問的話，我會好聲好氣回答的，不過道西向來不多話。我不指望改變他，也不指望改變我自己。我知道你想了解我們，所以我猜你也希望我們了解你，只是你一開始還沒想到罷了。

　　第一個問題，我在你那本安·勃朗特的書本封套上看見一張你的照片，所以我知道你不到四十歲……三十出頭嗎？是陽光正好照著刺眼，還是你正好瞇起眼睛？你該不會生來就是瞇瞇眼吧？那天想必風挺大的，因為你的捲髮被吹得亂七八糟。我看不出你的頭髮是什麼顏色，不過應該不是金髮……這點讓

我很高興。我不太喜歡金色頭髮的人。

你住在河邊嗎？希望如此，因為住在流動河水邊的人心腸比較好。如果我住在內陸的話，肯定心如毒蠍。你有沒有認真追求你的對象？我沒有。

你的公寓舒適還是堂皇？請形容得詳細一點，因為我希望能夠在腦中形成畫面。你想不想來根西島看看我們？你有寵物嗎？哪一種？

你的朋友伊蘇拉

茱麗葉給伊蘇拉的信

四月二十日，一九四六年

親愛的伊蘇拉：

很高興你想多了解我一些，抱歉我自己沒有早點想到。

先說現在的事：我三十二歲，而你說得沒錯，陽光正好照著我的眼睛。心情好的時候，我說我的頭髮是金光閃閃的栗色，心情惡劣的時候，我稱之為鼠棕色。那天風並不大，我的頭髮向來就那德性。自然捲髮是個詛咒，聽我的準沒錯。我的眼睛是淡褐色。儘管我還算苗條，卻不夠高挑。

我不再住在泰晤士河邊了，舊家最讓我想念的就是河邊環境……我喜歡河邊時時刻刻的聲音與景象。現在我住在格雷街

借來的公寓。房子很小，附帶家具，屋主要到十一月才會從美國回來，所以我可以幫他顧房子一直到那時候。很希望我有條狗，不過公寓規定不准養寵物！肯辛頓花園距離不遠，如果我覺得在家裡窩著難受的話，可以走到公園，花一先令租個椅子，就那樣懶洋洋躺在大樹底下，看著路人和玩耍的孩子，我就感到安慰了……多多少少啦。

　　一年多前，歐克來街八十一號遭到一枚德國自動導航飛彈射中，炸燬的多半是我後面的一排房子，不過八十一號有三層樓被炸掉，現在我的公寓是一堆瓦礫。希望屋主葛蘭特先生願意重建，因為我希望我的公寓恢復原來的樣子，跟以前一模一樣，既有夏安古街[78]可以散步，也能從窗外看見泰晤士河。

　　幸好飛彈射中的時候，我人在伯瑞聖埃得蒙鎮。我朋友也是我現在的出版商席尼‧史塔克那天晚上到火車站接我回家，我們一起望著堆積如山的瓦礫與所剩不多的建築物殘骸。

　　牆壁炸掉半邊，我看見那炸成碎布條的窗簾在風中飄拂，僅存三隻腳的書桌倒在傾斜的地板上。我那一大落書已變得泥濘、濕透，雖然能看見我母親的肖像還掛在牆上，然而裸露一半又滿是煙灰，沒有辦法妥當修復。唯一毫髮未傷的財產就是一個大大的水晶紙鎮，頂上刻了「把握今天」幾個拉丁字。那紙鎮原本是我父親的，它仍然完整無缺地坐鎮於一堆磚塊與碎

---

78 夏安古街（Cheyne Walk）是雀西區的歷史街道，多數房子建於十八世紀初。

木片上。我怎麼也不能沒有它,席尼只好爬到瓦礫堆上把它拿來給我。

我十二歲那年父母雙雙身亡,在那之前我一直是好孩子。我離開我們索夫克郡的農場,到倫敦與叔公同住。我小時候是個憤怒、激烈與孤僻的女孩,我兩次逃家,給我叔公惹出無窮無盡的麻煩,當時的我卻樂在其中。這會兒每每想起當初如何對待他,我就覺得十分羞恥。他在我十七歲時過世了,所以我從來無法向他道歉。

我十三歲的時候,叔公決定我應該離家就讀住宿學校。我一如往常,滿心頑固地去了。校長陪我走到餐廳,她帶我來到坐了四個女生的餐桌前面。我坐下了,雙臂交叉,兩手擻在腋窩底下,彷彿換羽的老鷹般怒目而視,四處尋找可以憎恨的對象。我的眼光落在席尼的妹妹蘇菲·史塔克身上。

好極了,她有一頭金色捲髮、大大的藍眼睛和好甜好甜的笑容。她費盡心力要跟我說話,直到她說「希望你在這裡過得快樂」的時候,我才吭聲。我告訴她,反正我不會待太久,所以應該不曉得到底過得快不快樂。「等我查出火車怎麼搭,我就閃人了!」我說。

那天夜裡,我爬到宿舍外邊的屋頂上,打算坐在那兒,好好在黑暗中想想事情。坐不到幾分鐘,蘇菲也爬出來了……還交給我一張火車時刻表。

不用說,我從未逃走。我待了下來,蘇菲成了我新交的朋

友。她母親常常請我到他們家度假，我和席尼就是在那裡認識的。他比我大十歲，在我眼中當然是個神。後來他變成跛腳的哥哥，又過了好久，他成了我最親愛的一個朋友。

我和蘇菲離開學校之後不想繼續求學，只想過生活；我倆來到倫敦，一同住在席尼替我們找的房間。我們一起在書店工作一陣子，晚上我寫故事……也揉掉故事。

後來《每日鏡報》舉辦一次徵文比賽，以「女人最怕什麼」為題寫五百字。我知道《鏡報》動的什麼歪腦筋，但我怕雞的程度遠遠超過男人，因此我就寫了自己多麼怕雞的事。評審們發現讀不到任何一個關於「性」的字眼，立刻振奮無比，於是把頭獎給了我。我贏得五英鎊，而且終於有作品印成鉛字。《每日鏡報》接到太多讀者來信，於是請我為他們寫一篇專文，緊接著又寫一篇，不久我開始為其他報章雜誌撰寫特別報導。然後戰爭爆發，《觀察者》週刊邀我每週為「畢可史塔夫上戰場」專欄寫兩篇文章。蘇菲則認識一名飛行員亞歷山大・史崔臣，而且愛上他。他們結婚以後，蘇菲搬到他家位於蘇格蘭的農場。我是他倆兒子多米尼的乾媽，雖然我沒教他唱過任何讚美詩，上回看見他的時候，我們的確一起拉掉地窖門上的鉸鏈，那是一種匹克特式[79]的傳統偷襲法。

我想我是有一名追求者；不過還沒真正習慣他。他相當迷

---

79 匹克特人（Pict）於公元三到十世紀統治蘇格蘭，是今日蘇格蘭人的祖先。

人，常常帶我吃美味的料理，不過我偶爾覺得書裡的追求者更勝於眼前的追求者，如果假想成真的話，我該會多麼糟糕、畏縮、怯懦，心性又多麼扭曲啊。

席尼把我的「畢可史塔夫」專欄出版成書，於是我展開促銷新書的巡迴旅行。然後……我開始寫信給根西島的陌生人，現在你們都成了我的朋友，而我的確很想過去看看你們。

你們永遠的茱麗葉

伊萊給茱麗葉的信

四月二十一日，一九四六年

親愛的艾許登小姐：

謝謝你送我的木塊，真的好漂亮。打開盒子的時候，我簡直不敢相信自己看見了什麼……好多不同大小、從淡色到深色的木塊！

你怎麼正好找到不同種類與形狀的木塊呢？一定是走了好多店家才找齊的。我敢打賭一定是這樣，我不曉得該怎麼謝謝你。而且寄來的正是時候。以前姬特最愛的動物是她在書上看過的一條蛇，細細長長的，雕刻起來很容易。現在她又迷上雪貂，還說如果我願意給她雕一隻雪貂，她答應永遠不亂碰我的雕刻刀。我想雕刻雪貂應該不難，因為牠們也長得尖尖的。因

為有你的禮物，我才有木頭可以練習。

　　你有沒有希望擁有的動物呢？我想雕一個禮物給你，不過我希望是你喜歡的。你喜不喜歡我給你雕一隻老鼠？我很會雕老鼠喔。

伊萊敬上

艾班給茱麗葉的信

四月二十二日，一九四六年

親愛的艾許登小姐：

　　你給伊萊的盒子星期五寄到了，你多麼好心啊！他坐著細細研究那些木塊，活像看見了隱藏在裡面的東西，而他可以用刀子把它挖出來似的。

　　你問根西島的小孩是不是全部撤離到英國去了。不是，他們有些留下來。我想念伊萊的時候，只要看看身邊的小傢伙，我就很高興伊萊離開了。留在島上的孩子過得好苦，因為沒有可以供他們成長的食物可吃。我記得抱起比爾‧樂培的兒子，當時十二歲的他，卻跟七歲的小孩差不多重。

　　那真是一個艱難的決定：把孩子送去同陌生人住，還是讓他們留在身邊？說不定德國人不會來，但如果他們來的話……將會如何對待我們？可是想到這裡，倘若他們入侵英國又怎麼

辦呢？沒有家人在身邊照顧，這些孩子怎麼熬得過去？

德軍登陸的時候，你知道我們是什麼心情？我會說應該是震驚。說真的，我們壓根沒想到他們要占領這裡。他們心心念念的是英國，我們對他們一點用也沒有。我們還以為自己不過是觀眾，絕不會粉墨登場。

然後到了一九四○年春天，希特勒好像劃過奶油的熱刀子般橫掃歐洲，所經之處都落入他手裡。一切來得好快，整個根西島家家戶戶的窗子因為法國發生的爆炸震得嘎嘎作響。法國海岸一旦淪陷，英國絕不可能為了保衛我們耗盡兵力與船艦，這個事實清楚得就像白天一樣。他們需要保存軍力，等英國本島遭到侵略的時候奮力反擊，所以我們只能自求多福。

六月中，我們已經非常確定無法置身戰爭之外。行政官打電話給倫敦，問他們能不能派船艦過來接我們的小孩到英國。飛機不飛的原因是害怕遭德國空軍擊落。倫敦說可以，不過孩子們必須馬上準備離開，船艦必須趁還有時間的時候匆匆趕來這裡，然後再趕回去。對島民來說，那真是絕望的時刻，「趕快、趕快」的感覺總是揮之不去。

當時珍妮就像貓一樣有氣無力，但很明白自己的心意。她希望伊萊離開，其他女士則仍猶豫不決：要走還是要留？她們心慌意亂地談論這件事，珍妮卻叫伊麗莎白別讓她們靠近。「我不想聽她們吵來吵去，」她說，「對寶寶不好。」珍妮覺得小嬰兒知道周遭發生的所有事情，即使還沒出生也一樣。

猶豫不決的時候很短。大家只有一天可以做決定，卻必須
承擔之後五年的後果。六月十九、二十日兩天第一批撤離的是
學齡兒童、嬰兒與嬰兒的母親。如果當父母的沒有多餘的錢，
孩子的零用錢便由行政官支付。稚齡的小孩想到零用錢可以買
多少糖果就好興奮，有些孩子還以為是主日學郊遊，天黑的時
候就可以回家。幸好他們能這麼想。而年紀較長的孩子，像伊
萊，就比較清楚發生什麼事。

　　他們離開那天的所有景象依然歷歷在目，有一幅畫面尤其
讓我忘不了。兩個小女孩穿了粉紅色宴會服、硬邦邦的襯裙、
閃亮的鞋子……兩人的媽好像當她們要去參加宴會似的。橫越
英吉利海峽的時候，她們想必凍壞了。

　　所有的孩子都得由父母帶到學校集合，我們必須在那兒說
再見，由巴士把孩子們載往碼頭。剛從敦克爾克[80]回航的船艦
再度橫越英吉利海峽接孩子，沒有時間調派一艘戰艦護航，也
沒有時間把足夠的救生艇或救生衣送上船。

　　那天早上我們先到醫院，讓伊萊向母親道別。但他無法開
口，他的牙關咬得死緊，只能點點頭。珍妮摟他一下，然後伊
麗莎白與我陪他走到學校操場。我緊緊抱著他，那是我們往後
五年最後一次見面。後來伊麗莎白留在學校，自願幫忙孩子們
打點一切，讓他們準備動身。

80　一九四○年，英國遠征軍與聯軍遭德國夾擊，由法國的敦克爾克港（Dunkirk）撤
　　向英格蘭，徵用各種船隻於十天內撤走三十多萬人，史稱敦克爾克大撤退。

我走回醫院陪珍妮的路上，突然想起伊萊同我說過的話。當時他五歲左右，我們一起散步到拉克比路看漁船進港。有隻舊的帆步拖鞋橫躺在路中央，伊萊目不轉睛地盯著它，繞了過去，終於他說：「外公，那隻拖鞋好孤單喔。」我回答說是啊。他又望了它兩眼，我們才繼續往前。過了一會兒，他說：「外公，我就從來不覺得。」我問他：「覺得什麼？」他接著說：「心裡孤單。」

　　就是這句話。總算有個值得高興的事可以說給珍妮聽了，我也祈禱這話對他永遠真實。

　　伊蘇拉說，她想親自寫信把當天學校發生的事告訴你。她說你是作家，肯定很想知道她見到的這個場面：伊麗莎白甩了阿德雷德·艾狄森一個耳光，逼她離開。你運氣好，不認識艾狄森小姐，她不是個可以朝夕相處的女人。

　　伊蘇拉告訴我，你可能會來根西島看看。我和伊萊竭誠歡迎你的來訪。

你的艾班·蘭姆西

伊麗莎白真的甩了阿德雷德・艾狄森一個耳光嗎？我要是在場就好了！請告知細節。愛你的茱麗葉

四月二十四日，一九四六年

親愛的茱麗葉：

沒錯，她甩她一個耳光，結結實實掃過她的臉頰。真是大快人心。

我們都在學校幫忙孩子們準備就緒，好讓巴士載他們去搭船。行政官不希望父母進入學校，太擁擠也太傷感了，還是在學校外頭說再見的好。一個孩子哭起來的話，可能惹得全體痛哭出聲。

因此，幫孩子們綁鞋帶、擦鼻涕、在脖子上掛名牌的都是陌生人。巴士來接之前，我們幫忙扣釦子，陪他們玩遊戲。

我那群孩子拚命伸舌頭想碰到自己的鼻子，伊麗莎白則教另一群玩起如何一臉正經地胡吹亂蓋（我忘記遊戲名稱了）。就在那個節骨眼，阿德雷德・艾狄森板著她那張愁苦的嘴臉走進來，真是虔誠有餘、感覺遲鈍。

她讓一群孩子圍著她，然後對著一顆顆小腦袋唱起了〈給海上遇險的人〉。可是不行，對她來說，「遠離暴風雨」還不夠，上帝必須不讓他們給風吹翻才行。她又命令那些可憐的孩子，每天晚上都得為父母祈禱；誰知道那些德國大兵會把他們父母怎麼樣？然後她說大家一定要特別特別乖，這樣爸爸和媽媽才能從「天上」看見他們，而且「為他們感到驕傲」。

　　茱麗葉，我跟你說，她把孩子們嚇得大哭大叫、怕得半死。我太震驚了，根本無法動彈，但伊麗莎白可不。她快得好比毒蛇吐信一般，一把抓住阿德雷德的胳膊叫她「閉嘴」。

　　阿德雷德大喊說：「放開我！我說的可是上帝的福音！」

　　那時伊麗莎白的表情可以把魔鬼變成石頭，緊跟著對準阿德雷德的臉打了一耳光（響亮又清脆，打得她腦袋瓜在肩膀上搖晃兩下），再拽她一路到門口使勁推出去，然後把門鎖上。艾狄森老小姐不斷打門，可是沒人理會她。好啦，我撒謊……傻呼呼的黛芙妮·波斯特的確想把門打開，不過我勒住她的脖子，她才作罷。

　　我認為，精采的打架場面把小孩子心裡的恐懼全嚇跑了，大家止住了哭，巴士也全部到齊，於是我們讓孩子們上車。伊麗莎白和我沒有回家，我們站在路中央揮手，直到看不見巴士為止。

　　我希望這輩子別再見到這樣的一天，就算有阿德雷德·艾狄森挨耳光也不要。那些小小孩失去親人……我很高興自己沒

有小孩。

謝謝你把你的人生故事告訴我。你爸、你媽和你河邊的家讓你經歷那麼多傷心事,我感到很難過。可是我很高興你有蘇菲、她媽媽和席尼那樣心愛的朋友。至於那個席尼聽起來是個非常不錯的人……卻很跋扈,這是男人的通病。

柯洛維斯・佛西想問你,可不可以把你那篇以雞為題的得獎文章複本寄來?他覺得如果在讀書會上大聲朗讀出來應該不錯。然後假如我們有保存檔案的話,就可以放在裡面。

我也好想讀讀看。我從雞舍屋頂掉下來的原因就是雞,牠們把我追上屋頂。牠們一齊朝我衝刺過來,亮出利如剃刀的雞嘴巴,還有死盯著人的眼珠子!大家都不曉得雞怎麼會攻擊人,不過牠們真的會……像瘋狗似的。戰爭之前我並沒有養雞,後來不得不養,但跟雞在一起的時候,我總是覺得好不自在。我寧可讓羚羊踹一記屁股,那至少是公開又正當,不像狡猾的雞老愛鬼鬼祟祟跑來戳你一下。

我希望你能過來看看我們。艾班、阿米莉亞與道西也是,還有伊萊。姬特就不一定了,可是你不用在意。她可能會回心轉意。你的文章不久就要登上報紙,所以可以過來這裡好好休息。說不定能在這裡找到讓你很想說的故事。

你的朋友伊蘇拉

四月二十六日，一九四六年

親愛的茱麗葉：

我在採石場的臨時工作結束了，現在姬特暫時跟我住一陣子。此刻她就坐在我寫信的桌子底下說悄悄話。我問她，你在說什麼悄悄話啊，她安靜了好久好久才又開始輕聲細語。除了聽到她說我的名字之外，中間還混雜了別的聲音。這就是將軍們所謂的「心理戰」，我也知道最後誰會打贏。

除了灰色的眼睛與專注的神情以外，姬特長得不太像伊麗莎白，但她的性情倒是酷似她媽，情感非常強烈，早在還是小嬰兒的時候就已經是這樣了。她的哭喊把窗玻璃震得發抖，我的手指往往被她那小拳頭緊緊握得泛白。我對嬰兒完全外行，但伊麗莎白逼我學習，她說我命中注定要當爸爸，她有責任讓我確切明瞭為父之道。她非常想念克里斯欽，不只為她自己，也為了姬特。

姬特知道她父親死了，是阿米莉亞和我告訴她的，可是我們不曉得該如何講伊麗莎白的事。最後我們說她被送走了，希望她很快就會回家。姬特的目光從我轉向阿米莉亞，再回到我身上，但她沒有問任何問題，只走出去兀自坐在穀倉裡。我不知道我們做得對不對。

有些日子我拚命祈求伊麗莎白平安歸來。後來我們得知安

柏斯爵士喪命於倫敦最後幾次轟炸的一次，由於伊麗莎白繼承他的遺產，他的律師已經開始找她。他們想必比我們更有辦法找到她，所以我覺得很有希望，戴文先生應該很快可以從她那兒得到一些消息……或是聽說她的消息。倘若能找到伊麗莎白，對姬特和我們來說豈不是一大喜事？

星期六的讀書會將有一次外出活動，我們要去看根西劇團演出《凱撒大帝》，約翰·布克將扮演安東尼，柯洛維斯·佛西扮演凱撒。伊蘇拉一直在幫柯洛維斯排練他的台詞，她說他的表演肯定讓我們大大吃驚，尤其是他死了以後恨恨地說：「你們將在菲力丕見到我！」[81]她說光是想到柯洛維斯恨恨說話的嘶嘶聲，她一連三個晚上都睡不著覺。伊蘇拉說得好誇張，不過只誇張到自得其樂的地步。

姬特不說悄悄話了。我剛剛往桌子底下偷看，發現她已經睡著，比我想的晚一點。

你永遠的道西

---

81 菲力丕（Philippi）是古希臘城市。這句話是凱撒臨死前所說，意思是「我要來報仇雪恨了！」到了公元四十二年，安東尼和屋大維在此擊敗刺殺凱撒的暗殺者，為凱撒報一劍之仇。

四月三十日，一九四六年

親愛的：

剛回到倫敦……要是亨得利先打電話來，我就不必跑這一趟了。不過我抓起幾個人互撞腦袋瓜之後，總算解決海關那整批貨物的問題。感覺好像離開了好幾年。今晚能見到你嗎？我需要跟你說話。

愛你的M

當然好。你要來我這裡嗎？我有一根香腸。

茱麗葉

一根香腸……好開胃啊。

蘇西特餐廳，八點？

愛你的M

要說請。

J

很高興[82]八點鐘能在蘇西特餐廳見到你。

愛你的M

五月一日，一九四六年

親愛的馬肯：

　　你知道的，我沒有拒絕。我說我想考慮一下。你忙著大聲責罵席尼與根西島，說不定壓根沒注意聽……我只是說我需要時間。我認識你兩個月了，雖說你覺得已經夠久，不過對我來說，仍不足以確定我倆應該共度餘生的地步。我曾犯過一次可

---

82 馬肯說「pleased」（很高興），仍然沒有說「please」（請）。

怕的錯誤，差點嫁給一個我完全不了解的人（也許你在報上讀過了），至少戰爭使那個錯誤變得情有可原。我不想再當一次傻瓜。

你想想：我從沒見過你家，甚至不知道你家到底在哪裡。在紐約，但是哪條街呢？它什麼模樣？你家牆壁什麼顏色？你的沙發呢？你的書是不是照字母排列？（希望不是。）你的抽屜整齊或雜亂？你哼過歌嗎？有的話，哪一首？你比較喜歡貓還是狗？或是魚？你早餐究竟吃什麼東西……或者你有廚師？

看見沒有？我對你不夠了解，不能嫁給你。

我有個消息，可能你會感興趣：席尼不是你的競爭對手。我現在不愛他，也從來不曾愛上他，他對我也是一樣。我永遠不會嫁給他。這樣對你來說夠不夠堅決？

你是否十分確定不想娶一個比我馴良許多的女人？

茱麗葉

五月一日，一九四六年

親愛的蘇菲：

　　好希望你在這裡。好希望我們仍然一起住在可愛的小公寓裡，在親愛的霍克先生書店上班，每天啃餅乾與乾酪當晚餐。我好想跟你說話。我要你告訴我是否應該嫁給馬肯‧雷諾？

　　他昨天晚上跟我求婚了……沒有下跪，而是一顆大如鴿蛋的鑽石，在一家氣氛浪漫的法國餐館。我沒有把握他今天早上還想不想娶我；他氣炸了，因為我沒給他一個斬釘截鐵的「我願意」。我企圖解釋說，我跟他認識還不夠久，而且我需要時間考慮，但他就是不肯聽。他很篤定我拒絕他是因為我對席尼暗戀已久！他們真是著魔似的糾纏不清，這兩個男人。

　　感謝上帝，我們當時已經來到他住的地方……他開始大罵席尼還有遭上帝遺棄的偏僻島嶼還有在乎一票陌生人（他指的是根西島和我在那兒的新朋友）甚於眼前男人的女人。我拚命解釋，他也拚命大吼大叫，直到我無比受挫地哭出來為止。然後他才後悔了，這真的很不像他，看了教人心軟，我幾乎改變心意要答應了。可是緊跟著我想像此後一輩子都得靠眼淚才能換得他的憐惜，我又說不答應了。我們大吵，他罵他的，我又哭了一會兒，因為我實在已經筋疲力盡。最後他終於叫來司機送我回家。他為我關上後座的車門時，把身子靠過來吻我說：

「茱麗葉，你是個傻瓜。」

也許他說得對。你記不記得我們十三歲那年夏天讀的那些好可怕、好可怕的切斯萊·菲爾小說？我最喜歡的是《黑色荒原的主人》，少說讀了二十遍（你也差不多，別假裝沒有）。你記不記得阮森？他多麼有男子氣概地隱藏他對尤拉的愛，好讓她自由選擇所愛，卻渾然不知早從她十二歲摔馬以來，她就為他瘋狂？蘇菲，重點來了……馬肯·雷諾跟阮森一模一樣，高大又帥氣，一臉壞壞的笑容，下巴有如鑿刻一般線條剛毅。他用肩膀在擁擠的人群中開路，毫不在乎跟隨他的眼光。他沒耐性卻深具吸引力。我每次去洗手間補妝的時候，無意中都會聽見其他女人談論他，就像尤拉在博物館裡一樣。他吸引眾人的目光；他並沒有故意引人注目，人們就是不由自主。

以前我想到阮森就會顫抖，有時候馬肯也讓我顫抖（我望著他的時候），但我實在無法甩掉自己不是尤拉的負面感覺。要是有那麼一天我摔下馬，有馬肯抱我起來還不錯，但我想最近應該不太可能從馬上摔下來。跑一趟根西島、寫本關於德軍占領時期的書還比較可能。馬肯無法忍受這個想法，他希望我待在倫敦、上餐館、上劇院，並像個講理的人那樣嫁給他。

請寫信告訴我該怎麼辦。

致上我的愛給多米尼……還有你與亞歷山大。

茱麗葉

五月三日，一九四六年

親愛的席尼：

　　我可能不如少了你的雙史出版社那麼心煩意亂，但我真的很想念你，也希望你能給我意見。請你放下手邊一切，立刻寫信給我。

　　我想離開倫敦。我想去根西島。你知道我越來越喜歡根西島上的那些朋友，我深深為他們在德軍統治下……和之後的生活著迷。我到海峽群島難民委員會看了他們的檔案。我讀到紅十字會的報告，也把所有能找到關於奴工的資料都讀過了，只是目前資料不多。我訪問一些解放根西島的軍人，也跟拆除離島海灘上數千枚地雷的皇家工程師談過。關於島民的健康或不健康狀態、他們的幸福或不幸福、他們的食物供給或缺乏食物供給的「非機密」官方報告我都看了，可我想知道更多。我想知道當時離島居民的故事，那些是坐在倫敦的圖書館裡永遠無法得知的。

　　例如昨天我讀到一篇有關解放根西島的報導，記者問一名根西島民：「德軍統治期間，你覺得什麼經歷最為艱難？」記者把那人的回答好好取笑一番，我倒認為那人說得十分合理。那位島民告訴他：「你知道他們把收音機全沒收了？如果你私藏收音機被逮到的話，他們就會遣送你到歐洲大陸的監牢。我

們這些私藏收音機的人聽到盟軍在諾曼第登陸[83]的消息，麻煩的是，我們不該知道這件事發生了！我覺得最困難的經驗，就是隔天六月七日在聖彼得港閒逛時不能開懷大笑、不能露出笑容、不能做出任何讓德軍知道『我知道他們就要完蛋』的事情。要是給他們發現，有人就得倒楣了，所以我們不得不假裝。實在很難裝出不知道諾曼第登陸已經發生的模樣。」

　　我想跟他那樣的人談談（雖然他現在可能對作家避之唯恐不及），聽聽他們的戰時生活，因為那才是我想讀的內容，而不是穀物的統計數字。我還不確定書的形式，甚至沒把握寫不寫得出來，但是我想去聖彼得港找出答案。

　　你會祝福我嗎？

　　我的愛給你與皮爾斯。

茱麗葉

83　一九四四年六月六日，盟軍在法國北部諾曼第半島登陸。

五月十日，一九四六年

這是我的祝福！對你和對書來說，根西島這個點子都很棒。但馬肯・雷諾會准嗎？愛你的席尼

五月十一日，一九四六年

祝福收到了。馬肯・雷諾沒有資格禁止或准許。愛你的茱麗葉

五月十三日，一九四六年

我親愛的：

昨天接到你的電報，好高興知道你要來看我們了！

我遵照你的囑咐立刻散播消息，你為讀書會帶來一股興奮的旋風，大家立刻表示願意提供你可能需要的一切：食、宿、導覽、插電曬衣夾。伊蘇拉聽說你要來，好像飛上了月亮。為了你的書，她已經開始埋頭苦幹。雖然我警告她目前這還只是

構想，她可是一心一意，怎麼說也要找到資料給你。她請（或許是威脅）市場每個認識的人寫封關於占領時期的信給你，她認為你會需要這些信，以便說服出版商值得為這個題目出書。接下來幾星期如果接到排山倒海的來信，你可別太驚訝了。

伊蘇拉也想趁今天下午到銀行拜訪戴文先生，請他把伊麗莎白的小木屋租給你。那地方很可愛，就坐落在大宅下方的草地上，而且夠小，收拾起來容易得很。德國軍官為了自己的住宿需求徵用較大的房舍之後，伊麗莎白才搬去那裡。你在那裡會住得很舒服。伊蘇拉也向戴文先生保證，他只需要給你擬個租約，其他事情都由她去張羅，像是讓房間通風、洗刷窗戶、拍打地毯、殺蜘蛛。

希望你不要因為這些安排而感到不好意思，其實戴文先生早就計畫要盡快把這些地產租出去。安柏斯爵士的律師們已經開始調查伊麗莎白的下落。他們發現根本沒有她抵達德國的紀錄，只知道她在法國被送上火車，預定目的地是法蘭克福。進一步調查還會繼續下去，我祈禱那會引導我們找到伊麗莎白，不過在此同時，為了讓姬特有點收入，戴文先生希望出租安柏斯爵士留給伊麗莎白的房子。

有時候我覺得，我們在道義上應該開始為姬特尋找她的德國親人，但我實在做不到。克里斯欽有個罕見的靈魂，他對祖國所做的事深惡痛絕，不過許多德國人不作如是想，他們深信「千年帝國」的夢想。即使尋得到親戚，又怎能把姬特送到異

國……一個毀壞殆盡的國家？我們才是她所知唯一的家人。

姬特出生的時候，伊麗莎白一直不讓有關當局知道她的父親是誰。不是出於羞恥，而是唯恐母女分離，嬰兒被強行帶到德國去扶養。當時有好多這方面的可怕傳聞。伊麗莎白被捕的時候若是說出姬特的身世，不曉得是否可以保住一命，這點一直令我很好奇。但因為她不肯說，我也沒有立場這麼做。

原諒我卸下自己心上的重擔。我的憂慮在腦際盤據已久，如今能夠寫在紙上真是如釋重負。現在我換個比較開心的話題說說，比方說昨天晚上的讀書會。

你將來訪的消息激起一陣歡聲雷動，之後讀書會讀了你在《泰晤士報》寫的關於書與閱讀的文章，每個人都很喜歡，不只是因為讀到我們自己的事，也因為你提出許多可以用在閱讀的觀點，都是我們以前想不到的。司徒賓醫生宣稱，唯有你才把「分心」搖身變為榮耀的字眼，而不是一項性格上的缺陷。那篇文章讀來真是愉快，我們對文章裡提到自己的部分也都感到好驕傲又好開心。

威爾‧李斯比想辦一場歡迎會向你致敬。他將為這場盛會烤一個馬鈴薯皮派，而且特別發明一種可可糖霜。昨天晚上的聚會，他出人意料地做了甜點請我們吃……是火燒櫻桃！幸好火往下燒到鍋子，我們總算不必吃了。但願威爾遠離廚房，回到收破爛的本行才好。

我們期待盛大歡迎你的到來。你說要先寫完幾篇評論才能

離開倫敦，不過無論你什麼時候來，我們都好高興見到你。只要告訴我們你到的日期與時間就好。坐飛機當然比坐郵船快些（柯洛維斯·佛西叫我告訴你，空服員會請乘客喝琴酒，郵船就沒有），而且舒服許多。除非你有暈船的毛病，否則我會搭下午從威茅斯[84]起錨的郵船。沒有比沿著海岸接近根西島更美的風景了，不管是漸漸西沉的落日，或是暴風雨之前鑲了金邊的烏雲，或是霧中浮現的根西島。我還是新嫁娘的時候，第一眼看見的根西島就是這樣。

你深情的阿米莉亞

伊蘇拉給茱麗葉的信

五月十四日，一九四六年

親愛的茱麗葉：

我一直在打點你要住的房子。我也請市場的幾個朋友把他們的經驗寫下來告訴你，希望他們寫了。如果泰坦先生寫信為他的回憶跟你要錢，一分錢也別給他。他是個大騙子。

你想不想知道我第一眼看見德軍的經過？我用形容詞描述

---

84 威茅斯（Weymouth）位於英格蘭南部多塞郡，隔著英吉利海峽與法國諾曼第遙遙相望。

得生動一點。我通常不會這樣，我比較喜歡赤裸裸的事實。

那個星期二，根西島似乎挺安靜的……不過我們知道他們來了！前一天飛機與船艦已經載了阿兵哥登陸。一架又一架超大的德國飛機轟隆隆降落，卸下他們的人員之後又起飛了，這會兒飛機比較輕，他們低空飛行，滿心歡喜地在根西島上空俯衝飛升，嚇壞了草地上的母牛。

當時伊麗莎白在我家，儘管我的蓍草已經寄到，我們還是提不起精神做美髮水，只能像兩個鬼魂似的到處晃來晃去。後來伊麗莎白終於振作起來。「來吧，」她說，「我可不打算坐在家裡等他們來。我要進城把我的敵人找出來。」

「等你找到他以後打算怎麼做？」我沒好氣地問。

「我要看著他，」她說，「我們不是關在籠子裡的畜牲，他們才是。他們同我們一起困在這個島上，就像我們同他們一起困在島上一樣。來吧，我們去盯著他們看。」

這個想法我喜歡，所以我倆戴上帽子就去了。可是你絕不會相信我們在聖彼得港看見的景象。

噢，那兒有成百上千個德國士兵……他們都在「購物」！他們手牽手沿著噴泉街蹓躂，滿面笑容，呵呵笑著往商店櫥窗裡瞧，然後走進店裡，出來的時候懷裡抱著大包小包，相互大呼小叫。北廣場也是滿滿的軍人，有些人懶散地閒蕩，有些人對我們輕碰帽子、朝我們鞠躬，很有禮貌的樣子。有個男人對我說：「你們的島很美麗。我們不久就要到倫敦打仗了，不過

現在我們有這個⋯⋯一天陽光假日。」

另一個可憐的白癡還真以為自己在布萊頓[85]。他們買冰棒給跟在身後的一大串小孩吃。他們說說笑笑，玩得好開心。要不是那身綠色制服，我們會以為來自威茅斯的旅遊船上岸了！

我們慢慢經過坎蒂花園，那兒一切卻變了⋯⋯從嘉年華會變成惡夢。我們先聽到噪音，是眾多靴子沉重、規律又平穩地踩在硬石子路上的聲音，緊接著看見一個部隊踢著正步走上街道，他們從頭到腳閃閃發亮，釦子、靴子，還有那些模樣像煤桶的鋼盔。他們的眼睛不看任何人，也不看任何東西，只是直直盯著前頭。那比他們扛在肩膀上的步槍或是塞在靴子裡的短刀和手榴彈更嚇人。

這時，走在我們後面的佛瑞先生一把抓住我的胳膊，他參加過桑姆戰役[86]。淚水流下他的臉頰，他卻渾然不覺，只是使勁扭著我的胳膊說：「他們怎麼可以又來一次？我們打敗了他們，現在他們又來了。我們怎麼又讓他們再來一次？」

終於伊麗莎白說：「我看夠了。我需要喝一杯。」

我壁櫥裡多的是琴酒，所以我倆就回家了。

我快說完了，不過很快就可以跟你見面，真的讓我好樂。我們都想跑去接你，可是我又突然想到一件可怕的事。郵船上

---

85 布萊頓（Brighton）是英格蘭南部濱海度假城市。

86 桑姆（Somme）位於法國北部，是一次世界大戰陣亡人數最多的戰役之一。當時盟軍企圖突破德軍位於桑姆河的四十公里戰線。

可能有二十幾位其他乘客，我怎麼知道哪個是你？你那本書上的照片好小又好模糊，我可不想跑去親吻什麼不相干的人。你可不可以手拿百合花，再戴上一頂有面紗的紅色帽子？

你的朋友伊蘇拉

一名愛好動物的人寫給茱麗葉的信

星期三晚上

親愛的小姐：

我也是「根西馬鈴薯皮派文學讀書會」的會員，不過我從沒寫過信跟你談我讀的書，因為我只讀了兩本，一本是關於狗的兒童故事，忠實、勇敢又真心的狗。伊蘇拉說你要來，而且說不定要寫關於占領期間的故事。我想你應該要知道這裡的地方行政官對待動物的真相！注意喔，是我們自己的政府，不是骯髒的德軍！他們覺得說出來很差恥，我卻不。

我不太喜歡人……從來就不喜歡，也永遠不會喜歡。我有我的理由。我沒見過有狗一半真心的人。善待一隻狗的話，牠也會善待你……牠陪伴你，當你的朋友，從不問問題。貓就不同了，但我也並不因此排斥牠們。

你應該要知道，有些根西島民聽說德軍要來的時候，怕得把寵物怎麼樣了。他們成千上萬逃離島上，飛到英國或是坐船

離開，丟下他們的狗和貓，遺棄牠們，任牠們又餓又渴地在街上流浪⋯⋯那些人簡直是豬！

我盡可能收留這些流浪狗，可是怎麼收留也不夠。然後行政官介入解決問題，不過處理得更糟，糟糕多了。行政官登報警告我們，由於戰爭的緣故，人吃的食物都可能不足，何況是動物。「每家只能養一隻寵物，」他們說，「剩下的可能非撲殺不可。在島上流浪的野生貓狗會對兒童造成危險。」

他們真的這麼做了。行政官把動物集結起來趕上卡車，載到聖安德魯動物收容所，護士與獸醫打針讓牠們一睡不醒。好不容易才剛剛殺完一車的寵物，另一輛滿載的卡車又來了。

我都看見了⋯⋯集結動物，趕進收容所，還有埋葬。

我看見一位護士從收容所走出來，站在新鮮空氣裡大口吸氣，看起來一副反胃得連她自己都快死掉的樣子。抽完菸後，她又回去裡面幫忙撲殺。就這樣花了兩天時間才把動物全部撲殺完畢。

我想說的就是這些，請寫進你的書裡。

一名愛好動物的人

五月十五日，一九四六年

親愛的艾許登小姐：

　　裴比小姐告訴我，你要來根西島聽聽戰爭的事，希望到時我們可以見個面。不過這會兒我給你寫信是因為我喜歡寫信。其實任何東西我都喜歡寫。

　　我猜你會想要知道，戰時我個人受到什麼樣的屈辱……一九四三年我十二歲。我長疥瘡。

　　當時根西島上沒有足夠的肥皂可以保持清潔，衣服、房子或是我們身上都不乾淨。每個人都有這種或那種皮膚病，像是介殼蟲或膿包或蝨子。我是頭頂上長疥瘡，在頭髮裡面，怎麼也好不了。

　　最後歐蒙醫生說，我非到城裡的醫院把頭髮剃掉不可，而且要剃掉疥癬的表面，讓膿汁流出來。希望你永遠不知道頂著滲膿的頭皮是多麼羞恥的感覺。我真想去死。

　　我就是在那裡認識我的朋友伊麗莎白‧麥坎納，她幫我那層樓護士的忙。護士向來親切，不過麥坎納小姐親切又風趣。在我人生最黯淡的時候，她的風趣幫了我大忙。我剃光頭髮的時候，她拿著臉盆、一瓶滴露消毒藥水和一把鋒利的解剖刀走進我病房。

　　我說：「這不會疼吧？歐蒙醫生說不會疼的。」我拚命不

哭出來。

「他騙你，」麥坎納小姐說，「可疼得像死鬼似的。別跟你媽說我說『死鬼』哦。」

我聽了開始哧哧傻笑，還來不及害怕，她就已經劃出第一刀，於是她繼續刮我頭皮的同時，我們也玩起一種遊戲：我倆大聲喊出每個不幸慘死刀下的女人姓名。「蘇格蘭女王瑪莉[87]……卡擦卡擦！」「安‧波林[88]……劈啪！」「瑪莉‧安東妮[89]……鏘！」說著笑著就解決了。

好疼，不過也很滑稽，因為麥坎納小姐把苦刑變成遊戲。

她用藥膏幫我抹在光頭上，當天晚上還過來看我，拿來一條她自己的絲巾當纏頭巾，包住我的光腦袋瓜。「好了。」她說著遞鏡子給我。我望著鏡子裡，那條絲巾好漂亮，可是我的鼻子長在小臉上顯得好大，向來如此。我真懷疑自己有沒有變漂亮的一天，於是我問麥坎納小姐。

我每次問我媽這個問題，她都很不耐煩，說什麼美麗不過是皮相。可是麥坎納小姐不這麼說。她看著我，考慮片刻，然後說：「再過不了多久，莎莉，你會美得讓人驚豔。繼續照鏡子，你就會看到的。重要的是骨架，你的骨架可好看的呢。再

---

87 蘇格蘭女王瑪莉因密謀暗殺英國女王伊麗莎白一世，於一五六七年遭處決。
88 安‧波林（Anne Boleyn）是英王亨利八世第二任妻子，一五三六年遭砍首。
89 瑪莉‧安東妮（Marie Antoinette）為法王路易十六的妻子，一七九三年法國大革命時期上斷頭台。

加上你優雅的鼻子，活脫又是一個娜芙蒂蒂[90]。你不妨開始磨練一下皇后專橫跋扈的模樣。」

毛格莉太太到醫院來看我的時候，我問她娜芙蒂蒂是誰，是不是已經死了。聽起來好像是的。毛格莉太太說一方面她的確是死了，不過另一方面卻永垂不朽。後來她還找到一張娜芙蒂蒂的照片給我看。我不太確定什麼是專橫跋扈，於是設法讓自己像她。我到現在還沒有習慣我的鼻子，但我相信肯定會的……麥坎納小姐說的。

還有一個占領時期的傷心故事是我的雷蒂阿姨，以前她在東北角拉方田附近的懸崖上有一棟陰暗老舊的大房子。德軍說，那棟房子正好在他們的大炮陣線上，會妨礙他們的炮火練習，所以就把房子炸掉了。現在雷蒂阿姨與我們同住。

莎莉安·佛碧雪敬上

---

90 娜芙蒂蒂（Nefertiti, 1370-1330BC）是埃及法老王阿肯那頓（Akhenaten）的妻子，她的美麗聞名全埃及。

五月十五日，一九四六年

親愛的艾許登小姐：

　　伊蘇拉把你的地址給我，因為她覺得你為了寫書，一定想看看我的清單。

　　如果你今天帶我到巴黎去，讓我坐在一間高雅的法國餐館裡，桌上鋪了白色蕾絲桌巾，牆上有蠟燭，每個餐盤都有銀色蓋子的那種地方，告訴你，跟我的偉嘉號箱子相比，那些根本沒什麼，沒什麼。

　　我解釋一下，免得你不知道，偉嘉號是一九四四年十二月二十七日第一艘來到根西島的紅十字會補給船，當時他們帶來食物，而且又來了五次；靠了這些，我們才活得到戰爭結束。

　　是的，我沒說錯……我們靠這些活命！那時食物已經短缺好幾年，除了黑市的魔鬼，整座島連一匙砂糖也沒有。做麵包的麵粉全都在一九四四年十二月一日用罄，德國大兵跟我們一樣捱餓，空肚子猛脹氣，沒東西吃的身體怎麼也暖和不起來。

　　我對水煮馬鈴薯與白蘿蔔早已膩得要死，再吃下去，我寧可兩腳一伸死掉算了。就在這個節骨眼，偉嘉號進港了。

　　在此之前，邱吉爾先生[91]不肯讓紅十字會的船隻為我們載

---

91 邱吉爾（Winston Churchill, 1874-1965）是當時的英國首相。

來食物，因為他說德軍一定會把食物奪走自己吃掉。你可能覺得這個計畫聽來頗為聰明……把壞蛋餓死！可是聽在我耳裡卻認為，他根本不在乎我們也一塊兒餓死。

不曉得什麼事把他的靈魂往上推了一、兩級，他總算決定我們可以吃了。於是在那年的十二月，他對紅十字會說：「喔，好吧，去餵飽他們的肚子。」

艾許登小姐，根西島上每個男人、女人與小孩都分到兩箱食物，全都堆放在偉嘉號上。而且還有其他東西：釘子、作物種子、蠟燭、烹調用油、火柴、一些衣物和鞋子，甚至還有新生嬰兒用品。

此外有麵粉與菸草……摩西盡可大談上帝賜予的食糧，不過他沒從見過這樣的東西！我這就告訴你箱子裡的每樣東西，因為我都一一寫下來，貼在我的回憶本上了。

巧克力170克	餅乾565克
茶葉115克	奶油565克
砂糖170克	豬肉罐頭365克
罐頭牛奶55克	葡萄乾225克
橘子果醬425克	鮭魚285克
沙丁魚140克	乾酪115克
梅乾170克	胡椒30克
鹽巴 30克	一塊肥皂

我把梅乾送人了……但這是不是很了不得？我死的時候要把錢全部捐給紅十字會。我寫信跟他們說過了。

　　還有一件事應該告訴你。這事或許跟那些德軍有關，不過該給的讚美也不能不給。他們幫我們把那些裝食物的箱子全部扛下偉嘉號，自己一箱也沒拿。當然啦，他們的指揮官告誡他們說：「那些食物是給島民，不是給你們的。哪怕是偷拿一點點，我也斃了你。」然後他發給每個幫忙卸貨的阿兵哥一只小湯匙，讓他們把不小心灑在路上的麵粉與穀子刮起來，他們只能吃那些。

　　其實看著他們也挺可憐的……那些阿兵哥。他們偷花園裡的菜，敲門跟人討剩菜殘羹。有一天，我看見一個阿兵哥抓起一隻貓，拿牠的頭去撞牆。然後他砍了貓頭，再把貓藏在外套裡。我跟在他後面，直到他走進田野。那德國人剝去貓皮，用他的鍋子把貓煮熟，就地吃掉了。

　　那幅景象看著真的、真的好難過。我好想吐，可是想吐的感覺之外，我內心深處想著：「希特勒的第三帝國……外出上館子嘍。」想到這兒我開始放聲大笑，笑得快死掉。現在我覺得很羞恥，不過當時我笑個不停。

　　我要說的就是這些。希望你寫書一切順利。

米卡‧丹尼爾敬上

五月十六日，一九四六年

親愛的艾許登小姐：

　　阿米莉亞告訴我們，你即將來根西島蒐集寫書的故事。我將全心全意歡迎你，不過我無法把發生在我身上的事告訴你，因為一說起這檔子事我就渾身顫抖。說不定我把它寫下來，你就不需要我大聲說出來了。反正這與根西島無關……當時我不在這裡。我在德國的紐恩卡[92]集中營。

　　你知道我三年來怎麼冒充托拜爵士的吧？後來，彼得・簡金斯的女兒莉莎跟德軍約會；任何德國阿兵哥只要送她絲襪或口紅，她就跟他約會，直到她搭上了葛茲中士為止都是這樣。葛茲是個卑鄙的小畜生。他倆在一起狼狽為奸，向德國指揮官告發我的就是莉莎。

　　一九四四年三月，莉莎在美容院做頭髮時讀到一本戰前的舊雜誌，叫做《閒談者》。那本雜誌的一二四頁刊出一幅托拜・潘皮爾爵士與夫人的彩色照片，他們在索塞克斯郡[93]舉行婚禮，喝香檳、吃生蠔。照片下方的文字詳盡描述她的新娘禮服、鑽石、鞋子、臉蛋與他的錢。雜誌也提到根西島上那棟名

92　紐恩卡（Neuengamme）集中營位於德國漢堡，由武裝黨衛軍（Die Waffen Schutzstaffel, SS）設立，黨衛軍效忠希特勒，其徽號「卍」即為兩個S重疊而成。
93　索塞克斯郡（Sussex）位於英格蘭東南部。

為拉佛特的豪宅是他們的財產。

　　好了，這下可是再清楚不過，即使對笨如門柱的莉莎來說也是……那個托拜・潘皮爾爵士並不是我。她連頭髮都等不及梳好，立刻拿了照片給葛茲看，他再直接交給指揮官。

　　為此，德軍自覺活像一票大傻瓜，這些年來竟然對個僕人畢恭畢敬、鞠躬哈腰，所以特別懷恨在心，把我送到紐恩卡。

　　我以為我活不過第一個星期。空襲的時候，他們叫我同其他犯人一起出去清理未爆彈。真好的選擇啊……你是要在彈如雨下的天空下狂奔躲炸彈？還是抗命讓警衛打死？聽見炸彈呼嘯飛過頭頂上的時候，我像隻老鼠似的東逃西竄，設法掩護自己，結果不知怎地，最後我居然還活著。我就這麼告訴自己：好了，你還活著。我想我們每天早上醒來，都會對自己說這句話：好了，你還活著。然而我們其實並不是活著。我們……雖然沒死，但也沒活著。每天躺在我鋪位上的時候，我的靈魂只有幾分鐘活著，在那當兒，我設法去想一件開心的事，喜歡的事……不想我熱愛的事，因為那樣只會感覺更糟。只想一件小事，譬如學校的一次野餐，或是騎腳踏車衝下坡……我最多只能忍受這樣。

　　那漫長如三十年的歲月其實只有一年。一九四五年四月，紐恩卡指揮官挑出還有力氣做工的人前往貝爾森[94]。我們坐在

---

94 貝爾森（Belsen）是位於德國西北部的納粹集中營。

敞篷大卡車上趕好幾天的路，沒食物，沒毛毯，沒水，但我們好高興不必用走的。路上的泥巴坑全都是血紅色。

我想你應該知道貝爾森和那裡發生的事了。我們跳下卡車後，立刻接過別人遞來的鏟子。我們得挖大大的坑埋葬死人。他們帶領我們來到挖坑的地點，我好怕自己瘋掉，因為我看見的每個人都死了，連活著的看起來也像屍體，真正的屍體則丟在地上。我真不懂他們幹嘛費事埋葬屍體。原來當時俄軍正從東邊攻來，盟軍則從西邊；德軍深怕他們攻來的時候，目睹到一幅悽慘可怕的景象。

燒屍體的火葬場燒得不夠快，所以挖好長長的深溝後，我們把屍體使勁連拖帶拽地拉到溝邊再丟進去。你不會相信的，我們用力搬屍體的時候，德國黨衛軍竟強迫犯人樂隊奏樂！就為了這個，我希望他們在地獄受火刑時，聽到的是震耳欲聾的波卡舞曲。等溝裡的屍體堆滿了，德國黨衛軍往上面澆汽油，然後點火。之後我們必須填土蓋住屍體，彷彿這種行徑掩蓋得了似的。

次日，英軍就到了，親愛的上帝，我們好高興見到他們。當時我還有力氣走路，所以我看見坦克車撞毀集中營大門，坦克車側面漆著英國的國旗。我轉頭朝附近一個靠欄杆坐著的人喊道：「我們得救了！是英軍來了！」說完我才發現他已經死去。就差那麼幾分鐘。我頹然坐在泥巴裡大聲啜泣，彷彿他是我最知己的朋友。

英國大兵從坦克車下來的時候也忍不住哭泣，連軍官都哭了。那些好人給我們東西吃，給我們蓋毛毯，送我們上醫院。上帝保佑他們，一個月之後，他們把貝爾森燒成平地。

　　我從報上讀到，他們現在要在原地設立一個戰爭難民營。想到那裡又建起新營房，儘管是為了做好事，我仍然忍不住猛打哆嗦。我真心以為那塊土地應該永遠空著才是。

　　這事我就不再多寫了，希望你能諒解我不喜歡談。正如塞內卡說的：「輕愁使人多話，大悲令人無語。」

　　為了你的書，我倒記得一件你可能想知道的事。是在根西島發生的事，那會兒我還在冒充托拜爵士。偶爾伊麗莎白和我會在傍晚時分一起散步到陸岬上，看著飛過上空的轟炸機，好幾百架飛往倫敦途中的飛機。眼看他們飛過，明知他們要飛去哪裡又要幹嘛，感覺實在很糟糕。德國電台告訴我們說倫敦已經夷為平地，只剩瓦礫與灰塵。他們的話我們不太相信，那可能是德國人的宣傳伎倆，但還是……

　　就在這樣一個晚上，我們穿過聖彼得港，正好路過麥賴倫家的大宅。那是一棟很漂亮的舊房子，給德國軍官占去住了。那時有扇窗戶是開的，收音機正播放一曲動聽的音樂。我們停下腳步聆聽，心想八成是柏林播出的節目。可是音樂結束時，我們聽見大笨鐘的鐘聲，然後一個帶了英國腔的聲音說：「這是英國國家廣播公司……倫敦。」我們絕不會聽錯大笨鐘的鐘聲！倫敦依然健在！它還在！伊麗莎白與我擁抱在一起，我倆

沿路跳起華爾滋。那是我在紐恩卡集中營無法去想的一件事。

約翰·布克敬上

道西給茱麗葉的信

五月十六日，一九四六年

親愛的茱麗葉：

除了等待你的來臨之外，好像已經無事可做。伊蘇拉把伊麗莎白的窗簾洗過、上漿又燙過，還把頭伸進煙囪找蝙蝠、洗窗戶、整理床鋪，每個房間也都通風了。

伊萊為你刻好一份禮物，艾班把你的柴房堆滿了柴火，柯洛維斯將草地割得平平整整……只留下，他說，一叢叢野花供你欣賞。阿米莉亞正為你到來的頭一個晚上籌畫超級派對。

我唯一的工作就是讓伊蘇拉活著等你來。儘管高的地方會害她犯頭暈，她仍想爬到伊麗莎白的小木屋頂上用力跺腳，看有沒有鬆脫的瓦片。幸好她還沒登上屋簷就被姬特瞧見，於是姬特跑來找我，我們總算把她勸下來了。

但願我能多做些什麼來歡迎你。希望你能快快到來。很高興你要來了。

你的道西

五月十九日，一九四六年

親愛的道西：

我後天就到了！哪怕有琴酒的引誘，我膽子還是太小，不敢坐飛機，所以我會搭傍晚的郵船前來。

可否請你幫我給伊蘇拉帶個話？請告訴她，我沒有蒙面紗的帽子，也不能捧百合花（我會打噴嚏），不過我倒是有一件紅色的羊毛披風，我坐船會穿那件。

道西，你已經讓我覺得在根西島深受歡迎，所以這會兒你什麼也不必做。我仍然難以相信終於要見到你們大家了。

你永遠的茱麗葉

五月二十日，一九四六年

親愛的茱麗葉：

你請我給你時間，我做到了。你請我不要提婚事，我也沒提。可現在你告訴我，你要去那該死的根西島……多久？一星期？一個月？永遠？你以為我會乖乖坐著讓你走？

茱麗葉，你太可笑了。任何白癡都看得出你根本想逃避，

不過沒有人懂為什麼。我們在一起多適合啊，你讓我開心，從來不令我厭煩，你感興趣的東西我一樣感興趣。我說我覺得你也有同感的時候，希望我不是自欺欺人。我們彼此相屬。我知道你最恨我說，我才了解什麼對你最好，不過在這件事情上，我沒說錯。

看在老天的份上，忘了那個悲慘的小島，嫁給我吧。我帶你到那兒去度蜜月……如果非去不可的話。

愛你的馬肯

五月二十日，一九四六年

親愛的馬肯：

也許你說得沒錯，但即使如此，明天我還是要去根西島。你攔不住我的。

很抱歉你要的回答我無法給你。我希望可以。

愛你的茱麗葉

又：謝謝你的玫瑰。

噢老天。要不要我開車送你到威茅斯？

馬肯

答應我不再訓話？

茱麗葉

不訓話。但我會使出其他勸說方式。

馬肯

嚇不了我的。你開車的時候又能做什麼？

茱麗葉

包你大吃一驚。明天見。

M

第二部

五月二十二日，一九四六年

親愛的席尼：

有好多事要告訴你。我到根西島才二十小時，但每個鐘頭都充滿了我想大書特書的新面孔與新點子。你看見島上生活多麼有助於工作沒有？就說雨果[1]的例子吧。如果我在這裡待久一點，說不定會變成多產作家呢。

這趟海上旅程挺恐怖的，頂著波浪的郵船吱吱嘎嘎、呻吟不斷，隨時都可能支離破碎的樣子。要不是想在死前看根西島一眼，我幾乎希望郵船散掉算了，免得飽受擔驚受怕之苦。可是一旦根西島映入眼簾，先前的想法立刻被我一股腦拋開，因為陽光正好破雲而出，照著懸崖峭壁銀光閃閃。

郵船搖搖晃晃駛入港口之際，我看見聖彼得港從海中漸次升起，突出的一間教堂像是蛋糕裝飾似的，我才發覺自己的心在狂跳。我拚命說服自己，使我無比激動的是這幅美景，然而我心裡清楚得很，這陣子漸漸認識甚至有點愛上的那些人都等著要見……我，而我沒有一張稿紙可以遮掩自己。席尼，過去的兩、三年來，我變得越來越能寫，卻越來越不懂生活，而我

---

1 雨果（Victor Hugo, 1802-1885）是十九世紀法國浪漫主義最重要作家。一八五二年，拿破崙三世復辟建立法國第二帝國，主張民主共和制的雨果舉家流亡澤西島與根西島，這段時間仍創作不輟，直到一八七〇年拿破崙三世下台才返回法國。

也想到你對我寫作的影響。紙上的我極度迷人，但那只是我學會的一種把戲，跟我本人毫不相關。至少郵船進港的剎那，我是這麼想的。我突然湧起一股懦弱的衝動，好想把身上的紅披風丟下船去，假裝自己是別人。

我們停靠碼頭旁邊的時候，我看見等待人群的臉孔，於是再也沒有退路。我透過他們的信認識他們。頭戴瘋狂帽子、紫色圍巾別了閃亮別針的是伊蘇拉，她一動不動、朝錯誤的方向不停微笑，我立刻愛上了她。旁邊站了一個滿臉皺紋的男人，他身邊有個男孩，高高個子，有稜有角，那是艾班和他的外孫伊萊。我向伊萊揮手，他綻開微笑，宛如亮起一道光芒，然後他用手肘碰碰外公……於是我害羞起來，趕緊躲進推擠著走下梯板的人群中。

伊蘇拉躍過一個裝著龍蝦的板條箱，頭一個趕到我身邊，然後一把抓住我，猛地把我整個人抱起來轉圈圈。「啊，親愛的！」我懸在半空中時她大喊著。

是不是好可愛？她緊緊的擁抱擠掉了我所有的緊張與呼吸的空氣，其他人走向我的時候安靜得多，但熱情絲毫不減。艾班握著我的手微笑，看得出他以前體格寬厚強壯，現在卻太瘦了。不知怎地，他看來既嚴肅又親切，他是怎麼做到的？我發現自己很想給他好印象。

伊萊把姬特扛上肩膀，他倆就這麼一起走上前來。姬特有兩條胖腿，滿臉的嚴峻，黑色捲髮，灰色的大眼睛……而且一

點也不喜歡我。伊萊的衣服上盡是木屑點點，口袋裡放著送給我的禮物，是核桃木雕刻的一隻可愛老鼠，還有幾根彎彎的鬍鬚。我在他臉頰上吻一下，也挺過姬特帶有惡意的目光。以四歲的小女孩來說，她有種非常令人害怕的氣質。

然後道西伸出雙手。預料中的他應該長得很像蘭姆，而他確實有點像，他也有同樣定定的眼神。他呈給我布克送的一束康乃馨，布克本人無法出席，原來他在一次排演的時候摔到腦震盪，得住院一夜觀察。道西黝黑結實，他的臉有種安靜、戒備的神情……直到他莞爾一笑。除了你的那位妹妹之外，他的笑容是我見過最惹人愛的。我還記得阿米莉亞曾在信裡告訴我，道西有一種善於說服別人的難得天賦……我相信。他就像艾班（和這裡的每個人）一樣，實在太瘦了，可是也看得出他以前粗壯許多。他的頭髮漸漸泛灰，一對深邃的棕眼是近乎黑色的深棕色，即使他沒笑，眼睛周圍的線條也給人一種即將露出微笑的錯覺。不過我想他應該不會超過四十歲。他只比我高一點，而且有點跛腳，但他很健壯，他舉起我全部的行李，把我、阿米莉亞與姬特拉上他的貨車毫無問題。

我同他握手（不記得他有沒有說什麼），然後他讓開往旁邊站，讓阿米莉亞上前。她是那種六十歲比二十歲時更加美麗的女士（噢，但願有一天有人也這麼說我）。她身材小巧，瘦瘦臉，可愛的微笑，編了辮子的灰色頭髮；她緊緊抓住我的手說：「茱麗葉，我好高興你總算來了。我們這就幫你把行李拿

回家。」聽起來好棒，雖然那其實不是我的家。

我們站在碼頭上的時候，不曉得什麼亮光不斷照著我的眼睛，然後又照著碼頭周圍。伊蘇拉吸吸鼻子、不屑地說那是阿德雷德·艾狄森，是她拿著望遠鏡站在窗前追蹤我們的一舉一動。伊蘇拉朝那閃光猛揮手，閃光才消失。

我們為此失聲而笑的時候，道西忙著幫我拎行李，一邊留意姬特可別掉落碼頭，大體來說，就是讓自己有點用處。我漸漸明白他經常這麼做，而且大家很仰賴他這麼做。

我們四個（阿米莉亞、姬特、道西和我）坐著道西的貨車到阿米莉亞的農場，其他人都用走的。路其實不遠，景緻卻迥然不同，因為我們出了聖彼得港進入鄉間。一座座牧場地勢起伏，忽然末端出現懸崖峭壁，周遭盡是海洋鹹鹹濕濕的味道。我們坐在車上的時候，太陽落下，霧氣升起。你知道走在霧裡聲音會如何放大嗎？噢，就像是……每一聲鳥叫啁啾都很有力量且充滿象徵意味。懸崖側邊的雲朵翻滾而上，等我們抵達莊園時，田野間早已籠罩一片灰色，我看見許多幢幢鬼影，我猜是那些納粹奴工建造的水泥防禦工事吧。

坐在貨車上的時候，我身邊的姬特斜斜瞄了我好幾眼。我還沒傻到試圖同她說話，但表演了我那切斷大拇指的把戲……你知道的，就是那個讓大拇指看來好像斷掉的遊戲。

我若無其事地玩了一遍又一遍，故意不看她，她卻像隻小老鷹似的，專注又著迷地盯著我看，沒有咮咮笑，她沒那麼好

騙。最後她只說：「給我看你是怎麼弄的。」

吃晚餐的時候，她坐在我對面，不肯吃她的菠菜。她伸出胳膊，一手舉向上好像警察。「我不吃。」她說。我可不想違抗她的意思。她把椅子拉向道西，邊吃飯邊用手肘壓住他的手臂不讓他動。他似乎並不在意，雖然切起雞肉變得挺困難的。晚餐一吃完，她立刻爬到他大腿上，顯然那是她的專屬寶座。道西似乎注意在聽我們交談，然而我們談到占領時期食物短缺時，一隻用餐巾摺成的兔子突然從他手裡冒出來。你知不知道島民把鳥飼料磨碎當麵粉吃，到後來連鳥飼料也沒了？

我想必已經通過一個我並不曉得要考的考試，因為姬特請我送她上床睡覺。她想聽個雪貂的故事。她喜歡害蟲與害獸，我喜歡嗎？我願不願意親吻老鼠的嘴巴？我說「絕不」，顯然這個回答贏得她的歡心；我絕對是膽小鬼，但不是偽君子。我說完故事後，她把臉蛋小小偏個一公分讓我親了一下。

好長的一封信啊……然而我只說了二十小時的前四小時，剩下十六小時的事，你只好耐心等了。

愛你的茱麗葉

五月二十四日，一九四六年

親愛的蘇菲：

是的，我在這裡。馬肯想方設法要阻撓我，可是我負嵎頑抗到最後。我向來以為「堅持不懈」是我最不具魅力的人格特質，不過上星期卻變得頗為寶貴。

只有在郵船即將離岸之際，眼看高大的他沉著臉站在碼頭上，而且不知為什麼想要娶我，那時我才想，說不定他說得沒錯，也許我真是個不折不扣的白癡。我知道有三個女人為他瘋狂……轉瞬之間他就會給人搶走，於是走向暮年的我只能坐在一間髒兮兮的臥室兼起居室孤獨過日，牙齒一顆接一顆掉下來。噢，我已經想像得到了：沒人要買我的書，於是我不斷拿我字跡無法辨認的破爛手稿去煩席尼，他為了可憐我，只好假裝說會出版。口中念念有詞的我，步履蹣跚走在街頭晃盪，一手拿個裝了白蘿蔔的網袋，鞋子裡還塞了報紙。耶誕節你寄來充滿深情的卡片給我（你會吧？），我跟陌生人吹牛說，我一度幾乎同出版大亨馬肯‧雷諾訂婚，他們搖頭以對……這可憐的老太婆簡直瘋得像臭蟲，不過當然沒啥害處啦。

噢上帝。這樣下去我會走向瘋狂。

根西島很美，我的新朋友又如此慷慨、熱情地歡迎我，因此我很清楚來這裡是對的……直到剛剛想起我的牙齒為止。我

不要再想了。我要踏上門外開滿野花的草地，盡快奔向懸崖。然後我要躺下來仰望天空，今天下午的天空彷彿珍珠一般閃閃發亮。我要用力呼吸溫暖的草香，假裝馬肯‧雷諾不存在。

我剛剛才回到屋裡。好幾個鐘頭前，夕陽為雲朵鑲上一層閃亮的金邊，海水在懸崖底下呻吟。馬肯‧雷諾？他是誰啊？

永遠愛你的茱麗葉

茱麗葉給席尼的信

五月二十七日，一九四六年

親愛的席尼：

伊麗莎白的小木屋是為貴客留宿而建造的，所以空間相當寬敞，有一間大大的起居室、一間浴室、一間食品儲藏室，樓下還有極大的廚房。樓上有三間臥房與一間浴室，最棒的是到處都有窗戶，海風可以長驅直入每個房間。

我搬了張寫字桌到起居室最大的窗戶旁邊。這項安排的唯一缺點就是會不斷受到引誘，好想走到外面的峭壁邊緣。海水與雲沒有連續五分鐘是一樣的，我怕自己一直待在屋裡就會錯過什麼。今天早上起床的時候，海上滿是亮晃晃的光點……這會兒又似乎罩上一層檸檬色的薄霧。作家若想寫出什麼作品，

200

應該住在內陸或是城市的垃圾場旁邊才有可能，要不就得比我意志更堅強才行。

雖然我並不需要，但如果還需要什麼東西讓我對伊麗莎白更加著迷，應該就是她的財產了。德軍接管安柏斯爵士的大宅時，只給她六小時搬東西到小木屋來。伊蘇拉說她只帶走幾只鍋子、一些餐具與廚房的瓷器（德軍留了漂亮的銀器、水晶、瓷器與葡萄酒自己享用）、她的畫畫用具、要上發條的老舊唱機、一些唱片，剩下的都是書。好多書啊，席尼，我還沒時間好好看一眼……書架上都堆滿了，而且滿溢到廚房的櫃子。她甚至在沙發邊邊放個書架充當桌子，是不是很高明呢？

每個角落都能發現幾個讓我認識她的小東西。席尼，她同我一樣會留意形形色色的小玩意，因為她書架上整整齊齊排的都是貝殼、鳥羽、乾海草、鵝卵石、蛋殼，還有可能是蝙蝠的某種動物骨骼，都是些躺在地上的小東西，別人頂多一腳跨過或踩下去，但她看見了覺得好美而帶回家。我很好奇她是不是把它們當靜物？不曉得她的素描簿有沒有放在這裡什麼地方？我得好好搜尋一番。工作優先，不過每星期天天都有耶誕節的期待感。

伊麗莎白也把安柏斯爵士畫的一幅畫搬來了。那是她的肖像，我猜畫的時候她約莫八歲。坐在秋千上的她早已準備要盪得又高又遠，但不得不坐著不動，好讓安柏斯爵士畫畫。看她眉毛就知道她很不樂意。嚴峻的目光想必會遺傳，因為她和姬

特看來一模一樣。

我的小木屋緊鄰著大門內側（真正的農場大門，有三道門門）。屋子周圍的草地盡是野花，不過懸崖邊則由亂草與金雀花取而代之。

「大宅」（我想不出更好的名字）就是伊麗莎白來這裡為安柏斯爵士封閉的房子，它與小木屋相隔一個車道，真是一棟好漂亮的房子，兩層樓，L形，以美麗的藍灰色石頭建造。石板屋頂有幾扇屋頂窗，還有從L形的轉彎處一直延伸到兩端的露台，轉彎處頂上還有個裝了窗戶、面海的角塔。在占領時期，大部分巨大的老樹不得不砍下當柴火，不過戴文先生已經請艾班與伊萊種植新樹，栗子樹與橡樹。等到花園重新建好磚牆，也會在旁邊的攀架種些桃樹。

寬廣高挑的窗子令這房子勻稱美麗，打開窗子就是外面的石頭露台。草坪已經長得蒼翠繁茂，掩蓋了德軍車輛與卡車的輪胎凹痕。

過去五天，我由艾班、伊萊、道西或是伊蘇拉陪著，已經造訪了島上十個教區的四分之一；根西島景緻多樣，處處美不勝收，有田野、樹林、灌木樹叢、谷地、莊園、巨石圈、懸崖峭壁、都鐸式穀倉、諾曼石屋，每到一處地方、看見一棟建築物，都能聽說相關的歷史（相當無法無天）。

根西島也曾有高人一等的品味，建造過美麗的房子與令人印象深刻的公共建築，可惜這些地方如今已經損壞不堪，需要

大肆修復，儘管如此，其建築之美仍可清楚看出。道西帶我去的一間小教堂，每一寸都是一名教士獨自用瓷器碎片拼貼出來的；他想必是帶了大槌子去拜訪教區吧。

我的嚮導群就像這裡的景緻一樣各有千秋。伊蘇拉說曾有遭到詛咒的海盜屍體沖上海灘，胸前綁著褪色的骨頭，又說哈雷特先生把那些骨頭藏在穀倉裡（他說那是小牛，但我們都明白是什麼）。艾班描述戰前這裡的風貌，轉眼之間不見伊萊的蹤影，等他回來時，手上多了水蜜桃果汁，臉上也綻放天使的微笑。道西說的最少，但他帶我去看的地方都很神奇，像那間小教堂。然後他往後一站，隨我想看多久就看多久。他是我見過最慢條斯理的人。昨天我們沿路散步的時候，我注意到那條路非常靠近懸崖，還有一條小徑通到下方的海灘。「這兒就是你遇見克里斯欽‧海曼的地方？」我問。道西滿臉吃驚地說是，就是這裡。「他長什麼樣子？」我問，因為我要想像那幅畫面。我本以為這麼問也是白問，男人向來不善於描述男人的長相，道西卻很會形容。「他看起來就像你想像中德國人的模樣……只是他能感覺到痛苦。」

我好幾次同阿米莉亞和姬特一起散步到城裡喝茶。西西說得沒錯，駕船駛入聖彼得港真叫人心中狂喜。人在港口，只見小城陡直往上通向天際，這幅景象肯定是世界一大美景。高街上的商店櫥窗光亮潔淨，而且已經漸漸擺滿新貨。聖彼得港現在或許仍然單調無趣（有那麼多建築需要翻新），卻不像可憐

的倫敦散發出疲倦得要死的氣息。想必是因為亮麗的光線灑上每樣東西，還有清潔又清新的空氣、四處開放的花朵……綻放在田野間，在石頭路邊緣與石頭之間縫隙裡。

我們真的得跟姬特一樣的高度，才能好好看見這個世界。她好了不起，要不是她指出某些東西給我看，我絕對視而不見，像是蝴蝶、蜘蛛、緊貼地面好小好小的小花；面對滿牆燦爛如火的倒掛金鐘與九重葛，實在很難看見那些小花。昨天我偶然遇上姬特與道西蹲在門邊的矮樹叢裡，安靜得像小偷似的，不過他們沒偷東西，而是在觀看畫眉鳥扯著地上的蚯蚓。那條蚯蚓奮力掙扎，我們三個悄悄坐在那兒，直到鳥兒終於把蟲吞下肚。以前我從來沒見過整個過程。好噁心。

我們進城的時候，姬特會隨身攜帶一個小紙盒，用繩子綁得緊緊的，還有一個紅色毛線把手。哪怕是喝茶的時候，她也抱在腿上，保護得很周到。紙盒上沒有通氣孔，所以不可能是雪貂。噢老天，搞不好是死掉的雪貂。好想知道裡面是什麼，但當然不能問啦。

我真的喜歡這裡，而且如今已經安頓下來，可以開始工作了。等我今天下午同艾班與伊萊捕魚回來就會開始。

愛你與皮爾斯的茱麗葉

五月三十日,一九四六年

親愛的席尼:

你還記不記得,你曾逼我坐著聽十五堂由席尼·史塔克開辦的精確記憶課程?你說進行訪問的時候,猛寫筆記的作家顯得極端無禮、懶惰又無能,所以你要確保我絕不會讓你丟人現眼。那時你傲慢得令人無法忍受,我對你厭惡透了,不過你把我教得很好……現在你就能看到你下苦功之後的果實。

昨天晚上,我頭一次參加「根西馬鈴薯皮派文學讀書會」的聚會,地點是在柯洛維斯與南西·佛西夫婦家的客廳(沒位子的人就坐廚房)。當天晚上的發表人是新會員喬納·斯基達,談的是奧勒利烏斯的《沉思錄》[2]。

斯基達先生邁開大步走到房間前面,兩眼凶巴巴地盯著我們,然後說他根本不想來,只因為受到他最老、最親的「前」好友伍德·卡特矇騙,才會讀這本奧勒利烏斯的笨書。大家於是轉頭看伍德,坐著的伍德嘴巴微張,顯然驚愕莫名。

「當時我在田裡,」喬納·斯基達繼續說道,「正忙著弄堆肥,伍德手裡拿了這本小書,走過來說他才剛剛把書看完,

---

2 奧勒利烏斯(Marcus Aurelius, 121-180)是羅馬皇帝,也是斯多噶派哲學家,《沉思錄》為其傳世之作。

希望我也讀讀看，他說⋯⋯內容非常深刻。

「『伍德，我沒時間深刻。』我說。

「他說：『你應該抽空讀的，喬納。如果你讀讀看，我們去瘋狂愛達那裡喝酒的時候，談起話來就更好玩了。』

「這話挺傷感情的，真的是。我這個從小到老的朋友在我面前盛氣凌人已經好一陣子，就因為他與你們談書，而我沒有。以前我都想說算了，各有所好嘛，我媽向來這麼說。但這回他實在太過分，他侮辱了我。他在言談中自認高我一等。」

「『喬納，』他說，『奧勒利烏斯是羅馬皇帝，也是偉大的戰士。這本書是他與卡地人[3]周旋時的一些想法。卡地人是一群躲在樹林裡伺機而動、想要殺光羅馬人的野蠻人，奧勒利烏斯雖然飽受卡地人威脅，仍然擠出時間寫下自己的想法。他想得好深好遠，喬納，我們也可以從裡面學點東西。』

「所以我壓下受傷的感覺，接過那本該死的書。但今晚我來這裡，是為了在大家面前說：羞羞臉，伍德！你該覺得羞恥才對，居然把一本書看得比童年好友更崇高！

「不過我還是讀了，這就是我的想法：奧勒利烏斯真是婆婆媽媽又膽小，永遠都在為他的理智量溫度，永遠都在懷疑自己做了什麼或是沒做什麼。他做對了⋯⋯還是做錯了？是世人錯了嗎？或者錯的是他？不，錯的是世人，他已經為世人撥亂

---

3 卡地（Quadi）是羅馬帝國時期的日爾曼小部落，位於今日德國東部。

反正。好個想不開的老母雞啊，每個微不足道的念頭都給他變成又臭又長的訓話。喲，我敢說這傢伙連撒泡尿都……」

有人驚呼道：「撒泡尿！他當著女士說撒泡尿！」

「叫他道歉！」另一個人大喊。

「他不必道歉。他應該說出他的想法，而那就是他的想法。管你喜不喜歡！」

「伍德，你怎能這樣傷害朋友？」

「羞羞臉，伍德！」

伍德站起來的時候，房間沉寂下來。兩個男人在房間中央碰頭。喬納向伍德伸出手，伍德則拍拍喬納的背，兩人抓著對方的胳膊，一起上「瘋狂愛達」去了。我希望那是一間酒館，不是一個女人。

愛你的茱麗葉

又：在讀書會成員中，道西似乎是唯一覺得昨晚的聚會很滑稽的人。他太有禮貌，不好意思大笑出聲，可是我看見他肩膀不住抖動。我後來從其他人口中得知，這次聚會令人滿意，但絕對說不上非比尋常。

又是愛你的茱麗葉

五月三十一日，一九四六年

親愛的席尼：

　　請讀附信，是我今天早上在門縫底下發現的。

親愛的艾許登小姐：

　　裴比小姐告訴我，你想知道我們不久前遭德軍占領的事，所以我才寫這封信。

　　我是個小個子男人，雖然媽媽說我從來沒有人生的巔峰時期，但我有，只是沒跟她說。我是個吹口哨冠軍，贏過許多比賽與獎項。占領時期，我利用這項才能削弱敵軍的士氣。

　　等媽媽睡著了，我偷偷溜出屋子，無聲無息地來到桑馬瑞茲街的德軍妓院（請原諒我的用詞）。我會躲在陰影裡等候結束約會的大兵出現。不曉得女士們是否知道，男人做過這檔子事之後，身體絕非處於最佳狀態。這時的阿兵哥舉步慢慢走回軍營，口中往往吹著口哨。我也開始慢慢走著，吹著同一首曲子（但好聽多了）。他會停止吹口哨，我卻繼續吹個不停。他停頓片刻，心想本來以為是回音，沒想到竟然真有人在黑暗中吹口哨，還跟蹤他。但會是誰呢？他回頭張望，我早已經溜進別人家門口。他沒看見人，於是再度上路，這回不吹口哨了。我又開始走我的，吹我的口哨。他會停下腳步，我也不走了，

於是他加快腳步，但我仍然吹我的口哨，踩著重重的腳步跟隨他。那阿兵哥趕忙衝向軍營，而我再回妓院去等下一個阿兵哥偷偷跟蹤一遍。我相信我使得許多大兵隔天無法好好從事他的職務。你了解嗎？

如果你能原諒的話，現在我要多說一些妓院的事。我不認為那些年輕女士是心甘情願去那裡工作的。她們跟那些納粹奴工一樣，來自歐洲的德國占領地區。那絕不是好工作。其實德國阿兵哥算是不錯了，他們向德國官方要求給那些女人額外的食物配給。此外，他們晚上難得把奴工放出去找東西吃的時候，我也看過那些女士有人會把食物分給奴工。

我媽媽的姊姊住在澤西島。如今戰爭結束，她過來看我們……出於可憐我們的成分多些。她是個刻薄的女人，所以說了個刻薄的故事。

諾曼第登陸後，德軍決定把妓院的女士遣返法國，於是把她們都送上駛往聖馬婁[4]的船上。那裡的海域相當難以捉摸，險惡又反覆無常，她們的船遭巨浪捲上礁石，船上的人全部沒頂。你能看見那些淹死的可憐女人，她們黃色的頭髮（我阿姨說她們是染髮的輕佻女子）在水裡散得開開的，不斷沖刷著礁石。「活該呀，那些婊子。」我阿姨說，她和我媽笑了。

這叫人無法忍受！我從椅子上跳起來，故意把茶几掀倒在

---

4 聖馬婁（St. Malo）位於海峽群島南方的法國布列塔尼半島。

她們身上，我罵她們是卑鄙的老太婆。

我阿姨說她從此再也不上我家來，媽媽從那天以後也沒跟我說過話。我覺得一切非常平靜。

亨利‧土桑敬上

茱麗葉給席尼的信

六月六日，一九四六年

席尼‧史塔克社長收
史提芬及史塔克出版社
英國倫敦，聖詹姆斯街二十一號

親愛的席尼：

我簡直無法相信昨晚是你從倫敦打電話來！你真是明智，故意不告訴我你要飛回家；你知道我多怕飛機，哪怕是不丟炸彈的時候。知道你我只隔著英吉利海峽、不再相隔重重汪洋實在太好了。可能的話，可不可以盡快來看我呢？

比起我自己喬裝出去採訪，伊蘇拉更好用。她帶來七個人跟我說占領時期的故事……我的訪問筆記已經越來越厚，不過目前仍是筆記而已。我還不知道能不能寫成書，即使可以，也不曉得會是什麼形式。

姬特已經養成在我這裡消磨幾個早上的習慣。她帶來石頭或貝殼，靜靜坐在地板上玩；噢，算是相當安靜吧，讓我忙我的事。等我忙完了，我倆一起到海灘吃午餐。如果霧太大的話，我們就在屋裡玩；不是玩美容院（互相梳理頭髮，直到頭髮閃閃發亮），就是玩「死新娘」。

　　死新娘遊戲挺簡單的，不像「蛇與梯子」[5]那麼複雜。扮新娘的人用蕾絲窗簾罩住自己的臉，躲進洗衣籃裡，裝得好像死了一樣。著急的新郎於是到處找她，等他終於找到在洗衣籃裡死掉的新娘就要放聲大哭，而只有在那時候，新娘才能跳起來嚷嚷著說：「大驚奇！」說完便把他擁進懷裡，之後是好開心的微笑與親吻。我私下並不認為那樣的婚姻有什麼機會。

　　我知道小孩都很陰森可怕，但我不曉得應不應該鼓勵他們這樣。我不敢問蘇菲「死新娘」對四歲小孩會不會太病態，她若說是，我們就不能再玩，而我不想停，我愛玩「死新娘」。

　　與孩子相處的時候總會冒出許多問題。比方說如果太常玩鬥雞眼，會不會變成一輩子的鬥雞眼？或只是謠傳？我媽說會，我相信她，不過姬特的性子比較嚴肅，她很懷疑。

　　我拚命想記起我父母養育子女的觀念，但由於受到養育的是我，我實在難以判斷。我老愛朝餐桌另一頭的莫太太吐豌豆

5　一種棋盤益智遊戲，格子內畫有一些蛇和梯子，玩家擲骰子決定前進格數，遇到梯子可以往上走，遇到蛇則往下走。

而常被打屁股，而我也只記得這個。也許是她活該。由讀書會會員輪流養大的姬特似乎看不出什麼不良後果，她肯定沒變得害怕又靦腆。關於這件事，我昨天問過阿米莉亞，她微笑著說，伊麗莎白的孩子不可能害怕又靦腆。說著她告訴我，她兒子逸安與伊麗莎白兩人小時候有個可愛的故事。逸安即將被送到英國念書，這讓他很不開心，於是決定離家出走。他問珍妮與伊麗莎白的意見，伊麗莎白說服他買她的船逃走，問題是她根本沒有船，不過她沒告訴逸安，反而在三天內獨自造好一艘船。就在預定出發的那天下午，他們把船拖到海灘上，逸安便出發了，伊麗莎白與珍妮在岸上對他搖手帕。航行大概不到一公里，船開始下沉，沉得好快。珍妮急得要跑去找她爸爸，可是伊麗莎白說來不及了，既然一切都是她的錯，她非得救他不可。她脫了鞋子跳入海中朝逸安游過去，他倆協力把船的遺骸拖到岸邊，然後她帶逸安到安柏斯爵士家弄乾衣服。她把錢還給他，鬱鬱地說：「我們乾脆去偷一艘船吧。」逸安告訴他媽媽說，他決定還是乖乖上學去比較簡單。

　　我知道你得花上大把時間才能趕上工作進度，假如你能空出一點時間的話，可否找一本紙娃娃的書給我？每頁都有迷人晚禮服的那種，拜託。

　　我知道姬特越來越喜歡我了，每次經過的時候，她都會拍拍我的膝蓋。

愛你的茱麗葉

六月十日，一九四六年

親愛的席尼：

　　我剛接到你的新秘書給我寄來一個漂亮包裹。她的名字真的叫碧莉碧·瓊斯嗎？她幫姬特找到兩本紙娃娃書，不只是什麼舊娃娃書而已，她找到的是葛麗泰·嘉寶[6]與電影《亂世佳人》紙娃娃，每頁都有漂亮的晚禮服、皮草、帽子和圍巾。噢，真是太好看了！碧莉碧也寄來一把小剪刀，好貼心，是我從來沒想到的。現在姬特正在用。

　　這不是一封信，而是感謝函。我也要寫封信謝謝碧莉碧。你怎麼找到如此有效率的人啊？我希望她長得胖墩墩又像個媽媽，因為我想像中的她就是那樣。她還在包裹裡附上一張便條，說鬥雞眼不會持續一輩子，那是老掉牙的故事。姬特好興奮，她打算要鬥雞眼到晚餐時間。

愛你的茱麗葉

　　又：我要反駁你上一封信中某些意有所指的話。在這封信裡，我就完全沒有提到道西·亞當斯先生。自從星期五下午道

---

6 葛麗泰·嘉寶（Greta Garbo, 1905-1990）是默片時期的瑞典裔美國女星，以冷豔著稱。

西・亞當斯先生過來接姬特之後，我就再也沒見到他。當時我們渾身穿戴珍貴珠寶，搭配著留聲機裡激動人心的〈威風凜凜進行曲〉[7]，正在房間裡昂首闊步。姬特用擦碗巾為道西做了一件披風，於是他與我們一同邁開大步。我猜他的家族潛藏了貴族血統；他以仁慈的目光望向前方，酷似一位公爵。

一九四六年六月十二日在根西島接到的信

收件者：大不列顛海峽群島根西島的「艾班」或「伊蘇拉」，或根西馬鈴薯皮派文學讀書會任何會員
（一九四六年六月十四日送到艾班手裡）

親愛的根西島讀書會：

在此問候我朋友伊麗莎白・麥坎納的各位親朋好友。此刻我寫信是為了告訴大家，她已經在雷文布魯克集中營[8]過世。她於一九四五年三月在那兒遭到處決。

俄國軍隊還沒前來釋放人犯的那些日子，納粹黨衛軍把一卡車又一卡車的文件載到火葬場的熔爐銷毀，恐怕各位永遠無

---

7 〈威風凜凜進行曲〉是英國作曲家艾爾加（Sir Edward W. Elgar, 1857-1934）的作品，在二次大戰期間幾乎是英國的第二國歌。
8 雷文布魯克（Ravensbrück）集中營位於德國北部，是一個惡名昭彰的女性集中營。

法得知伊麗莎白受到監禁與死亡的詳情。

伊麗莎白常常跟我說起阿米莉亞、伊蘇拉、道西、艾班與布克。我不記得大家的姓，但我認為艾班與伊蘇拉的名字並不常見，所以希望說不定很容易在根西島找到你們。

我也知道她把你們當成家人一樣，而且她的女兒姬特有你們照顧，她覺得好感激，也好平靜。因此我寫這封信是為了讓那孩子認識她，並了解她在集中營我們這些人眼中展現出什麼樣的力量。那不僅是力量而已，更是一種專長，使我們暫時忘了自己身在何處。伊麗莎白是我的朋友，在那樣的一個地方，唯有友誼還能讓人保有一點人性。

目前我住在諾曼第半島盧維耶的拉佛瑞特收容所。我的英文仍然很破，所以余威修女幫我邊寫邊改句子。

我今年二十四歲。一九四四年，我在布列塔尼半島的普魯哈因為持有一疊偽造的配給卡而遭蓋世太保逮捕。我只受到詢問與拷打，隨即被送進雷文布魯克集中營。我被送到十一區，我和伊麗莎白就是在那裡認識的。

我這就說我們認識的經過。一天傍晚，她來到我面前說出我的名字，芮咪。聽見有人叫我的名字我好高興。她說：「跟我來，給你看個大驚喜。」我不懂她的意思，但我還是跟她跑到營房後面。那兒有一扇塞滿紙張的破窗戶，她把紙拉開，我們從窗子爬出去，奔向集中營的街道。

在那兒，我清楚看見她說的大驚喜是什麼意思。高牆上方

的天空看來彷彿著火了，低低飛過的雲層底下是暗暗的金色，上頭則呈現紅色與紫色。它們爭相掠過天空，同時不斷變換形狀與色澤。我倆手拉手在那兒一直站到天黑。

我認為唯有待過那種地方的人才可能了解，與人共度那樣安靜的片刻對我來說多麼意義深重。

我們十一區的家容納將近四百名婦女，每個營區前方都有一條煤渣鋪成的小徑，是每天兩次點名的地方，一次是早上五點半，一次是傍晚工作完畢之後。每個營區的婦女每一百人排成一個正方形，十個女人排成十排。一個個正方形在我們左右兩邊拉得老長老長，人在霧中往往望不見隊伍尾巴。

我們的床設在木頭架子上，一共疊成三層平台。床上鋪了草墊，聞起來酸溜溜的，滿是跳蚤與蝨子，夜裡還有碩大的黃色老鼠跑過我們腳邊。這倒是件好事，因為工頭痛恨老鼠與臭味，我們深夜就不會受到打擾。

後來伊麗莎白跟我說起你們的根西島和讀書會，對我來說這些事恰似天堂。睡在鋪位上只嗅得到充滿疾病與髒汙的沉重空氣，可是聽見伊麗莎白說話那當兒，我想像得出那美好清新的海風，以及炎熱陽光下水果的香味；我始終記不得雷文布魯克出過一天太陽，雖然這不可能是真的。我也愛聽她說你們的讀書會是怎麼開始的，她說到那隻烤豬的時候，我差點笑出來，但我沒有。笑聲在營區會惹麻煩的。

營區有幾處給水站供應洗澡用的冷水。我們每週拿到一塊

肥皂，被帶去淋浴一次。這對我們十分必要，因為我們最怕的就是骯髒與潰爛。我們不敢生病，因為這麼一來就不能幹活，對德軍毫無用處，他們便會殺死我們。

每天早上六點，伊麗莎白和我們一群人走到工作的西門子工廠，位於監獄的高牆外。我們到了那兒，立刻推手推車到通往工廠的鐵路支線，把沉甸甸的金屬板堆上貨車。中午吃的是麥糊與豌豆，六點再回到營區點名，晚餐則是一碗白蘿蔔湯。

我們的工作依需要而改變。有一天被派去挖溝，用來貯存冬天吃的馬鈴薯。我們的朋友阿琳娜偷拿一顆馬鈴薯卻掉在地上，在工頭把小偷找出來之前，大家都不准再挖。

阿琳娜有角膜潰瘍，但絕對不能讓工頭發現，因為他們可能以為她會瞎掉。伊麗莎白很快就說馬鈴薯是她偷拿的，為此她被帶到懲罰營區待了一星期。

這個營區的牢房很小。伊麗莎白關在那兒的時候，有一天警衛打開每間房門，對著每個犯人噴高壓水柱。水柱的力量把伊麗莎白沖倒在地，但幸好水沒有沖到她摺好的毛毯，等她不再冷得渾身顫抖之後，終於能夠站起來裹著毛毯。不過隔壁牢房一個懷孕的年輕女孩就沒那麼幸運，身體也沒那麼好，她根本站不起來，當天晚上便凍死在地上。

說不定我講了太多你們不想聽的事情，但我非講不可，好讓你們知道伊麗莎白過的什麼日子，她又如何努力堅持她的善心與勇氣。這些我都希望她的女兒知道。

現在我必須告訴你們她的死因。大部分關在集中營的女人只要待上幾個月多半會停經，不過有些人不會。營區醫生不會提供這段期間需要的衛生用品，沒有碎布，沒有衛生布，沒有肥皂。生理期的婦女只能任由經血順著大腿流下。

工頭們喜歡這種，這種，噢，見不得人的血，他們可以藉機大聲吆喝、大打出手。一個名叫賓塔的女人是我們晚點名的工頭，她開始對一名流血的女孩發火，對她大吼大叫，又把棍子擎得老高威脅要打她。

伊麗莎白迅速走出隊伍，速度好快。她從賓塔手裡抄過棍子轉而打她，打了一棍又一棍。警衛紛紛跑過來，其中兩個用來福槍把伊麗莎白打倒在地。他們把她丟上卡車，再度送到懲罰營區。

其中一個警衛告訴我，次日一早，士兵圍住伊麗莎白，把她從牢房帶走。營區高牆外頭有個白楊樹林，樹的枝幹圍出一條林蔭小徑。無人攙扶的伊麗莎白在這條小徑上踽踽獨行。她跪下了，然後他們對她的後腦勺開槍。

我就說到這裡。離開集中營之後我病了，我知道自己常常覺得我朋友就在身邊。發燒的時候，我想像伊麗莎白和我坐著小船一同航向根西島。我們在雷文布魯克這麼計畫過：我們將和她的寶貝姬特一起住在她的小木屋如何如何。這個計畫幫助我睡著。

希望你們和我一樣覺得伊麗莎白就在身邊。她的力量與理

智沒有令她失望，從來沒有……她只是眼見太多的殘酷不仁。

請接受我的祝福。

芮咪・季若

余威修女的字條　放在芮咪的信封裡

給各位寫信的是護士余威修女。現在我逼芮咪去休息了。我不贊同寫這封長信，但她非寫不可。

她不肯說自己曾經病得多重，但我要說。俄軍到達雷文布魯克之前幾天，那些骯髒的納粹命令走得動的人全得離開。他們打開大門，讓她們走向一片荒蕪的鄉下地帶。「走吧，」他們命令道，「走吧……去找盟軍的部隊吧。」

他們丟下那些筋疲力竭、肚子餓扁的女人走了一公里又一公里，沒給一點吃的或喝的。她們走過的田野甚至連落穗也沒有。這麼走下來豈不如同死亡行軍？好幾百名女人死在路上。

幾天過後，芮咪的腿與身體因極度飢餓而嚴重浮腫，根本走不下去，於是倒在路上等死。幸好有一群美國軍人發現她，設法讓她吃點東西，但她的身體無法吸收。接著他們把她載到一間野戰醫院，她有了一張病床，從她身上引流出好幾夸特的積水。住院幾個月後，她的身體才好到可以轉來盧維耶的這間收容所。告訴你們，她剛來的時候體重還不到二十七公斤，否

則她早就寫信給你們了。

　　我認為她寫完這封信就會恢復力氣，也終於能夠放手讓她的朋友好好安息。你們當然可以寫信給她，但請別問她雷文布魯克的事。還是讓她忘了最好。

余威修女敬上

六月十六日，一九四六年

芮咪‧季若小姐收

法國盧維耶，拉佛瑞特收容所

親愛的季若小姐：

　　你能寫信給我們真好心……多麼好心又多麼親切。為了告訴我們伊麗莎白過世的事而不得不掀開可怕的回憶，想必於你不是一件容易的事。我們一直祈禱她能平安歸來，不過知道事實總比活在不確定中好些。得知你與伊麗莎白的友誼，想到你們給予彼此的安慰，我們覺得好感激。

　　我與道西‧亞當斯可不可以去盧維耶去看你呢？我們非常想去一趟，但如果你會因此受到打擾，我們就不去。我們想認識你，而且有一個提議。不過還是一樣，如果你寧可我們不去

的話，我們就不去。

我們永遠為你的好心與勇氣祝福你。

阿米莉亞・毛格莉敬上

六月十六日，一九四六年

親愛的席尼：

聽見你說「天殺的，噢天殺的」，我覺得好安慰。那是唯一說得出口的肺腑之言，不是嗎？伊麗莎白的死令人痛恨，這心情永遠不會平復。

我想，哀悼一位從未謀面的人挺奇怪的，但我真的滿心哀痛。我始終感覺到伊麗莎白的存在；走進每個房間，不只是小木屋，即使來到阿米莉亞的圖書室，那是她存放書籍的地方，或是伊蘇拉的廚房，那是她攪拌藥劑的地方，都有她逗留過的身影。大家說起她的時候（哪怕是現在）總是用現在式，再說我早已讓自己相信她一定會回來。我好希望能夠認識她。

其他人就更傷心了。昨天我見到艾班的時候，他看起來似乎比以前更蒼老。很高興他身邊還有伊萊。伊蘇拉已經不見蹤影。阿米莉亞說不用擔心，每當心痛的時候她都會躲起來。

道西與阿米莉亞決定去盧維耶，設法說服季若小姐來根西

島。她信中提到令人心碎的片刻：在集中營的時候，伊麗莎白曾和她計畫一起住在根西島，這計畫幫助她睡著。她說根西島聽起來恰似天堂。那可憐的女孩理應享受一點天堂的日子；她已經走過地獄。

他們離開的時候，我必須照顧姬特。我覺得姬特好可憐，除了傳聞之外，她將永遠無緣認識她的母親。我也很想了解她的未來該怎麼辦，因為現在的她已經正式成為孤兒。戴文先生說還有很多時間可以做決定。「目前先不用管它。」他的口氣不像其他銀行家或是受託人，祝福他的好心。

致上我全部的愛。

茱麗葉

茱麗葉給馬肯的信

六月十七日，一九四六年

親愛的馬肯：

很抱歉我們昨晚的談話結束得並不愉快。對著話筒大喊大叫，很難充分傳達意義的微妙之處。我不希望你這個週末過來，這是事實，不過跟你毫無關係。我的朋友們剛剛遭到沉痛的打擊。伊麗莎白是這些人的核心，她死去的消息撼動了我們大家。多奇怪啊，我想像你讀到這句話的時候，彷彿看見你一

臉的納悶，這女人的死跟我或你或你週末的計畫有啥關係？有關係的。我感覺自己也好像失去骨肉至親一般哀痛。

現在你有沒有懂一點了？

你的茱麗葉

道西給茱麗葉的信

六月二十一日，一九四六年

茱麗葉‧艾許登小姐收
根西島聖馬丁區，布維路，大宅，小木屋

親愛的茱麗葉：

我們已經抵達盧維耶，不過還沒見到芮咪。這一趟路把阿米莉亞累壞了，她想先休息一晚再去收容所。

這趟穿越諾曼第的旅途頗為怵目驚心，大城小鎮處處可見一堆堆炸成碎石塊的牆壁，路面兩旁滿是扭曲的金屬。房子與房子之間相隔偌大的空隙，倖存的建築看起來好像殘缺不全的牙齒。屋子的正面都不見了，讓人可以一眼望見屋裡的花卉圖案壁紙，以及不知為何仍然站著的傾斜床架。現在我才知道，大戰時期的根西島其實有多麼幸運。

許多人仍然在街上用單輪手推車與貨車拖走磚塊與石頭。

他們已經在瓦礫上面放了粗重的鐵絲網架鋪路，拖拉機沿路來回穿梭。城外則是搗毀的田野，滿眼盡是大大的砲彈坑、支離破碎的田地與樹籬。

看著那些樹令人悲痛。不再有高大的白楊樹、榆樹與栗子樹，僅剩下焦黑不全的可憐樹幹，沒有了遮蔭的樹葉。

客棧老闆皮亞傑先生告訴我們，德國工程師下令好幾百個士兵砍樹，砍下所有的大樹與矮灌木，然後剃除枝幹，在樹幹上塗抹防腐用的木餾油，再筆直插進田野間已經挖好的洞裡。這些樹號稱「隆美爾[9]的蘆筍」，用途是防止盟軍滑翔機降落與士兵在此跳傘。

阿米莉亞吃完晚餐立刻上床了，所以我在盧維耶到處逛。這個城鎮有些地方很漂亮，不過多半已經遭到炸燬，德軍撤退的時候也放火燒過。我實在看不出它如何還能恢復生氣。

回來後我在陽台上一直坐到天黑，想著明天的事。

幫我給姬特一個擁抱。

你永遠的道西

---

9 隆美爾（Erwin Rommel, 1891-1944）是納粹德國陸軍元帥，二戰期間在北非戰場贏得「沙漠之狐」稱號。

六月二十三日，一九四六年

親愛的茱麗葉：

我們昨天見到芮咪了。不知怎地，我總感覺無法勝任同她見面這回事，不過謝謝老天，道西就不會。他平靜沉著地拉來椅子，讓我們坐在樹蔭底下，又請教護士可否給我們端茶。

我希望芮咪喜歡我們，希望她跟我們在一起有安全感。我想多知道一些伊麗莎白的事，又害怕芮咪太過虛弱，何況余威修女曾經百般叮囑。芮咪個頭好小，而且太瘦太瘦了。她黑色的捲髮剪成貼近腦袋瓜的平頭，大得出奇的兩眼盛滿憂愁。看得出以前境況較好的時候，她曾經很美，可現在……卻像易碎的玻璃似的。她雙手抖得厲害，於是小心把手貼住大腿。她盡可能歡迎我們，不過態度非常保留，直到問起姬特的時候……她問姬特有沒有去倫敦投靠安柏斯爵士？

道西告訴她，安柏斯爵士已經過世了，我們又如何輪流撫養姬特。他把隨身帶的一張你與姬特的合照給她看，她笑了笑說：「她是伊麗莎白的孩子。她壯不壯？」想到我們失去的伊麗莎白，我壓根講不出話來，但道西說是，她很結實，還說姬特多麼熱愛雪貂，逗得芮咪又露出微笑。

芮咪沒有一個親人。她父親早在戰前許久已經去世；一九

四三年，她母親因為藏匿政府的敵人被送到杜蘭西[10]，不久便在奧許維茲集中營遇害。芮咪的兩個兄弟都失蹤了；她出發前往雷文布魯克時好像在德國火車站看見其中一個，她大喊他的名字，可是他沒有回頭。另一個自從一九四一年以來就沒見過了。她相信他倆想必都死了。我很高興道西有勇氣問她問題；芮咪談起家人的時候似乎比較放鬆。

我終於提出請芮咪來根西島跟我同住一段時間的話題，她又變得保留起來，並解釋她很快就要離開收容所了。原來法國政府正在發放撫恤金給集中營的倖存者，為了補償在集中營失落的歲月，為永久的傷害，也為承認他們經歷的痛苦。同時他們也為想要繼續接受教育的人提供一筆小小的獎學金。

除了政府的獎學金，芮咪若是租賃房間或與其他倖存者分租公寓，法國反抗軍協會也將幫忙支付租金，所以她已經決定到巴黎找一間麵包店當學徒。

她相當堅持自己的計畫，所以我不再勉強，但我相信道西不肯放棄。他認為庇護芮咪是我們虧欠伊麗莎白的一份道義責任；或許他是對的，也或許我們可以藉此不再感到無能為力。無論如何，他已經安排明天再回收容所，他在盧維耶發現一間法式糕點店，他想陪芮咪沿著運河散步到那兒瞧瞧。有時候我真懷疑原來那位害羞的道西上哪兒去了。

---

10 杜蘭西（Drancy）是巴黎東北郊城市。

我很好，但總覺得好累，可能是看見心愛的諾曼第毀壞殆盡的關係。我會很高興回家，親愛的。

親你與姬特一下。

阿米莉亞

六月二十八日，一九四六年

親愛的席尼：

你寄給姬特的禮物好貼心啊，紅色綢緞踢踏舞鞋，鞋面綴滿了圓形小金屬片。你在哪裡買到的啊？那我的禮物呢？

阿米莉亞從法國回來以後一直好疲倦，所以似乎還是讓姬特跟我同住最好，尤其是如果芮咪要離開收容所來阿米莉亞這裡的話。姬特好像也喜歡這樣……感謝老天。現在姬特已經知道她母親死了；道西告訴她的。我不確定她有什麼感覺，她什麼也沒說，我更無意追問。我盡量不纏著她，也不特別給她什麼東西。我爸媽過世的時候，辛普勒斯先生的廚娘送我一塊奇大無比的蛋糕，然後就站在那兒愁眉苦臉地望著我，看著我吃下蛋糕。我恨她以為那塊蛋糕多少可以補償我失去父母的傷痛。當然，我那時是個愛搗蛋的十二歲女孩，姬特今年才四歲，她說不定喜歡多吃點蛋糕，但你了解我的意思。

席尼，我的書有麻煩了。我從地方行政官資料室得到許多資料，又做了不少個人專訪，足以開始動筆寫占領時期的故事，可是如何鋪陳這些內容，我怎麼也想不到滿意的架構。按照事發先後平鋪直敘的話就太乏味了。我要不要把稿子打包起來寄給你瞧瞧呢？這可需要比我仔細且不帶個人情感的眼光才行。你現在有沒有時間看稿，或者還在努力消化澳洲之行積壓的工作呢？

　　如果是的話，別擔心，我反正已經開始寫了，說不定寫著寫著就能想出絕妙點子。

　　　　　　　　　　　　　　　　　　　　愛你的茱麗葉

　　又：謝謝你寄來一張馬肯與尤蘇拉・芬特共舞的剪報。如果你希望我看了立刻妒火中燒的話，你可失敗了。更何況馬肯早已打電話告訴過我，說尤蘇拉好像害了相思病的獵犬一樣跟得他好緊。看見沒有？你倆真的很像：你們都希望我悲慘度日。或許你們可以共組一個社團。

七月一日，一九四六年

親愛的茱麗葉：

別費神寄稿子來了，我想要親自去根西島一趟。這個週末行嗎？

我想見你、姬特與根西島……按照這個順序。我可不想當著來回踱步的你面前看稿子；我回倫敦之後再慢慢看。

我可以搭星期五下午五點的飛機抵達，然後待到星期一傍晚。可不可以替我在旅館訂個房間？能不能也請你辦一個小小的晚餐派對？我想認識艾班、伊蘇拉、道西與阿米莉亞。我會帶酒來。

愛你的席尼

星期三

親愛的席尼：

太好了！伊蘇拉怎麼也不肯讓你去住旅館（她暗示會有臭蟲）。她希望親自接待你，所以需要知道清晨的噪音是否會打擾到你？那是她的山羊艾瑞兒睡醒的時間，鸚鵡珊努碧亞就睡

到很晚。

　　我、道西和他的貨車會去機場接你。真希望星期五快快來臨，你也快快來到。

愛你的茱麗葉

　　　　伊蘇拉給茱麗葉的信（攔在茱麗葉門縫底下）

星期五，將近黎明

　　親愛的，我不能停留，我得趕去市場顧攤子。很高興你的朋友要來住我家。我在他床單裡放了薰衣草。要不要在他的咖啡裡加點我的長生不老藥？來市場的時候對我點點頭，我就懂得你的決定。

XXX的伊蘇拉

　　　　席尼給蘇菲的信

七月六日，一九四六年

親愛的蘇菲：

　　我終於來到根西島同茱麗葉一塊兒了。你請我查明的十幾樣事情，我也準備告訴你其中三、四樣。

首先也是最重要的，姬特似乎如同你我一樣喜歡茱麗葉。她是個生氣勃勃的小東西，懷著含蓄的強烈情感（這話不如乍聽之下那麼互相衝突），跟讀書會任何一個養父母在一起的時候，她又笑容可掬。

　她也長得好惹人喜歡，圓呼呼的腮幫子，圓圓的捲髮，圓圓的眼睛，讓人簡直忍不住要把她摟在懷裡，但這樣有損她的自尊，我也沒有勇氣嘗試。如果看見什麼不喜歡的人，她會目不轉睛盯著那人看，我看心狠如米迪亞女巫[11]，都會給她盯到乾枯萎縮。伊蘇拉說，她這樣的目光只保留給殘忍的史密斯先生，因為他毒打自己的狗；還有邪惡的葛伯特太太，因為她曾罵茱麗葉多管閒事，說茱麗葉應該滾回倫敦。

　我告訴你一個姬特與茱麗葉一起的故事。道西（待會兒再多說一些他的事）過來接姬特去看艾班的漁船進港，姬特說再見之後飛奔出門，接著又飛快跑回來到茱麗葉面前，把她裙子往上拉不到一公分，吻一下她的膝蓋，然後又飛衝出去。茱麗葉看得目瞪口呆……緊跟著好開心，就像我們見過她開心的那副模樣。

　我知道去年冬天你跟她見面的時候，你覺得她看起來似乎疲倦、憔悴又蒼白。我想你不明白那些茶會與訪問有多磨人。

---

11 米迪亞（Medea）是希臘神話的女巫，幫助傑森找到金羊毛，且為他生下子女。傑森決定另娶他人時，米迪亞也殺死他倆的子女。

她現在有如馬兒一樣健康，而且恢復以往的滿腔熱切。蘇菲，我想她可能熱切到再也不想住倫敦了，雖然她自己還沒察覺。海風、陽光、綠色田野、野花、還有不斷改變的天空與海洋，更甚的是，這些人似乎已經把她誘離城市生活。

我能輕易看出其中原因。這個地方很有家的味道，讓人覺得受到歡迎。伊蘇拉是那種你來到鄉下最想碰到⋯⋯卻從來無緣碰到的女主人。她一大早把我挖起來，叫我幫她弄乾玫瑰花瓣、攪拌奶油、翻攪大鍋裡的什麼東西（天知道是什麼）、餵艾瑞兒、到魚市場去幫她買條鰻魚。做這些事的同時，鸚鵡珊努碧亞一逕棲在我肩頭。

現在說說道西・亞當斯。我依你吩咐密切觀察他。我很欣賞他。他安靜、能幹、值得信任（噢老天，我把他說得像條狗似的），而且很有幽默感。簡單來說，他完全不同於茱麗葉認識的其他追求者，這的確是讚美之詞。我們頭一次見面時，他沒說什麼，不過這會兒想想，以後的見面他也一樣沒說什麼；不過只要他一走進房間，房裡每個人似乎都舒了一口氣。我這輩子從沒給任何人這樣的影響，也不曉得是為什麼。有他在的時候，茱麗葉似乎有些緊張，他的沉默是有點嚇人；昨天他來接姬特時，茱麗葉把茶具弄得東倒西歪，不過她向來很會摔茶杯茶壺，還記得她把媽媽漂亮的茶具怎麼了嗎？所以可能不代表什麼。至於他嘛，他用那沉靜的黑色眼睛注視她，等她望著他的時候，他又別開目光（希望你能欣賞我的觀察技巧）。

有一點我可以確定：他比十幾個馬肯‧雷諾還要值得。我知道你覺得我對雷諾很不理性，但你又沒見過他。雷諾魅力十足、油腔滑調，而且想要什麼都能得到；這是他少有的原則之一。他想要茱麗葉是因為她長得漂亮，又是「知識份子」。他認為他倆會是一對耀眼的壁人。如果茱麗葉嫁給他，下半輩子只能由他天天帶著上劇院或俱樂部給人看，她再也別想寫出半本書。身為她的編輯，這番前景令我沮喪，但作為她的朋友，卻把我嚇壞了。那將是我們茱麗葉的末日。

　　很難說茱麗葉對雷諾有何想法。我問她想不想他，她說：「馬肯？大概吧。」彷彿他是個遠房叔叔，而且不是她特別喜歡的叔叔。如果她完全忘了他，我會很高興，但我想他不會允許的。

　　回到占領時期與茱麗葉的新書這些次要的話題吧。今天下午她請我陪她去拜訪幾位島民，訪談主題是去年五月九日根西島重獲自由的大日子。

　　那想必是多麼不得了的早上！群眾沿著聖彼得港的碼頭擠得滿滿的。那麼多人靜默無聲、絕對靜默無聲地注視著停靠在港口外頭的皇家海軍船艦。等英國大兵登陸走路上岸的時候，人們立即爆出如雷歡呼，摟抱、親吻、大聲哭喊。

　　許多登陸的士兵本身就是根西島人，這些人五年來沒見過家人一面，也沒聽說家裡一點消息。你能想像他們邊走邊用眼睛搜尋著人群中的家人以及重逢的喜悅。

一位退休郵差樂柏恩先生告訴我們的故事最不尋常。幾艘英國軍艦離開聖彼得港，往北行駛幾公里來到聖參孫港。人群已經聚集在港口，等著觀看登陸艇把德軍的反坦克障礙撞個粉碎，還要目睹大兵登上海灘。可是艙門打開的時候，出來的不是身穿軍服的眾多士兵。他們只見到一個人站起來，身穿漫畫中典型英國紳士的燕尾服與條紋長褲，頭戴高帽，一手拿著收起的雨傘，另一手緊握一份昨天的《泰晤士報》。眾人沉默了將近一秒鐘才悟出其中的幽默，於是群起歡聲雷動；那名士兵被團團圍住，眾人拍打他的背、親吻他，四個人把他抬上肩膀、走上大街。有人大喊道：「新聞！來自倫敦的新聞。」喊完便搶走他手中的《泰晤士報》。無論那名才華洋溢的士兵是誰，都值得頒發一枚獎章給他。

　　其他士兵出現的時候，帶了巧克力、柳橙、香菸與茶包拋給人群。史諾准將宣布與英國之間的電纜已經修復，不久即能與撤離到英國的孩子和家人通話。艦隊也給島民載來好幾噸食物、藥品、煤油、動物飼料、衣服、布料、種子和鞋子！

　　故事多得足夠寫三本書，必須好好篩選才行。偶爾茱麗葉的口氣顯得緊張，不過別擔心，她應該要緊張的。這工作令人怯步。

　　我得在此停筆，整裝參加茱麗葉的晚餐宴會。伊蘇拉裹了三件披肩外加一條蕾絲圍巾……我也想讓她感到驕傲。

愛你們大家的席尼

七月七日，一九四六年

親愛的蘇菲：

只是寫信告訴你席尼到了。我們可以別再為他⋯⋯和他的腿擔心。他看起來好極了：皮膚曬成古銅色，結實，而且一點也看不出跛腳。其實我們把他的枴杖丟進海裡，這會兒肯定已經漂到法國。

剛剛為他舉辦一場晚餐派對；我一個人做的菜哦，而且可以下嚥。威爾・李斯比給我一本《給小女生的入門烹飪書》，作者假設你對烹飪一無所知，寫下了許多有用的提示：「打蛋進去的時候，請先敲破蛋殼。」

在伊蘇拉家裡作客的席尼住得可開心了。昨晚他倆八成談到深夜。伊蘇拉不作興閒聊家常，她認為要談就得直搗核心。

她問，我和他是否已有婚約、就要結婚了？沒有的話，為啥？大家清清楚楚看見我倆有多麼相愛。

席尼告訴她說他的確深愛著我，向來如此，永遠如此，但我倆都明白我們絕不會結婚，因為他是同性戀。

席尼說伊蘇拉沒有驚喘、沒有昏倒、沒有眨眼，只睜著她那一對魚眼看著他，問說：「茱麗葉知道？」

他說是，我一直都知道，伊蘇拉聽了一躍而起，然後俯衝過來親吻他的額頭說：「多棒啊⋯⋯跟親愛的布克一樣棒。我

不會告訴半個人；你可以信得過我。」

　　說完她才坐下，談起王爾德的戲劇。他倆好笑不好笑？蘇菲，你會不會好想變成趴在牆上的一隻蒼蠅？我會。

　　席尼和我要去逛街買禮物送給女主人伊蘇拉。我說她會喜歡一條暖和、鮮豔的披肩，但他想給她買咕咕鐘。為什麼 ???

　　　　　　　　　　　　　　　　　　　　愛你的茱麗葉

　　又：馬肯沒來信，他打電話。上星期他打過電話，線路很差，我們不得不時時打斷對方，大吼著：「什麼？」不過我還是聽出話中大意：我應該回家嫁給他。我禮貌地加以反駁，沮喪的感覺比一個月前少得多。

　　　　　　　　　　　伊蘇拉給席尼的信

　　　　　　　　　　　　　　七月八日，一九四六年

親愛的席尼：

　　你是個很棒的客人。我喜歡你，珊努碧亞也是，否則牠才不願意飛到你肩膀上，還在那兒杵那麼久。

　　我很高興你喜歡熬夜談話。我自己就很愛在傍晚跟人談東談西。我現在要到大宅去找你說的那本書。怎麼茱麗葉和阿米莉亞從來沒有跟我提過珍‧奧斯汀呢？

我希望你將來能再來根西島玩。你喜歡茱麗葉煮的湯嗎？味道是不是挺好？她很快就能做派餅皮和肉汁了；烹飪這回事得慢慢來，否則難免出洋相。

　　你離開以後我挺寂寞的，所以昨天邀了道西、阿米莉亞來喝茶。阿米莉亞說她覺得你和茱麗葉八成即將結婚的時候，你真該看我一言不發的樣子，我甚至故佈疑陣，一下點頭，一下瞇眼，好像我知道什麼他們不知道的事似的。

　　我喜歡我的咕咕鐘。聽著多叫人開心！我都會跑進廚房看它。對不起，珊努碧亞把那小鳥的腦袋咬斷了，她生性好妒。但伊萊說他可以幫我再刻一顆鳥頭，跟新的一樣。每到整點，它站著的小棲木還是會啪的跑出來。

喜歡你的女主人伊蘇拉・裴比

❧ 茱麗葉給席尼的信 ❧

七月九日，一九四六年

親愛的席尼：

　　我就知道！我就知道你會愛上根西島。比我單獨在這兒更好的就是你的來訪，哪怕只來短短幾天。我很高興現在我所有的朋友你都認識，他們也都認識你了。尤其開心的是，你和姬特多麼喜歡玩在一起。可惜她喜歡你的部分原因是你的禮物

《大舌頭兔子伊勒莎白》[12]。她太欣賞伊勒莎白，於是也故意大舌頭起來。很抱歉，她這方面非常內行。

道西剛剛送姬特回來，他們過去看他新生的小豬。姬特問我是不是在寫信給「狄尼」。我說「是」的時候，她說：「跟搭說我要搭趕快待來。」你懂我意思沒有？

道西給她逗笑了，我看著也歡喜。恐怕這個週末你沒見到道西的最佳狀況；他在我的晚餐派對上更是沉默寡言。也許是因為我的湯吧，可我認為應該是他在擔心芮咪的緣故。他好像認為她若不來根西島休養，身體就不可能復原。

很高興你把我的稿子帶回去看了。老天知道我已經六神無主，怎麼也想不出稿子究竟哪裡不對勁……只曉得不對勁。

你跟伊蘇拉說什麼啦？她去拿《傲慢與偏見》的路上特別跑來責備我，說我怎麼從沒同她說過伊莉莎白‧班奈特與達西先生[13]？為什麼她不知道世上還有更好看的愛情故事？她盡是讀些不得志的男人、痛苦、死亡與墳墓！我們還有什麼好書沒讓她知道？

我為如此疏忽向她道歉，又說你說的完全正確，《傲慢與偏見》是最偉大的愛情故事之一，還沒讀到結局之前，懸疑的劇情很可能讓她心急到死掉。

12　《大舌頭兔子伊勒莎白》（*Elspeth the Lisping Bunny*）是作者虛構的書名，「伊勒莎白」（Elspeth）是蘇格蘭人對「伊麗莎白」的暱稱，有點像大舌頭唸法。
13　此兩人是《傲慢與偏見》的男女主角。

伊蘇拉說珊努碧亞因為你的離開好傷心，牠不肯吃飼料。我也好傷心，不過你能來，我已經感激不盡。愛你的茱麗葉

席尼給茱麗葉的信

七月十二日，一九四六年

親愛的茱麗葉：

你的稿子我看了幾遍，你說得對……是不能用。一連串趣聞軼事不能成書。

茱麗葉，你的書需要一個核心。我指的不是更多的深度訪談，而是一個人的聲音，由她娓娓道出發生在她周遭的事。現在你寫的這些事實儘管有趣，感覺卻好像零散的偶發事件。

你看了這封信一定很難過，但有一點是好的：你已經有核心了，只是你還不曉得。

我說的是伊麗莎白‧麥坎納。你難道從沒留意到，你訪談過的每個人遲早都會談起伊麗莎白嗎？天哪，茱麗葉，救了布克一命的肖像畫是誰畫的？與他在街上跳舞的又是誰？誰扯出讀書會的漫天大謊……之後讓謊言成真的又是誰？根西島不是她的家，但她適應了島上的生活，也適應了失去自由的日子。她怎麼做到的？她肯定想念安柏斯爵士、想念倫敦，但我猜她從未叫苦。她為了藏匿奴工才被送到雷文布魯克。再看看她是

怎麼死的，又為什麼會死。

　　茱麗葉，這個一輩子沒上過一天班的女孩、一個學藝術的學生，如何把自己變成每星期在醫院工作六天的護士？她確實有相知相惜的朋友，但其實一開始無依無靠。她愛上敵人的軍官，又失去了他；她在戰時獨自生下女兒，雖說有許多好友相助，心中不免感到害怕。朋友也只能分擔一定程度的責任。

　　我把稿子和你給我的信都寄還給你，你再讀一遍，看看提到伊麗莎白的次數多麼頻繁。你問問自己為什麼。跟道西與艾班談談。跟伊蘇拉與阿米莉亞談談。跟戴文先生與任何與她熟識的人談談。

　　你住在她家。看看周圍她的書，她的東西。

　　我想你這本書應該圍繞伊麗莎白來寫。我想姬特將會相當珍視一個她母親的故事，日後也能讓她有所依靠。所以呢，你要不整個放棄，要不就得更加了解伊麗莎白。

　　好好想想再告訴我，伊麗莎白可否成為你這本書的核心。

　　致上我的愛給你與姬特。

席尼

七月十五日，一九四六年

親愛的席尼：

不需要花時間想了，一讀你的信，我就知道你是對的。我好遲鈍啊！我一逕希望自己要是早點認識伊麗莎白多好，而且好像真認識她似的想念著她⋯⋯怎麼從沒想到寫她呢？

我明天就開始寫。我想先跟道西、阿米莉亞、艾班與伊蘇拉談談。我感覺伊麗莎白同他們要比其他人更合得來，而且我想要他們的祝福。

芮咪終究要來根西島了。道西給她寫過不少信，我知道他可以說服她。只要他願意開口，哪怕天使也能讓他說得離開天堂，但他對我卻往往惜話如金。芮咪將與阿米莉亞同住，如此一來，姬特可以繼續留在我身邊了。

致上無盡的愛與感激。

茱麗葉

又：你想伊麗莎白會不會寫日記？

七月十七日，一九四六年

親愛的席尼：

　　沒有日記，不過好消息是：還有紙筆可用的時候，她會畫畫。我發現一些素描，塞在客廳書架底層一本大畫冊裡面。幾幅肖像雖是隨意勾出的線條，在我看來卻頗為傳神：用木湯杓敲打什麼東西的伊蘇拉，渾然不知自己已經入畫；在花園裡挖土的道西；埋頭談話的艾班與阿米莉亞。

　　我坐在地板上一張張翻看之際，阿米莉亞過來串門子。我們一起拉出幾張好大的畫紙，盡是一幅又一幅姬特的素描。睡著的姬特，爬來爬去的姬特，坐著的，讓阿米莉亞抱在懷裡搖的，看著腳趾頭發愣的，開心吐著口水泡泡的。也許每個做媽的都這樣看她的寶寶（那麼極度的專注），伊麗莎白則是畫在紙上。有一張畫線條顫抖，畫的是乾癟的小姬特，據阿米莉亞的說法，那是在她出生次日畫的。

　　接著我又發現一張男人的素描，一張好看、強壯的寬臉；他很放鬆，而且好像正回頭笑望作畫的人。我立刻知道這人就是克里斯欽，他與姬特額前都有蓬鬆的捲髮。阿米莉亞接過畫紙；我從來沒聽她說過他的事，遂問她喜不喜歡他。

　　「可憐的男孩，」她說，「我全心全意反對他。我覺得伊麗莎白選擇他，一個敵人，一個德軍，簡直是瘋狂。我為她害

怕，也為大家害怕。我認為她太相信人了，他會背叛她和我們的，所以我告訴她，我覺得她應該跟他分手。我對她好苛刻。

「伊麗莎白聽了昂起下巴，什麼也沒說。可是第二天他跑來看我。噢，我嚇壞了。我打開門，一個體格碩大、穿軍服的德國人站在我面前。我以為他們一定是要徵用我的房子，正要開口抗議時，他突然朝我遞一束野花……已經捏得有點凋謝了。我注意到他很緊張的樣子，所以不再責罵，轉而質問他的名字。『克里斯欽・海曼上尉。』他說，臉紅得像小男生。我仍然心存懷疑：他想幹嘛？我問他目的何在，他臉更紅了，然後柔聲說道：『我來是為了告訴你我的心意。』

「『要我的房子？』我凶巴巴地說。

「『不是，是伊麗莎白。』他說。他真是的，好像我是維多利亞時代的父親，而他是追求者。他正襟危坐地坐在椅子邊緣告訴我，他打算戰爭一結束就回到島上來娶伊麗莎白、種小蒼蘭、讀書，並且忘掉戰爭。等他把話說完，我自己都有點愛上他了。」

阿米莉亞說得泫然欲泣，於是我們收起素描，我為她泡了茶。接著姬特拿一顆碎裂的海鷗蛋進來，想用膠水重新黏好，我們真感激終於有事可以分心了。

昨天，威爾・李斯比拿了一盤梅子鮮奶油蛋糕現身在我門口，我請他喝茶。他想同我商量兩個女人：如果我是男人，會娶兩人當中的哪一個，雖然我不是男人。（你有沒有弄懂？）

甲小姐一直是個慌亂緊張的人；她長成十月大的嬰兒，此後就沒有任何實質上的長進了。她聽說德軍要來的時候，把她媽媽的銀茶壺埋在一棵榆樹底下，現在卻不記得到底是哪棵。島上到處都是她挖的洞，她還發誓找不到絕不罷休。「好有決心，」威爾說，「真不像她。」（威爾試圖說得不著痕跡，不過甲小姐就是黛芙妮‧波斯特。她有一對好像母牛般空洞的圓眼睛，她在教堂唱詩班唱歌，那顫抖的女高音十分出名。）

　　然後是乙小姐，島上的一位女裁縫。德軍到這裡只帶來一面納粹國旗，這面旗子需要掛在總部，可這麼一來就沒有旗子可以提醒島民被征服了。

　　德軍來到乙小姐家，命令她做出一面旗子。她做了……把難看的黑色納粹黨徽縫在黯淡的紫褐色圓圈上。「她的使壞很有創意，」威爾說，「多麼有力！」（乙小姐是李若依小姐，瘦得跟她的縫針一樣，燈籠下巴，緊抿的嘴唇。）

　　我認為哪一個是遲暮男子的最佳伴侶？甲小姐或乙小姐？我告訴他，如果到這時候還得問，通常表示兩人都不適合。

　　他說：「你說的和道西一模一樣……一字不差。伊蘇拉說甲小姐會把我無聊到想哭，乙小姐則是把我囉唆到想死。

　　「謝謝你，謝謝你，我會繼續尋覓。『她』一定就在某個地方。」

　　他戴上帽子，欠欠身，便離開了。席尼，他可能已經徵詢島上所有人的意見，但他也問了我，令我受寵若驚，使我自覺

也是島民，而非外人。

愛你的茱麗葉

又：聽見道西居然也會發表婚姻方面的意見，我頗感興趣。但願能多了解一些。

～茱麗葉給席尼的信～

七月十九日，一九四六年

親愛的席尼：

伊麗莎白的故事隨處皆是，不僅在讀書會會員之間。你聽聽這個：姬特和我今天下午走到教堂庭院，姬特跑到墓碑那邊玩耍去了，我躺在穆里斯先生的墓碑上伸手伸腿（它像個桌面，有四隻牢固的桌腳），正巧墓園的年邁看守人山姆・威樂先生來到我身邊。他說我讓他想起小女孩時候的麥坎納小姐。以前她就常在這塊墓碑上面曬太陽，曬成核桃一樣的褐色。

我箭矢似地飛快坐起身子，問山姆跟伊麗莎白是否熟識。

山姆說：「這個嘛……不能說真的很熟，但我喜歡她。她和艾班的女兒珍妮以前都一起到這裡來。她倆在這個墓碑上鋪塊布吃野餐，就在穆里斯先生的遺骸上面。」

山姆繼續說到兩個女孩好像嘲鶇[14]似的，總想著什麼搗蛋招數，有一回還企圖招魂，差點把牧師的太太嚇死。然後他朝快要走到教堂大門的姬特望一眼，又說：「那可愛的小女孩自然是她和海曼上尉生的。」

　　我為之振奮。他認得海曼上尉？他喜歡他嗎？

　　他怒目瞅著我說：「是，我喜歡。他是好人，雖然他是個德國人。你不會因此不甩麥坎納小姐的女兒吧？」

　　「當然不會！」我說。

　　他對我晃著一根手指頭。「最好是不會，小姐！你最好是知道一些事情真相，再寫占領時期的書。我也痛恨那段日子，一想到就生氣。有些傢伙真是壞透了，不敲門就闖進你家，百般欺負你。他們那種人喜歡發號施令，因為從來沒有嘗過那個滋味。然而不是全都那樣，不是全部。」

　　據山姆所說，克里斯欽就不是。山姆喜歡克里斯欽。克里斯欽與伊麗莎白也曾在教堂庭院遇見山姆一次，山姆試圖挖個墳地，可是地面凍得僵硬，又冷得半死。上尉拿起鏟子便挖了起來。「他是個壯漢，才開始挖就挖好了，」山姆說，「我說他隨時可以來我這兒找份工作，他笑了。」

　　次日伊麗莎白拿了一個裝滿熱咖啡的熱水瓶過來，是克里

_____

14 嘲鶇科（Mimidae）鳥類會模仿其他動物叫聲，最常見的是貓叫聲，因此俗稱貓鳥（catbird）。

斯欽給她的真正咖啡豆煮的,她也送山姆一件克里斯欽的暖和毛衣。

山姆說:「說真的,占領時期持續那麼久,我認識不只一個善良的德國軍人。如果是你也會的,你知道,五年來天天跟他們見面,總有打招呼的一天。

「你會忍不住為他們一些人感到難過,最後的那批人;他們困在這裡,明知家裡被炸成碎片。甭管一開始是誰開戰的。我就不管。

「唉,載馬鈴薯的卡車上有好幾名大兵守著,開往軍隊的餐廳;小朋友跟在後面,希望有掉落街上的馬鈴薯可撿。那些大兵眼睛望著前方,很嚴肅的樣子,然後把馬鈴薯丟下去……故意的。

「他們也會故意丟柳橙,還有煤塊;天哪,那可寶貴呢,因為我們都沒燃料了。這類事件多的是。你去問賈佛雷太太她兒子的事就知道。他得肺炎,害她擔心得半死,因為沒辦法給他保暖,又沒好東西給他吃。一天,有人敲她家門,她開門的時候,見到德軍醫院一名護理員站在門口。他二話不說,遞給她一瓶磺胺藥水,輕點一下帽子就走了。原來他是特別從藥房偷來給她的。後來他想再偷一次的時候被逮到。他被送到德國的監獄,也許受絞刑。我們也不知道到底怎樣了。」

他又突然憤怒地看著我:「我說啊,要是什麼自以為了不起的英國人把人情味說成勾結敵人,那得先來聽聽我和賈佛雷

太太怎麼說！」

　　我想抗議，但山姆已經扭頭走開，於是我抱起姬特回家。我覺得阿米莉亞那束枯萎的花與給山姆的咖啡豆使我漸漸認識姬特的父親……也漸漸了解伊麗莎白為什麼愛他。

　　下週芮咪就要來了。道西星期二動身去接她過來。

愛你的茱麗葉

茱麗葉給蘇菲的信

七月二十二日，一九四六年

親愛的蘇菲：

　　燒了這封信；我可不願意它出現在你收集的文件裡。

　　我當然告訴過你道西的事。你知道他是這兒頭一個寫信給我的；還有他喜歡查爾斯・蘭姆；還有他幫忙撫養姬特；還有姬特非常喜歡他。

　　我沒告訴你的是，我來島上的第一個傍晚，道西在梯板底下朝我伸出雙手的剎那，我感覺一股莫名其妙的興奮。道西好安靜也好沉著，我不曉得是不是只有我有這種感覺，所以過去兩個月我一直努力讓自己表現得理性、隨意且平常。而且我也相當成功……直到今晚。

　　道西過來為盧維耶這趟旅程借行李箱，他要去接芮咪回來

— 248 —

根西島。什麼樣的男人連個行李箱也沒有？姬特已經熟睡，所以我們把我的箱子放上他的貨車，再一起走向陸岬。月亮緩緩升起，天色有如珠母貝一般，近似貝殼裡頭的顏色。海水這回總算安靜下來，只有銀色的漣漪，幾乎動也不動。沒有風。以前從沒聽過世界如此安靜，這時我才突然發現道西自己也一樣安靜，走在我身邊。我跟他從來不曾這麼靠近，於是我開始特別留意他的手腕與手。我好想伸手去摸，想得有些頭昏腦脹。我胃裡深處有種七上八下的感覺，那種感覺你知道的。

俟然間道西轉過身來。他的臉在陰影裡，可我看得見他的眼睛，很黑很黑的眼睛，注視著我，等待著。誰知道接下來會發生什麼事……一個吻？拍拍頭？什麼也沒發生？……因為在下一秒鐘，我們就聽見瓦利的馬車（這兒的計程車）停在我的小木屋前，瓦利載的乘客大聲喊道：「大驚喜，親愛的！」

是馬肯。小馬肯・雷諾身穿剪裁精緻的西裝，臂彎裡夾著一大束紅玫瑰，看來好不燦爛華麗。

蘇菲，我真的但願他死掉。

可我又能怎麼辦？我過去跟他打招呼……他吻我的時候，我想的只是：「不要！不要在道西面前！」他把那束玫瑰交給我之後轉向道西，露出鋼鐵般的冷酷微笑。於是我介紹兩人認識，卻一心想找個洞鑽進去（我也不太曉得為什麼），然而只能無言看著道西跟他握手。接著道西轉向我，握握我的手說：「謝謝你的行李箱，茱麗葉。晚安。」然後爬上貨車走了。他

走了，沒有再說一個字，沒有回頭望一眼。

我好想哭。但我仍然邀請馬肯進屋，試著裝得像是剛剛接獲驚喜的女人。馬車與相互介紹吵醒了姬特，她滿臉狐疑地望著馬肯，想知道道西去哪兒了，他還沒有吻她道晚安。他也沒有吻我，我兀自想著。

我把姬特抱回床上，並且苦勸馬肯，他若是不立刻到皇家旅館的話，我的名譽可就毀了。他老大不情願聽話了，又再三威脅今早六點便要出現在我家門口。

之後我坐著啃指甲啃了三小時。我該不該去道西家，試著重拾剛才中斷的一切？然而我們剛才究竟中斷了什麼？我沒把握。我可不想讓自己像個傻瓜。如果他有禮卻不解地望著我，更糟的是，眼中充滿憐憫的話，我怎麼辦？

更何況……我在想什麼啊？馬肯人在這裡。富有、溫文爾雅而且想要娶我的馬肯。沒有他我也過得很好的馬肯。為什麼我無法不去想道西？而他可能半點也不在乎我。但說不定他是在乎的。也許我就要發現他沉默的另一面是什麼了。

該死，該死，還是該死。

現在是凌晨兩點，我已經啃到沒有指甲，而且看來至少有一百歲。搞不好馬肯看見我形容枯槁的模樣會厭惡不已吧。也許他會一腳把我踢開。果真如此的話，不曉得我會不會失望。

　　　　　　　　　　　　　　愛你的茱麗葉

七月二十三日，一九四六年

親愛的茱麗葉：

我的覆盆子果實空前大豐收。今天早上摘了，下午我就做派餅。你和姬特想不想下午過來喝茶（吃派）呢？

愛你的阿米莉亞

七月二十三日，一九四六年

親愛的阿米莉亞：

我很抱歉不能過去。我有客人。

愛你的茱麗葉

又：幫忙傳字條的姬特希望能嘗嘗你的派。下午能請你陪陪她嗎？

七月二十四日，一九四六年

親愛的蘇菲：

　　你可能應該同上封信一樣，把這封信也燒了。我終於拒絕馬肯的求婚，毫無挽回餘地，而我的欣喜若狂簡直是很不妥。如果我是個有教養的年輕小姐，這會兒就該拉起窗簾鬱鬱寡歡才是，可我做不到。我自由了！今天我從床上跳起來，覺得好像羔羊一般活躍。姬特和我整個早上都在牧場賽跑。她贏了，但那是因為她作弊。

　　昨天真是恐怖。你知道馬肯出現時我的感受，不過次日早上更糟糕。他七點來到我家門口，渾身散發自信，相當篤定我們中午前即可定下婚期。他對根西島，或是占領時期，或是伊麗莎白，或是我來之後所做的一切毫無興趣，他沒有問相關的任何一個問題。後來姬特下樓吃早餐，他很訝異，前一天晚上他並沒有真的把她記在腦子裡。他待她挺親切，兩人談到狗，可是過了幾分鐘，顯然他在等她走開。我猜以他的經驗，在孩子惹父母厭煩之前，保母早已迅速抱走孩子了。當然我設法不去理會他的不悅，像往常那樣為姬特準備早餐，但是在房間這端，我仍感覺得出他的怒氣朝我滾滾湧來。

　　終於姬特出去玩了，她才剛剛關上門，馬肯就說：「你的新朋友未免太聰明了吧，居然不到兩個月就把他們的責任都丟

給你來扛了。」他搖搖頭，可憐我如此容易受騙。

我只瞪著他。

「她很可愛，可是她不能要求你做什麼啊，茱麗葉，這點你得堅持。送她個漂亮娃娃或是什麼當做道別禮物，免得她以為你要一輩子照顧她了。」

我氣得說不出話，只能站在那兒緊緊抓著姬特吃粥的碗，抓得指節泛白。我沒朝他丟碗，但我幾乎要丟了。等我終於能夠開口的時候，我輕聲說著：「請你出去。」

「對不起，你說什麼？」

「我再也不想見到你。」

「茱麗葉？」他渾然不知我在說什麼。

於是我解釋給他聽。隨著一分鐘一分鐘過去，我感覺越來越好。我告訴他，我絕不嫁給他，或是任何不愛姬特、不愛根西島、不愛查爾斯·蘭姆的人。

「查爾斯·蘭姆跟這一切有什麼關係啊？」他吼道（盡可能地大聲）。

我不想說明。他試圖跟我吵，後來用哄的，後來又吻我，後來又跟我吵，不過，我們玩完了，連馬肯都知道。這麼多日子以來（我是二月認識他的），我第一次百分之百確定自己做對了。我怎能考慮嫁給他呢？只要當一年他的老婆，我就會跟那些卑躬屈膝、猛打哆嗦的女人一樣，碰到有人問問題，一定先看先生的臉色。我向來瞧不起那種女人，但現在我知道其來

有自。

　　兩小時後，馬肯前往機場，不再回來了（希望如此）。我呢，可恥地懷著一顆沒有破碎的心，在阿米莉亞家中大嚼覆盆子派。昨天夜裡，我睡了快樂又無罪惡感的十小時好覺，今早我又覺得自己只有三十二歲，而非一百歲了。

　　姬特和我今天下午要去海灘找瑪瑙。好美好美的一天啊。

愛你的茱麗葉

　　又：這一切都跟道西沒有關係。查爾斯‧蘭姆只是突然從我嘴裡冒出來，純屬巧合罷了。道西離開前甚至沒過來道別。我越想就越相信他在懸崖上轉向我，其實是想借把雨傘。

茱 麗 葉 給 席 尼 的 信

七月二十七日，一九四六年

親愛的席尼：

　　我知道伊麗莎白因藏匿納粹奴工遭到逮捕，但是直到幾天以前，我才曉得她還有一位共犯，當時艾班剛巧提起彼得‧索耶：「他同伊麗莎白一起被抓。」「什麼？」我尖叫道，於是艾班說他會請彼得跟我談談。

彼得現在住在維爾[15]附近的一家安養院，所以我打電話給他，他說他很高興見我，尤其是如果我隨身帶杯白蘭地的話。

　　「沒問題。」我說。

　　「好極了。你明天來。」他回答後掛上電話。

　　彼得坐輪椅，但他動作好靈活，把那輪椅推得像瘋子似的到處跑、繞過角落，再小的地方也活動自如。我們來到室外坐在一棵大樹下，他邊說話邊小口小口喝酒。這回，席尼，我記了筆記；我無法忍受漏聽一個字。

　　彼得發現十六歲的波蘭奴工魯德的時候已經坐上輪椅，不過還住在聖參孫港的家裡。

　　天黑以後，德軍准許納粹奴工離開圍欄尋找食物，只要會回來就好。他們必須在次日一早回來工作，要是沒回來，就會開始大肆搜索。德軍這種「假釋」一方面讓奴工不會餓著，另一方面也不必浪費食物在他們身上。

　　島上幾乎每個居民都有菜園，有些還有雞舍與兔籠，搶劫糧食的人可以大有斬獲。納粹奴工就是搶劫糧食的人。島民在夜裡多半都會守著菜園，用棍棒守護他們的蔬菜。

　　到了夜裡，彼得也會守在外頭，躲在他家雞舍的陰影裡。沒有棍子的他，手拿一個大鐵鍋與用來敲擊的金屬湯匙，只要看到有人，就靠那聲音驚動鄰居過來抓人。

---

15 維爾（Vale）是位於根西島北端的小村。

一天夜裡，他聽見，然後又看見，魯德爬過灌木樹籬的空隙；彼得等著。那男孩想要站起來的時候卻跌倒在地。他又試圖站起來一次，但怎麼也站不起來，他就躺在那裡。彼得推輪椅過去，低頭凝視那男孩。

　　「他是個孩子，茱麗葉，只是個孩子……仰臉躺在土裡。好瘦，老天，他真的好瘦，瘦得見骨，髒兮兮的，穿著破爛衣服，全身長滿蝨子，從他頭髮底下爬出來，爬過他眼皮。那可憐的孩子壓根感覺不到……一動不動，沒動。他只要一顆該死的馬鈴薯，可是連挖的力氣也沒有。竟然這樣對待小男孩！

　　「告訴你，我全心痛恨那些德國人。我彎不下腰去看他有沒有呼吸，不過還是讓兩腳離開輪椅踏板，好不容易連戳帶刺地讓他肩膀轉過來靠我近一點。我兩條胳膊挺強壯的，於是把男孩半個身子拉上大腿，然後不知怎麼把我倆推上坡道、弄進廚房。我讓男孩倒在廚房地上，再去生火，拿條毛毯，然後燒水；我擦著他可憐的臉與手，抓掉他身上的蝨子與蛆蟲拿去淹死。」

　　彼得不能請鄰居幫忙，他們可能會向德軍告發。德軍指揮官說過，任何人只要收容一名納粹奴工，不是送往集中營，便是就地槍斃。

　　伊麗莎白次日就要到彼得家來；她是彼得的護理員，每週來看望他一次，有時不只一次。他了解伊麗莎白的為人，很有把握她會幫忙維持男孩性命，也會保守秘密。

「次日她大約十點左右到。我在門口等她，我說我屋裡有麻煩，如果她不想惹麻煩的話就不該進來。她明白我的意思，頭一點、跨一步就進來了。魯德躺在地上，伊麗莎白在魯德身邊跪下時緊咬牙關，他渾身臭的……但她立刻忙起來。她割開他的衣服燒掉，再用焦油肥皂給他洗澡、洗頭；他的頭髮全都纏繞糾結在一塊，我們看得還笑了，要是你能相信的話。要不是笑聲，就是冷水讓他有點醒了；他嚇一跳，好害怕，直到看見我們是誰。伊麗莎白一逕輕聲說著話，雖說他完全聽不懂，卻感覺安慰。我們合力把他拖進我房間；不能留他在廚房，鄰居們來了的話會撞見。伊麗莎白悉心照料他。儘管什麼藥也沒有，她還是從黑市買來熬湯的骨頭與真正的麵包。我有雞蛋，他就這樣一點點、一天天恢復了體力。他睡得很多。有時候伊麗莎白不得不在天黑以後才來，不過都在宵禁之前。教人發現她太常來我家也不成，你知道，有的鄰居會告密，想從德軍那兒得些好處或是吃的。

「不過有人確實發現了，也告密了……我不曉得是誰。他們向秘密警察告密，秘密警察於星期二晚上過來。那天伊麗莎白帶了雞肉來燉，正在餵盧德吃，我坐在床架旁。

「他們包圍在屋外，直到衝進來之前一點聲息也無。唉，我們被抓個正著。當天夜裡，我們全被抓走。天知道他們後來怎麼對付那男孩。我們第二天就被送到開往聖馬婁的船上，沒有經過任何審判。我看見監牢一名警衛把伊麗莎白帶上船，那

是我最後一次見到她。她看來好冷。我們到法國之後，我再也沒見過她，也不知道他們送她到哪裡。他們把我送到庫坦斯[16]的監獄，但不知道要拿坐輪椅的犯人怎麼辦，於是過了一星期又送我回家，還叫我要對他們的仁慈心存感激。」

彼得說，他知道每回伊麗莎白去他家的時候，都把姬特交給阿米莉亞照顧。沒人知道伊麗莎白在照料那名奴工。他相信她讓每個人以為她是在醫院幫忙。

這些就是故事的梗概，席尼，不過彼得問我要不要再去一趟，我說要啊，我很樂意，他說別帶白蘭地了，我人去就好。他倒是說，如果有刊登照片的雜誌，他想看看，要我帶去。他想知道麗泰・海華絲[17]是誰。

愛你的茱麗葉

---

16 庫坦斯（Coutances）位於法國諾曼第半島西部沿岸。
17 麗泰・海華絲（Rita Hayworth, 1918-1987）是一九四〇年代走紅的美國性感女星。

七月二十七日，一九四六年

親愛的茱麗葉：

　　我很快就要到收容所去接芮咪了，不過還有幾分鐘時間，所以我用來寫信給你。

　　現在芮咪看起來好像比上個月強壯些，但仍然非常虛弱。余威修女拉我到一邊叮囑我：我一定要注意她吃得夠多、也夠暖和，而且不能讓她心煩意亂。她得有人陪著，可能的話，最好是快活的人。

　　我相信芮咪會吃得很營養，而且阿米莉亞肯定不會讓她冷著，可是我怎麼包準她開心快活呢？說笑之類的事我向來不甚自然。我不知道該跟修女說什麼，只有設法裝出開心的樣子。我想大概不太成功，因為修女目光銳利地瞥我一眼。

　　喔，我盡力而為，但是跟我比起來，個性陽光、心情歡快的你更適合陪伴芮咪。我相信她會跟我們這幾個月以來一樣喜歡上你。你對她有好處的。

　　替我摟一下姬特，親她一下。我們星期二見。

道西

七月二十九日，一九四六年

親愛的蘇菲：

請別理會我說過關於道西‧亞當斯的一切。

我是個白癡。

我剛接到道西一封信，稱讚我「個性陽光、心情歡快」的特質頗具療效。

個性陽光？心情歡快？我從來不曾受到如此侮辱。在我的書裡，心情歡快與愚笨只距離一小步。我對道西而言，不過是個搞笑的小丑。

我覺得受到莫大的羞辱。我們在月光下散步，我為他神魂顛倒的時候，他想的卻是芮咪，以及我「歡快」的言詞會逗得她多麼開心。

唉，顯然我是在騙自己，道西根本半點也不在意我。

我現在太過氣憤，什麼也寫不了。

　　　　　　　　　　　　　　　永遠愛你的茱麗葉

八月一日，一九四六年

親愛的席尼：

芮咪終於來到這裡。她身材嬌小，而且瘦得嚇人，一頭短短的黑髮，眼睛也近乎黑色。我以為她應該滿身是傷，可是沒有，她只有一點跛腳，看起來像是走路有些遲疑罷了，脖子轉動起來也頗為僵硬。

我把她說得有如紙片人似的蒼白瘦小，其實她並不是。從遠處看來可能會這麼以為，近看絕不是的。她極度的嚴肅幾乎令人膽怯不安。她並不冷漠，也絕非不友善，但她似乎對再自然不過的事情充滿猜疑。我想倘若我也有過她的經歷，可能也會像她一樣，有點脫離日常生活。

芮咪同姬特在一起的時候，你可以把上面說的悉數刪除。起初她似乎只用眼光跟隨姬特的身影，可是姬特提議教她如何故意大舌頭說話的時候，情形變得大不相同。芮咪看起來嚇一跳，但她同意上課，於是她倆一起去阿米莉亞的溫室。芮咪的口音對於大舌頭技巧有所妨礙，可是姬特沒有因此嫌棄她，反而大方給她額外指導。

芮咪到的那天傍晚，阿米莉亞為她舉辦一個小小的晚餐派對。每個人都表現出最好的一面。伊蘇拉在胳膊底下夾了一大瓶補品，可是看過芮咪一眼，她立刻改變主意。「那說不定會

要了她的命。」她在廚房對我喃喃說道，然後把瓶子搋進外套口袋。伊萊緊張地與她握過手就往後退，我猜他是恐怕不小心傷到她。我很高興見到芮咪和阿米莉亞在一起挺自在的，她們樂於彼此作伴，不過她最愛的還是道西。道西走進客廳時（他比其他人晚到），她立刻滿臉的放鬆，甚至對他微笑。

昨天好冷又起霧，可是芮咪、姬特與我在伊麗莎白的小海灘上堆沙堡。我們堆了好久，真是漂亮又高聳的城堡啊。我裝了滿滿一個熱水瓶的熱可可，我們坐著一邊喝、一邊不耐煩地等待潮水湧上來沖倒那城堡。

姬特沿著岸邊跑來跑去，激得潮水上來得更快、也更靠近了。芮咪碰碰我的肩膀莞爾一笑。「伊麗莎白以前一定也是這樣，」她說，「像個海邊的女皇。」我覺得她好像送給我一份禮物，哪怕是「觸摸」這麼小的動作也需要相當的信任。我很高興她跟我在一起感到安全。

姬特在浪花中跳舞的時候，芮咪說起伊麗莎白。伊麗莎白本來打算逆來順受，保持所剩不多的體力，等待戰爭結束之後盡快回家。「我們以為這計畫是可行的。我們知道那次入侵，大家都看見盟軍轟炸機飛過集中營上空。我們也知道柏林出了什麼事，警衛害怕得當著我們的面也掩飾不了。每天晚上我們躺著睡不著覺，留神聆聽盟軍坦克攻到門口的聲音。我們低聲說著明天就自由了，壓根以為自己不會死。」

說完這些，她似乎已經無話可說，我卻想著，倘若伊麗莎

白能夠多撐幾個星期該有多好，她就可以回到姬特身邊了。為什麼，為什麼苦難將近結束之際，她卻要攻擊工頭？

芮咪凝望潮水起起落落。接著她說：「她要是不那麼好心就好了。」

沒錯，但那對我們其他人卻不好。

潮水這時漲了上來：歡呼，尖叫，城堡不見了。

愛你的茱麗葉

伊蘇拉給席尼的信

八月一日，一九四六年

親愛的席尼：

我是「根西馬鈴薯皮派文學讀書會」的新任秘書。我猜可能你想看看我第一份會議紀錄的樣本，因為茱麗葉感興趣的東西你也很感興趣。以下是會議紀錄：

一九四六年七月三十日，下午七點三十分

夜裡真冷，海水真吵。威爾・李斯比當讀書會主人。屋裡撣過灰塵，但窗簾需要洗了。

陶柏太太朗讀一章她的自傳，《大利拉・陶柏的人生與戀情》。觀眾聽得專心，聽完卻很沉默。只有陶柏先生除外，他

想要離婚。

我們都好尷尬，於是茱麗葉與阿米莉亞招待大家吃她們做的甜點，好可愛的緞帶蛋糕，用真正的磁盤裝著。那是我們很少見得到的。

後來米諾小姐站起來問我們是否要開始當作家了。她把自己的想法寫成一本書，可不可以讓她讀裡面的一篇文章？她的書名叫做《瑪莉·米諾的平淡無奇之書》。

大家早已知道瑪莉對每件事情的想法，不過大夥還是說「好」，因為我們都喜歡瑪莉。威爾·李斯比大膽地說，瑪莉或許可以把自己寫的文字編輯一下，由於她說的話都沒有經過編輯，所以說不定那樣挺好的。

我提議下週加開一次特別會議，這樣我才不用等著談珍·奧斯汀。道西附議！與會會員說：「好。」休會。

伊蘇拉·裴比小姐

根西馬鈴薯皮派文學讀書會正式秘書

既然我現在已經是正式的秘書，如果你想的話，我可以讓你宣誓加入當會員。這是違反規定的，因為你不是島民，不過我可以偷偷摸摸讓你加入。

你的朋友伊蘇拉

八月三日，一九四六年

親愛的席尼：

有人（我想像不出是誰）從雙史出版社寄了一份禮物給伊蘇拉。這本十九世紀中葉出版的書叫做《骨相學與精神病學新圖解自學手冊：含形狀與尺寸圖表及一百多幅插圖》。如果這還不夠說明，這本書還有個副標題：《骨相學：解讀頭顱隆凸的科學》。

昨天晚上，艾班請姬特與我、道西、伊蘇拉、威爾、阿米莉亞與芮咪去他家吃飯。伊蘇拉帶了圖表、草圖、方格紙、量尺、卡尺和一本新筆記本過去。然後她清清喉嚨，把第一頁的廣告讀一遍：「你也可以學會解讀頭顱的凹凹凸凸！正確了解人類具備或缺乏的能力，讓你的朋友目瞪口呆，讓你的敵人不知所措。」

她砰的一聲把書重重放在桌上。「我要成為摸骨高手，」她宣布，「得趕上收穫節[18]才行。」

她已經跟艾爾牧師說過，此後她不再穿披肩，也不再假裝看手相。不，從現在起，她要利用科學方法，藉由解讀頭上的

---

18 英國的收穫節是指秋天收割麥子等作物的時節，亦特指最接近秋分的滿月之日，類似中秋節。當天常舉辦園遊會活動，設有各種攤位。

凹凹凸凸看未來！於是教會從摸頭骨賺到的錢，將比貝多思小姐的「贏得貝多思小姐一吻」攤位多太多了。

威爾說她完全正確；貝多思小姐並非親吻高手，就算是為了做善事，吻她也已經令他感到厭煩。

席尼，可知你在根西島上觸發了什麼嗎？伊蘇拉已經為辛戈敦先生（他在市場的攤位就在她隔壁）解讀頭上的凹穴與凸塊，她說他的「同胞愛隆凸」的中線有個淺溝，這可能是他不肯餵飽他家狗兒的原因。

你看出可能的後果沒有？有一天她會發現某人有個潛伏的「殺手結」，然後某人會宰了她……要是貝多思小姐沒先宰了她的話。

你的禮物確實有個好處。吃完甜點，伊蘇拉開始解讀艾班頭上的凸塊，口述量好的尺寸後，由我記錄下來。我朝芮咪投以一瞥，不曉得她看見艾班的頭髮豎起、伊蘇拉往裡面東翻西找的模樣作何感想。芮咪拚命忍住不笑，可她忍俊不住，於是放聲大笑。道西和我僵在原地，愣望著她！

她好安靜，我們沒有人想像得到她竟能如此大笑出聲，彷彿水的嘩嘩聲。我希望能再聽到她這麼開懷大笑。

我和道西之間不再像以往那般自在，雖然他依舊常常過來看姬特，或是同芮咪一起散步來看我們。聽見芮咪的笑聲是我們兩星期以來頭一次四目交接，不過也許他只是佩服我的陽光個性感染了她。根據有些人的說法，我確實個性陽光。席尼，

你知道我在說什麼嗎？

碧莉碧給彼得寄來一本《銀幕明星》雜誌，裡面有一篇關於麗泰‧海華絲的文章，彼得看了很樂，不過他見到海華絲小姐身穿睡衣搔首弄姿頗為吃驚！而且跪在床上！這個世界是怎麼啦？

席尼，碧莉碧會不會因為替我跑腿而厭煩透了？

愛你的茱麗葉

舒珊‧史考持給茱麗葉的信

八月五日，一九四六年

親愛的茱麗葉：

你知道席尼不會把你的信緊緊抱在胸前；他把它們攤在桌上隨便大家看，我當然也看了。

我寫信是請你別擔心碧莉碧替你跑腿的事。席尼沒有叫她做，是她自己百般哀求能幫他、幫你、幫「那親愛的小孩」任何一丁點小忙。她只差沒對他柔情細語，而我只差沒塞住她的嘴。她頭戴一頂安哥拉羊毛小帽，下巴繫著蝴蝶結，宋雅‧韓妮[19]溜冰時戴的那種。我還需要多說嗎？

---

19 宋雅‧韓妮（Sonja Henie, 1912-1969）是挪威花式溜冰選手，曾贏得三次奧運花式溜冰冠軍。她的註冊商標羊毛小帽充滿甜美氣息。

況且，她其實不是席尼眼中來自天堂的天使，她是由職業介紹所轉介來的，本來是臨時雇員，位子卻越坐越穩，這會兒變得不可或缺，成了正式員工。姬特想不想養加拉巴哥群島[20]的任何動物啊？碧莉碧必定會搭下一班船去幫她弄來……那我們就有好幾個月看不到她；要是那裡什麼動物把她吃了，可能就一輩子不必見面了吧。

　　祝你與姬特一切安好。

舒珊

伊蘇拉給席尼的信

八月五日，一九四六年

親愛的席尼：

　　我知道《骨相學與精神病學新圖解自學手冊：含形狀與尺寸圖表及一百多幅插圖》是你寄給我的。這是一本非常有用的書。我謝謝你。我一直都在努力研讀，已經熟練到摸出滿頭的凹凹凸凸以後，再也不用接二連三查書了。希望能在收穫節那天為教會賺上一大筆錢，因為誰不想靠著骨相學得知自己內心

---

20 加拉巴哥群島（Galapagos）位於厄瓜多以西約一千公里處的太平洋上，因地理隔離關係而有許多特有種生物，達爾文便因研究此地生物而提出演化論。

深處的秘密……管他是好是壞呢？大家都想，那是當然。

這個骨相學真是一道閃電，過去三天我知道的事情比這輩子加起來還多。葛伯特太太向來是個討厭鬼，現在我知道她是身不由主，她的「仁慈點」有個好大的凹洞。她小時候曾掉進採石場，我猜她的仁慈點撞凹之後，整個人就變得不一樣了。

連我自己的朋友也充滿驚奇。艾班一定囉唆極了！我怎麼也想不到他是那種人，可是他眼袋好大，絕對是個囉唆鬼。我溫柔地告訴他真相。打一開始茱麗葉不肯讓我摸她腦袋，可是我說她這是阻礙科學的進展，她才答應。茱麗葉命中充滿戀愛運，她真的是。也有婚姻之愛。我跟她說，她頭上有那麼多凸塊，還沒結婚真是奇蹟。

威爾咯咯笑著閒扯說：「茱麗葉，你的史塔克先生是個幸運小子！」茱麗葉的臉紅得像番茄，我好想對威爾說他根本啥也不知，因為史塔克先生是同性戀，但我信守諾言，守住你的秘密。

那時道西站起來走了，所以我一直沒有摸他的頭骨，不過我不久就會逮住他。有時候我覺得不太懂他。他有陣子話多得很，可是這些天他連兩個字也迸不出來。

再謝謝你寄來這麼一本好書。

你的朋友伊蘇拉

席尼給茱麗葉的電報

八月六日，一九四六年

昨日在樂器店給多米尼買到一具小風笛。姬特想不想要？盡快告訴我，店裡只剩一具。你的書寫得如何？愛你與姬特。席尼

茱麗葉給席尼的信

八月七日，一九四六年

親愛的席尼：

姬特很想要風笛。我不想。

書的進展相當順利，不過我想把頭兩章寄給你看，除非你看過，我才覺得踏實。你可有時間？

每本傳記都該在傳記主過世一個世代之內動筆才是，趁大家對他或她記憶猶新的時候。你想，倘若我能跟安‧勃朗特的鄰居談談的話，我能夠寫她寫到什麼程度。說不定她並非真的溫順又鬱鬱寡歡，說不定她生來就愛尖聲怪叫，每週都拿陶器往地上猛摜一次。

每天我都多知道一點伊麗莎白的事。我多麼希望自己認識她！寫著寫著，我發現自己把她想成朋友，也記得她做過的事，活像我在場似的；她是那麼生氣蓬勃，我得不斷提醒自己

她已經死了，於是再次感到揪心的失落。

今天我又聽說一個她的故事，讓我好想躺下來哭。我們今天晚上與艾班共進晚餐，吃完後伊萊與姬特到外面挖蚯蚓（有月光的時候才好挖）。艾班和我端著咖啡到屋外，他挑了這時候，第一次跟我談起伊麗莎白。

事情發生在學校，伊萊與其他孩子都在那兒等船載他們撤退。艾班不在，因為家人不准去，但是伊蘇拉親眼看見事情經過，當天晚上就告訴他了。

她說整間屋裡都是小孩，伊麗莎白幫伊萊扣外套釦子時，伊萊告訴她說他好怕上船，好怕離開媽媽與他的家。他問，如果他們的船真的被炸了，他要跟誰說再見？伊蘇拉說伊麗莎白很慢才回答，好像是在細細考慮他的問題。然後她拉起自己的毛衣，從上衣摘下一枚別針。那是她父親在第一次世界大戰獲頒的獎章，她一直戴在身上。

她把別針握在手中，向他解釋那是魔法獎章，只要戴著，什麼壞事也不會發生在他身上。說完，她與伊萊在上面吐了兩口口水召喚魔法。伊蘇拉看見伊萊的臉趴在伊麗莎白肩頭，伊蘇拉對艾班說，那張臉有著孩子還沒懂事前那種無與倫比的美麗光輝。

戰爭期間發生了諸多慘事，這一件（為了孩子們的安全硬要他們離開）肯定最可怕。我不知道他們如何忍受。這件事違反動物保護幼兒的本能。我發現自己在姬特身邊就成了熊媽媽

似的，哪怕我沒注視她的時候也仍注意著她。如果她處於任何危險（常常如此，她最愛爬上爬下），我的火氣就來了（以前我甚至不知道自己有火氣），於是跑去救她。她的敵人（牧師的姪子）朝她丟梅子的時候我便吼他。不知靠了什麼奇怪的直覺，我總知道她人在哪兒，就像知道我的手在哪兒一樣；要是不知道，我會擔心得要死。我猜這就是物種的生存之道，可是那場戰爭彷彿把這一切都弄擰了。根西島的母親們不曉得孩子在哪裡，她們如何活下去呢？我無法想像。

愛你的茱麗葉

又：換成長笛如何？

茱麗葉給蘇菲的信

八月九日，一九四六年

親愛的蘇菲：

多美妙的消息啊⋯⋯你又有寶寶了！太棒了！希望你這回不會非吃餅乾與猛吸檸檬才好。我知道你倆不在乎生男還是生女，但我好希望是女孩。為達目的，我正用粉紅色毛線織嬰兒的小外套與小帽子。亞歷山大當然高興嘍，那多米尼呢？

我把你的好消息告訴伊蘇拉了，恐怕她會給你寄一瓶她調

的分娩前補品。蘇菲，請別喝，也別倒在狗兒可能找到的地方。她的補品應該沒含什麼真正有毒的東西，但我想你還是別冒險的好。

你問關於道西的事可就問錯人了。去問姬特……或芮咪吧。這人我幾乎見不到了，果真見到的時候，他也一言不發，不是什麼浪漫、若有所思的一言不發，就像羅契斯特先生[21]那樣，而是帶了不以為然的嚴肅與凝重。不曉得出了什麼問題，我真的不知道。我到根西島的時候，道西是我的朋友，我們聊蘭姆，而且一起走遍島上各個角落，我們在一起很開心。後來經歷在陸岬的那個可怕晚上，他不講話了，至少是不跟我講話了。我覺得失望透頂。我想念我們彼此相知的感覺，但我漸漸以為那不過是我的錯覺罷了。

從不沉默寡言的我，對這樣的人感到無比好奇。既然道西不談自己（對我從不談），我只好問伊蘇拉摸他的頭骨摸得如何，企圖從中探知他過去的生活點滴。不過伊蘇拉已經開始害怕那些隆起可能根本就不準，她提出一件事當做證據，她說道西的「暴力傾向結」應該很大才對，因為他幾乎把艾迪‧米爾打得半死 !!!

驚嘆號是我加的。伊蘇拉似乎覺得沒什麼。

原來艾迪‧米爾塊頭大、人又壞，還會為了跟德軍討好處

---

21 羅契斯特先生（Mr. Rochester）是夏綠蒂‧勃朗特的小說《簡愛》的男主角。

而通風報信、販賣或交換情報。大家都知道，他似乎也不以為忤，因為他老是上酒吧誇口炫耀剛剛得到的好處：一條白麵包、香菸與絲襪。他說島上任何女孩都該心存感激。

伊麗莎白與彼得遭到逮捕之後一週，他又拿個銀色菸盒炫耀，暗示那是告發彼得‧索耶家中進行某某事情的獎賞。

道西一聽說此事，第二天晚上就來到「瘋狂艾達」酒館。進去之後，他顯然直接走到艾迪‧米爾跟前，一把抓起他的襯衫領口，把他整個人從凳子上拎了起來，開始拿他的腦袋使勁猛撞吧台。他罵艾迪是個差勁的小人，每說一個字就敲他一記腦袋瓜。然後他把艾迪拽下凳子，兩人開始在地上扭打起來。

根據伊蘇拉的說法，道西打得渾身是傷，鼻子和嘴巴都流血，一隻眼睛腫得張不開，一根肋骨斷掉。不過艾迪‧米爾更是受傷慘重，兩眼瘀青，兩根肋骨斷掉，還縫了好幾針。法院判道西在根西監獄服刑三個月，不過一個月就把他放出來了；德軍需要牢房關重刑犯，如黑市交易或偷軍用卡車汽油的人。

「直到今天，艾迪‧米爾一看見道西走進『瘋狂艾達』門口，立刻嚇得別開眼光、灑了啤酒，過不到五分鐘，他就側著身子從後門偷偷溜走了。」伊蘇拉總結說道。

我自然是激動不已地懇求她說下去。伊蘇拉既然對摸骨不再抱著幻想，便轉而陳述事實。

道西的童年並不快樂。父親在他十一歲那年過世，身體一直很差的亞當斯太太變得越發奇怪。她先是開始害怕進城，然

後又怕走進自家院子，最後根本不肯走出屋子。她坐在廚房搖椅上，兩眼無神地望著道西瞧不見的東西。戰爭開始前不久，她也去世了。

伊蘇拉說著這一切，說他母親、農耕、他曾一度結巴得厲害，再加上他向來個性羞澀，所以除了艾班以外，他從來沒有任何朋友。伊蘇拉與阿米莉亞和他只是認識，僅止如此。

不過伊麗莎白一到這裡來，情形便大大改觀。道西可說是被伊麗莎白強迫加入讀書會。伊蘇拉說，加入之後的他簡直脫胎換骨！這會兒他有書可談，不再總是談豬……也有談天的朋友了。他話說得越多，也越來越不結巴。

好神秘的一個人，對吧？或許他真的很像羅契斯特先生，心中藏著秘密的哀愁。或者地窖裡藏了個發瘋的妻子。我想什麼都有可能，不過戰時靠著一本糧食配給券，恐怕很難養活一個瘋老婆。但願我們（道西和我，不是瘋太太）能夠再次成為朋友。

我本想用一、兩個短句子迅速交代完道西，不過我看他還是占據好幾頁信紙。現在我得趕快為今晚的讀書會打扮一下，讓自己能見人。我只有一條像樣的裙子，最近我又頗為懶散。芮咪儘管瘦弱，每次見面的時候，她依然時髦有型。法國女人究竟是怎麼弄的？

下次再談。

愛你的茱麗葉

八月十一日,一九四六年

親愛的席尼:

很高興你對伊麗莎白傳記的進展感到滿意,不過這事我們待會兒再說,因為我得馬上告訴你一件事,一分鐘也等不了。我自己也不敢相信,卻是千真萬確。我親眼看見的!

如果,注意聽好了,如果我是對的,雙史出版社就中了本世紀的出版大獎!有人會為此寫論文、有人將獲頒學位,而伊蘇拉將被每個學者、大學、圖書館與西半球的每個富有私人收藏者追著跑。

事實如下:昨晚伊蘇拉本來要在讀書會上談論《傲慢與偏見》,可是晚餐前不久,艾瑞兒把她的筆記吃了,情急之下,她隨手抓起幾封有人寫給她親愛的芬奶奶(約瑟芬的暱稱)的信。那些信兜成一個故事。

她從口袋裡掏出那些信的時候,威爾·李斯比看見粉紅色絲綢料子裹著的信,上面又綁了絲緞蝴蝶結。「肯定是情書!有沒有秘密?親密的話?男士應不應該離開?」

伊蘇拉叫他安靜坐下。她說這些信是一位非常親切的男人(一個陌生人)寫給她的芬奶奶的,當時芬奶奶還是個小女孩。奶奶一直把信保存在一只洋鐵餅乾盒裡,而且常常讀信給伊蘇拉聽,當做床邊故事。

席尼，一共有八封信，我不打算描述內容給你聽，連試也不想試……我不可能描述得很傳神。

　　伊蘇拉告訴我們，芬奶奶九歲的時候，她爸把她的貓「馬芬」淹死了。「馬芬」似乎是跳上桌子偷偷舔了一盤菜，這對約瑟芬野蠻的父親來說真是夠了；他把「馬芬」丟進麻布袋，另外放了幾塊石頭再綁住袋口，然後將「馬芬」拋入海裡。不久後，他遇見從學校走路回家的芬，跟她說了他做的事，還說死得好。

　　說完他大剌剌走向酒館，丟下芬頹然坐在馬路中央哭得死去活來。這時，一輛行駛飛快的馬車衝來，差一丁點就要輾過芬。馬車夫從座位上霍地起身開始罵她，可是乘客卻跳下車子，他是一個塊頭好大的男人，身穿黑色有毛領的外套。他叫那車夫閉嘴，然後傾身靠向芬，問他能不能幫忙。

　　芬奶奶說不能、不能……沒人能幫她。她的貓咪死了！她爸把「馬芬」淹死了，現在「馬芬」死了……永遠回不來了。

　　那人說：「馬芬當然沒死。你知道貓有九條命吧？」芬說知道，她以前聽人說過。那人又說：「噢，我碰巧知道這是馬芬的第三條命而已，所以牠還剩下六條命。」

　　芬問他怎麼曉得。他說他就是曉得，他向來曉得，這是他生來的天賦。他也不曉得自己怎麼知道或為什麼這樣，不過貓咪常常出現在他心裡跟他聊天。喔，當然不是說話那種聊天，而是透過一些畫面。

接著他陪她一起坐在馬路上，他說現在不能動……動一下也不行。他要看看「馬芬」想不想來看他。他們安靜無聲坐著幾分鐘，突然那人抓住芬的手！

　　「啊……有耶！牠在那裡！牠就在這一分鐘重生了！在一棟漂亮的大屋子裡……不對，是一座城堡。我想牠在法國……對，牠在法國。有個小男孩輕輕拍著牠、摸著牠的毛。他已經愛上牠了，現在他要給牠取個名字……多奇怪啊，他要給牠取名叫『索蘭琪』。給貓取這個名字好奇怪，不過算了。牠會過著好長、好快樂又充滿冒險的一生。這隻『索蘭琪』活潑又勇敢，我已經看出來了！」

　　芬奶奶告訴伊蘇拉，她太著迷於馬芬的新命運，早已止住了哭。但她告訴那人，她還是會非常想念馬芬。那人把她抱起來說那是當然啦，她應該為馬芬這麼乖的貓咪而哀傷，而且她還會傷心一會兒。

　　不過他說，他每隔一段時間就會去看看那隻貓過得如何，又在忙些什麼。他問了芬奶奶的姓名，以及她住的農場名字，然後把她的回答用銀色鉛筆記在小記事本上，還說她會接到他的信。他親吻她的手，上了馬車就離開了。

　　席尼，這一切雖然聽來荒謬，芬奶奶卻真的收到信了。一年之間收到八封長信，寫的全是「馬芬」成為法國貓咪「索蘭琪」的生活。牠儼然就是一名貓劍客，日子過得可忙碌的，沒有成天換靠枕躺著睡覺，也沒有淨是舔牛奶；牠歷經一個接一

個冒險，是唯一得到紅色玫瑰花榮譽獎章的勇敢貓。

這個人為芬杜撰了一個多麼生動、慧黠、懸疑又充滿戲劇性的故事啊。我可以把它對我……對我們大家的影響告訴你：我們著魔似地坐著，連威爾也入迷得說不出話來。

終於到了我需要你那清醒頭腦與審慎忠告的時候。節目結束時（獲得許多掌聲），我問伊蘇拉可否讓我看看那些信，她便把信遞給我。

席尼，寫信人的簽名是龍飛鳳舞的花體字：

O. F. O' F. W. W. 敬上

席尼，你以為呢？伊蘇拉繼承的八封信是否可能是王爾德寫的？噢老天，我簡直欣喜若狂。

我相信是的，因為我想要相信。不過，有沒有什麼地方記錄了王爾德曾經踏上根西島呢？噢，感謝絲波蘭莎給兒子取了「奧斯卡·芬戈·奧弗拉赫提·威爾斯·王爾德」這麼一個荒謬的名字[22]。

請快快告知……我喘不過氣來了。

茱麗葉

---

22 絲波蘭莎（Speranza）是王爾德母親的筆名，王爾德對文學的興趣可能深受母親影響。王爾德的全名是 Oscar Fingal O'Flahertie Wills Wilde。

八月十三日，一九四六年

姑且相信吧！碧莉做了一些研究，發現王爾德曾於一八九三年造訪澤西島一星期，所以他很可能是那時候去過根西島。這個星期五，著名的筆跡專家威廉‧歐提斯爵士會從他任教的大學借來幾封王爾德的信件帶去根西島。我已經替他在皇家旅館訂好房間。他那人挺道貌岸然的，我懷疑他會喜歡珊努碧亞棲在他肩頭。

要是威爾‧李斯比在他家的垃圾場找到「聖杯」的話，請別告訴我。我的心臟再也無法承受。

愛你、姬特與伊蘇拉。

席尼

八月十四日，一九四六年

親愛的席尼：

茱麗葉說你要派個懂筆跡的傢伙來看芬奶奶那些信，請他判斷是不是王爾德寫的。我敢打賭是他寫的，就算不是，我想你也會愛聽「索蘭琪」的故事。我愛聽，姬特愛聽，我知道芬

奶奶也是。如果可以讓那麼多人知道那個好人和他的滑稽想法，芬奶奶在墳墓裡會開心打滾的。

茱麗葉告訴我，信若真是王爾德寫的，許多老師、學校與圖書館就會想要買下它們，所以會跟我出價。他們一定會把信件保存在一個安全、乾燥又涼爽的地方。

這我可不要！現在它們就很安全、乾燥又涼快得很。既然奶奶把信擺在洋鐵餅乾盒裡，它們繼續待在餅乾盒裡就好。當然，任何人想看信的話，都可以到這裡來找我，我會讓他們看一下。茱麗葉說可能也有許多學者要來，那我和珊努碧亞也覺得不錯，因為我們愛熱鬧。

如果你想以這些信出書，信可以給你，不過希望讓我寫茱麗葉說的序言。我想說說芬奶奶的事，而且我有一張她和「馬芬」在幫浦旁邊的照片。茱麗葉告訴我版稅的事，到時我可以買輛掛邊車的摩托車……樂努修理廠就有這麼一輛紅色的二手摩托車。

你的朋友伊蘇拉・裴比

八月十八日，一九四六年

親愛的席尼：

威廉爵士來過又走了。伊蘇拉請我出席參加鑑定，我當然抓住機會躬逢其盛。九點整，威廉爵士準時出現於廚房門口台階；看見身穿嚴肅黑色西裝的他，我心裡一慌，假如芬奶奶的信不過是什麼異想天開的農夫寫的呢？白白浪費威廉爵士的寶貴時間，他會把我們……和你……怎麼樣？

不苟言笑的他坐在伊蘇拉家一束束、一捆捆的毒芹與牛膝草之間，用一條雪白手帕撢撢他的手指頭，接著把一小塊玻璃架在一隻眼睛上，然後慢慢從餅乾盒裡拿出第一封信。

緊跟著是冗長的靜默。伊蘇拉與我面面相覷。威廉爵士再從餅乾盒拿出另一封信。伊蘇拉與我屏住呼吸。威廉爵士歎口氣，我們為之顫抖。「嗯。」他沉吟道。我們朝他點頭，慫恿他開口，但一點用也沒有。又是一陣沉默。這回延續了彷彿好幾星期之久。

然後他望著我們點點頭。

「什麼？」我說，幾乎不敢呼吸。

「女士，我很高興地說，這八封信確實是王爾德寫的。」他欠個身對伊蘇拉說。

「好極了！」伊蘇拉扯著喉嚨大吼，等到嚷嚷完了，才繞

過桌子抓起威廉爵士來個大擁抱。起初他看來有點受到驚嚇，旋即露出微笑，並且小心拍拍她的背。

他拿走一頁信紙給另一位王爾德專家做確證，但他告訴我們此舉純屬「炫耀」。他有把握自己是對的。

可能他沒跟你說的是，伊蘇拉載他試乘樂努先生的摩托車……伊蘇拉駕駛，他坐邊車，珊努碧亞停在他肩膀上。他們被開了一張「危險駕駛」罰單。威廉爵士向伊蘇拉保證：「付罰款是他的榮幸。」如伊蘇拉所說，以一名筆跡專家來說，他人還不賴。

但他無法取代你。你什麼時候要親自過來看信……而且順便來看我呢？姬特會跳踢踏舞向你致敬，我則表演倒立。你也知道，我寶刀未老哦。

就為了折磨你，我不再告訴你任何消息。想知道的話，你非親自來一趟不可。

愛你的茱麗葉

碧莉碧給茉麗葉的電報

八月二十日，一九四六年

親愛的史塔克先生突然獲召趕赴羅馬，故請我本週四過去拿
信。請電報告知是否可以；渴望能到迷人小島度個小假。碧莉
碧·瓊斯

茉麗葉給碧莉碧的電報

我很樂意，請告知抵達時間，我會去接你。茉麗葉。

茉麗葉給蘇菲的信

八月二十二日，一九四六年

親愛的蘇菲：

令兄變得架子十足，實在不合我的風格……居然派特使來
替他拿走王爾德的信！碧莉碧今天搭上午的郵船到。這一路海
上航行非常難受，她腳步蹣跚、臉色發青，可是勇敢極了！她
吃不下午餐，不過振作起精神吃了晚餐，而且在今晚的讀書會
聚會中表現活潑。

然而也有尷尬的一刻……姬特好像不喜歡她。碧莉碧想親她時，她邊倒退邊說：「我不親人的。」多米尼沒禮貌的時候你怎麼辦？當場責罵他嗎？這好像會讓大家覺得不好意思。還是等別人離開後私下處理？碧莉碧掩飾得很漂亮，但那是她有禮貌，不是姬特。我沒有當場發火，但我想聽聽你的意見。

　　自從得知伊麗莎白已死、姬特成為孤兒以後，我一直憂心她的未來……以及我沒有姬特的未來。我想我將無法忍受。等戴文先生同太太度假回來，我打算跟他約個時間。戴文先生是姬特的法定監護人，我想跟他談談由我監護／領養／收養姬特的可能。我當然想要徹底收養，但我不敢說戴文先生會認為收入與住所皆不穩定的老處女是理想的母親。

　　這事我沒跟這裡任何人提過，席尼也不知道。有太多教人猶豫的考量：阿米莉亞會怎麼說？姬特願意嗎？她的年齡能不能做決定？我們要住哪裡？我能帶她離開這個她深愛的地方到倫敦去嗎？過著受限的城市生活，不再到處坐船？不再跑去墓地玩捉人遊戲？在英國，姬特有你，有我，有席尼，那麼道西、阿米莉亞還有她在這裡的所有家人呢？他們是不可能取代或是複製的。你能想像倫敦哪家托兒所擁有伊蘇拉的特殊天賦？當然是沒有。

　　我每天就這麼反反覆覆、想來想去好幾遍。不過有件事我很肯定，那就是我要永遠照顧姬特。

愛你的茱麗葉

又：如果戴文先生說不行、不可能，我或許會把姬特抓來，躲在你家穀倉裡。

八月二十三日，一九四六年

親愛的席尼：

突然獲召趕赴羅馬是不是？你獲選為教宗了嗎？至少得是那般十萬火急的事，我才有一點點可能原諒你派碧莉碧・瓊斯代替你來拿那些信。我也不懂複本為什麼不行。碧莉碧說你堅持要看原件。地球上任何別人做此要求，伊蘇拉絕不會贊成，不過為了你，她答應了。請你千萬要小心伺候它們，席尼……這些信是她衷心引以為傲的，而且你得「親自」歸還。

我們也不是不喜歡碧莉碧。她是個非常熱心的客人；這會兒她正在外頭畫野花，我還看見綠草中她那頂小帽。昨晚她多開心能夠出席讀書會啊。聚會結束的時候，她短短致詞，甚至請教威爾・李斯比，問他那可口的蘋果鬆糕是怎麼做的。這等讚美可就禮貌得過頭了些，我們只看見一塊沒發好的麵團蓋住中間一個黃黃的東西，而且撒了滿滿的胡椒籽。

很遺憾你不在場，因為當晚的發表人是奧古斯多・沙爾，

他談的正是你最愛的一本書《坎特伯里故事集》[23]。他選擇首先朗讀〈教士的故事〉，因為他知道教士做什麼事情維生，至於書中的其他傢伙他就不熟了，像是官員、地主、法院送傳票的職員。然而〈教士的故事〉讓他厭惡至極，再也讀不下去。

你運氣好，我把他說的大意默默記在心裡了。大意如下：奧古斯多絕不讓他任何一個孩子讀喬叟，那會使他仇視人生，尤其是仇視上帝。書中那教士是這麼說的：人生有如糞坑（或非常近似），一個人必須歷盡艱辛涉過滿坑糞水；邪惡永遠都在尋找他，邪惡永遠都會找到他。（你不覺得奧古斯多頗具詩意？我覺得。）

可憐的人類必須永遠都要懺悔、或贖罪、或齋戒、或用打結的繩索狠狠鞭打自己，全因為他出生於罪惡中，而且在罪惡中煎熬到最後一分鐘，總算能得到上帝的慈悲。

「想想啊，各位朋友，」奧古斯多說，「一生悲慘度日，上帝不讓你輕鬆舒一口氣。然後在你最後的幾分鐘⋯⋯噗！你將得到慈悲。喂，真是多謝喔。

「朋友，還不只這樣：人類絕不可以志得意滿，那叫驕傲之罪。朋友，若你找得到一個痛恨他自己的人，我就能找到另一個人更痛恨自己的鄰居！他不得不這樣⋯⋯你得不到的東西

---

23 《坎特伯里故事集》（*Canterbury Tales*）是英國作家喬叟（Geoffrey Chaucer, 1343-1400）十四世紀的著作，關於二十九名形形色色的朝聖者於旅程中說的故事。朝聖者背景涵蓋英國各階層，喬叟藉由每個人物的故事揭露各階層的荒謬和弊病，並加以批判。

絕不會送給別人，愛、仁慈、尊敬都一樣！所以我說嘛，不要臉的教士！不要臉的喬叟！」奧古斯多砰的一聲重重坐下。

隨後便是兩小時關於原罪與宿命的熱烈討論。終於芮咪起身說話了，她以前從來不曾發言，四下頓時安靜下來。她柔聲說道：「如果真有宿命的話，那上帝就是魔鬼。」這話無人能夠爭辯……什麼樣的上帝會故意設計雷文布魯克集中營那樣的地方？

今天晚上伊蘇拉請我們幾個人吃飯，碧莉碧當主客。伊蘇拉說，她雖然不喜歡搔亂陌生人的頭髮，但看在她親愛的好友席尼的面子上，她願意為碧莉碧解讀頭骨。

愛你的茱麗葉

舒珊‧史考特給茱麗葉的電報

八月二十四日，一九四六年

親愛的茱麗葉：可怕的碧莉碧赴根西島取走信件！住手！請勿……我重複說一次……請勿信任她。別給她任何東西！我們新來的助理編輯艾佛看見碧莉碧與季伯特（他是你用茶壺丟過的《倫敦吶喊報》那位受害者）在公園裡放蕩地對嘴長吻。他倆在一起肯定居心巨測。叫她收拾行李回家。別給她王爾德的信。愛你的舒珊

八月二十五日，一九四六年

凌晨兩點

親愛的舒珊：

你是女英雄！伊蘇拉在此授予你「根西馬鈴薯皮派文學讀書會」榮譽會員資格。姬特正在用沙子與漿糊給你做份特別的禮物（你得在室外打開包裹）。

電報正好趕上。我讀電報時，伊蘇拉與姬特早早到了外面收集藥草，碧莉碧和我單獨在屋裡……我以為是這樣。讀完我立刻衝上樓梯，走進她房間……她不見了，行李箱不見了，手提包不見了，那些信也不見了！

我嚇壞了。我急急忙忙跑下樓打電話，請道西快點過來幫忙找她。他答應了，但他先打電話給布克，請他到港口查看一番。絕對要不計代價攔住碧莉碧，絕對不能讓她離開根西島。

道西迅速趕到，我倆匆匆上路往鎮上去。

我半走、半小跑步跟在他身後，不斷往灌木叢與樹籬後面張望。快走到伊蘇拉的農場時，道西倏地停下腳步失聲而笑。

看哪，坐在伊蘇拉燻製房前方地上的是姬特與伊蘇拉。姬特抱著她那隻布做的新雪貂（碧莉碧送的禮物）和一個大大的棕色信封，伊蘇拉坐在碧莉碧的行李箱上，她倆活脫一幅天真無邪的肖像畫……同時燻製房裡傳來聲聲難聽的抗議與抱怨。

我衝過去把姬特與那信封摟在懷裡，道西則動手拿掉插在燻製房門搭扣中的木釘。只見蹲在角落那兒罵罵咧咧的正是碧莉碧，伊蘇拉的鸚鵡珊努碧亞繞著她猛撲翅膀。牠已叼走碧莉碧的小帽子，空中飄落幾綹安哥拉羊毛。

　　道西把她拉起來帶到外面，碧莉碧一逕哇哇叫著，說她被一個瘋狂的巫婆陷害，又慘遭她的妖精侍從攻擊，是一個孩子……顯然也是個魔鬼！我們一定會後悔的！她要告我們，讓警察把我們全都抓起來吃牢飯！永不見天日！

　　「永不見天日的是你，你這個鬼鬼祟祟的小人！強盜！忘恩負義！」伊蘇拉大聲吆喝。

　　「你偷了那些信，」我尖叫道，「你從伊蘇拉的餅乾盒裡把信偷走，還想神不知鬼不覺帶走！你和季伯特打算把那些信怎麼樣？」

　　碧莉碧尖聲說道：「不關你的事！我會跟他說你是怎麼對我的，你等著吧！」

　　「你儘管去說！」我怒氣沖沖地說，「把你和季伯特的醜事告訴全世界。我都想好大標題了：『季伯特誘惑女子投身犯罪生涯！』『從愛巢到監牢！詳情請見三版！』」

　　這下她總算悶聲片刻。緊跟著，深諳偉大演員上場時機與技巧的布克精采現身了，他身穿舊軍服，看來高大壯碩且帶了點官味。芮咪同他在一起，手中握著鋤頭。布克看看眼前這幅景象，然後目光無比嚴厲地瞪著碧莉碧，我幾乎替她難過了。

他抓起她的胳膊說：「你現在去把自己的東西收拾收拾，然後離開。我不逮捕你……這次不會。我這就送你到港口，並親自送你搭上下一班開往倫敦的郵船。」

碧莉碧踉蹌往前，拿起她的皮箱與手提包，之後她衝向姬特，一把扯走她懷裡那隻玩具雪貂。「小搗蛋，我才捨不得給你呢。」

我多想呼她一巴掌，所以我動手了；我敢說肯定打鬆了她後面的大牙。真不知道島上生活對我有何種影響。

我的眼睛睏得快閉上了，不過我得告訴你，姬特與伊蘇拉幹嘛一大早跑去採藥草。昨天晚上伊蘇拉摸過碧莉碧的頭骨，非常不喜歡解讀的結果：碧莉碧的「詐騙隆凸」大得像鵝蛋。然後姬特又說，她看到碧莉碧在伊蘇拉廚房架子上東翻西找。伊蘇拉聽到這個已經夠了，她倆於是啟動監視計畫：今天兩人要跟蹤碧莉碧，看看可能發現什麼！

她們七早八早起床，潛伏在樹叢後面，果然瞧見碧莉碧手拿一個大信封套，躡手躡腳溜出我家後門。她們跟蹤一會兒，直到她經過伊蘇拉的農場。伊蘇拉撲到她身上，把她硬是拽進了燻製房。姬特撿起碧莉碧掉在泥土地上的東西，伊蘇拉則進屋去，把她那隻患有幽閉恐懼症的鸚鵡珊努碧亞帶出來，隨即丟進燻製房裡陪伴碧莉碧。

可是，舒珊，她與季伯特究竟打算把信怎麼樣？他們不擔心因偷竊罪被捕嗎？

我真的好感激你與艾佛。請幫我謝謝他的一切：他銳利的眼力，他懷疑的心思，還有他清楚的頭腦。還是請你替我吻他一下比較好。他太棒了！席尼是不是該把他從助理編輯升為總編輯？

愛你的茱麗葉

舒珊給茱麗葉的信

八月二十六日，一九四六年

親愛的茱麗葉：

是的，艾佛太棒了！我已經把話告訴他了。我替你吻他一下，也替自己吻他一下。席尼確實升了他的職位；不是總編輯，但我想他應該前途大好。

碧莉碧與季伯特作何打算？「茶壺事件」登上報紙頭條的時候，你我都不在倫敦。每一個不齒季伯特與《倫敦吶喊報》的新聞工作者與出版人（這種人挺多的）全都樂不可支。

他們覺得太爆笑了，席尼登在報上的聲明也沒什麼安撫作用，只逗得大家再次放聲大笑。唉，季伯特與《倫敦吶喊報》都不相信「原諒」這回事。他們的座右銘是「報復」，默默無聲、耐心十足，等待復仇的時機來臨，而且那天一定會來的！

身為季伯特情婦的碧莉碧更是感覺奇恥大辱，好個昏昧的

傻瓜。你能想像他倆悶著頭狼狽為奸、計畫復仇的模樣嗎？碧莉碧打算滲透到雙史出版社，找出可能傷害你與席尼的方法，更好的是任何讓你淪為笑柄的情報。

你很清楚出版界的謠言如燎原野火一般。人人皆知你這會兒在根西島寫一本占領時期的書，而且最近兩週人夥都在竊竊私語，說你在那兒發現王爾德的新作品（威廉爵士儘管傑出，卻不夠審慎）。

季伯特豈能抗拒這等大好機會？碧莉碧非得偷到這些信件不可，然後交由《倫敦吶喊報》刊出，到時你和席尼可就糗大了，他們又多麼興高采烈啊！官司以後再去擔心，他們當然也不管伊蘇拉會有多難過了。

想到他們差點成功，我就覺得反胃。很感謝艾佛與伊蘇拉……還有碧莉碧頭上的「詐騙隆凸」。

艾佛將於星期二搭飛機過去翻拍信件。他為姬特找到一隻黃色天鵝絨雪貂，它有翡翠綠色的凶猛眼睛與象牙色牙齒。我想她會想要吻艾佛一下。你也可以……別吻太久了。這可不是威脅，茱麗葉……不過艾佛是我的！

愛你的舒珊

席尼給茱麗葉的電報

八月二十六日，一九四六年

我再也不離開倫敦了。伊蘇拉與姬特值得頒發勳章，你也是。

愛你的席尼

茱麗葉給蘇菲的信

八月二十九日，一九四六年

親愛的蘇菲：

艾佛來了又走了，王爾德的信件已安全放回伊蘇拉的餅乾盒裡。但除非席尼親眼看過信，我才可能安心做事；我太急於得知他的想法。

歷險當天我非常冷靜，直到後來姬特上床了，我才開始覺得心驚肉跳、緊張不已，於是開始來回踱步。

然後有人敲門。從窗口見到道西的時候我很驚訝……還有一點心慌。我甩開門跟他打招呼，發現他和芮咪站在門口。他們過來看我好不好。多麼好心。多麼無趣。

我很納悶芮咪怎麼到現在還不思念法國的家鄉？我讀過名叫吉賽兒·裴樂蒂的女政治犯寫的一篇文章，她在雷文布魯克集中營監禁五年。她寫道，身為集中營倖存者，想要恢復正常

生活何其困難。法國沒有一個人想知道你在集中營裡的日子，朋友、家人也一樣，他們認為你越早把那些慘事忘了（他們也落得耳根清靜），你會越快樂。

根據裴樂蒂小姐所說，其實你並不想對他們嘮叨細節，然而事情「確實發生在你身上」，你也無法假裝沒有發生。「將一切拋諸腦後」似乎成了法國的口號。「一切事物⋯⋯戰爭，維琪[24]，米里斯部隊[25]，杜蘭西集中營，猶太人⋯⋯現在全都結束了。說到底，人人都受過苦，不只是你。」面對如此的制度性失憶，她寫道，唯一有幫助的就是與倖存者談話。只有他們才了解集中營裡過的日子。你說故事，他們回應。他們說著、罵著、哭著，說著一個又一個故事，有些哀傷，有些荒謬，偶爾甚至一起大笑。她說，那是莫大的放鬆。

也許同其他倖存者溝通，要比島上的田園生活更能為芮咪療傷止痛吧。現在她的身體比以前強壯，不再瘦削得嚇人，但她看來仍然滿心憂愁。

戴文先生已經度假回來，我得盡快跟他約個時間談姬特的事。我一直都在拖延，好怕他根本拒絕考慮。我希望自己看起來更像媽媽一點，或許我該買件三角形披肩。如果他要求品格

---

24 維琪（Vichy）是法國中部城市，一九四〇年後法國敗給德國，在此成立維琪政權，成為納粹德國統治法國時期的首都。巴黎解放後遭到廢除。
25 米里斯（Milice）是德軍透過維琪政權協助成立的準軍事部隊，目標是打擊法國反抗軍。

證人，你願意嗎？多米尼會不會認字了？他會的話，請他照著下列寫一遍：

親愛的戴文先生：

　　茱麗葉・艾許登是一位非常好心的女士，冷靜、整潔又負責任。你應該讓姬特・麥坎納有個這樣的媽媽。

多米尼・史崔臣敬上

　　我有沒有告訴過你，戴文先生打算如何處理姬特在根西島上繼承的遺產？他聘用道西和另一個道西挑選的人修復大宅：換掉欄杆、除去牆壁上的塗鴉重新油漆、拆掉水管電線悉數換新、換掉窗戶、清潔煙囪與暖氣管、檢查管線、修補陽台鋪面石板的接縫（或是處理舊石板的任何方法）。戴文先生不確定圖書室的木頭壁板應該怎麼辦；鑲板上面雕刻許多漂亮的水果與緞帶，德軍把它們當做靶子練習。

　　由於以後幾年沒人願意到歐洲大陸度假，戴文先生希望海峽群島或可再度成為觀光客的避風港；姬特的屋子將會是上好的度假屋，可以出租給度假的家庭。

　　不過現在說說比較奇怪的事：今天下午班諾特姊妹請我與姬特喝茶；我從來沒見過她們，這個邀請挺怪異的。她們問姬特「眼力好不好？準頭夠不夠？她喜不喜歡儀式？」

　　我摸不著頭緒，於是請教艾班認不認識班諾特姊妹。她們

精神是否正常？帶姬特去她們家安不安全？他說珍妮與伊麗莎白有五年夏天都去看望她們；兩姊妹永遠身穿漿過的圍裙、擦得亮亮的鞋子，戴著小小的蕾絲手套。他說我們會玩得很愉快，而且他很高興看見老傳統又恢復了。我們會吃到豐盛的點心與茶，之後還有餘興節目，他說我們應該去。

　　說了這麼許多，我們即將面臨何種場面他卻一字不提。她們是八十多歲的雙胞胎，姊妹倆長得一模一樣。她們打扮得整整齊齊，非常淑女，身穿長及腳踝的黑色透明細紗連身長裙，胸前與裙邊綴滿烏黑發亮的珠子，雪白髮絲宛如鮮奶油似的挽在頭上。真迷人哪，蘇菲。我們喝茶喝得好心虛。我才剛剛放下茶杯，依芳（年長十分鐘的姊姊）說：「妹妹，我看伊麗莎白的孩子還太年輕。」依薇說：「我看你說得對，姊姊。也許該請艾許登小姐幫忙？」

　　我壓根不知道她們要我幹嘛，但我說：「我很樂意。」我覺得自己好勇敢。

　　「你真好心，艾許登小姐。戰時我們不讓自己做此消遣，好像太不忠於女王了。現在我們的關節炎變得更嚴重，其實不能陪你一起玩。不過我們覺得光是看也很開心！」

　　依薇走到餐具櫃一只抽屜前面，同時依芳拉開隱藏在客廳與飯廳之間牆壁裡的活動門。只見門板上貼了一張全開大小的報紙，以深褐色顏料印了一張溫莎公爵夫人、前辛普森夫人的全版肖像，我推測是從三〇年代末的《巴爾的摩太陽報》社交

版取得的。

　　依薇遞給我四支銀質尖頭、四平八穩、模樣邪惡的飛鏢。

　　「射她眼睛，親愛的。」她說。於是我遵命。

　　「好極了！四鏢中了三鏢，姊姊。幾乎同親愛的珍妮一樣準！伊麗莎白最後總是亂丟一氣！明年還要不要試試看？」

　　這故事簡單卻很傷感。依薇和依芳愛極了威爾斯王子[26]。「穿著小燈籠褲的他好可愛。」「他華爾滋跳得多好啊！」多麼優雅、多麼有王者風範，直到那個輕佻女子讓他迷了心竅。「一把奪走他的王位！他的皇冠⋯⋯沒了！」姊妹倆為之心碎。姬特聽得如癡如醉⋯⋯她盡力了。我要練習準頭，四鏢全中是我的人生新目標。

　　你希不希望我們長大的時候要是認識班諾特姊妹多好？

　　　　　　　　　　　　　　　　　愛與XXX的茱麗葉

---

26 溫莎公爵即位為愛德華八世之前冊封為威爾斯王子，英俊外向，放蕩不羈。

九月二日，一九四六年

親愛的席尼：

今天下午發生一件事，雖然圓滿解決，卻仍然讓我心神不寧、難以入眠。我寫信給你不給蘇菲，是因為她懷孕了，而你沒有。你的身體狀況就算心情惡劣也不必緊張，蘇菲卻不行；我心亂得快語無倫次了。

姬特同伊蘇拉一起做薑餅人。芮咪和我需要買點墨水，道西修理大宅需要某種油灰，我們三個於是一塊走到聖彼得港。

我們走的是海灣旁邊的懸崖步道，那裡走起來美極了，還有一條圍繞陸岬蜿蜒而上的崎嶇小徑。小徑越走越窄，於是我稍稍走在芮咪與道西前方。

一個高大的紅髮女人繞過轉彎處的大石頭朝我們走來，身邊跟了一條狗，一條好大的亞爾薩斯犬。牠沒有繫皮帶，看見我興奮得不得了。我笑牠的模樣好滑稽，那女人喊說：「別擔心。牠從不咬人。」牠舉起爪子攀上我肩膀，企圖給我一個大大熱情的濕吻。

就在這個節骨眼，我聽見後面什麼聲音好吵，大口大口猛喘氣的聲音好嚇人，低沉的作嘔聲持續不斷。我無法形容。轉過身，我才看見原來是芮咪，她低低彎著身子在嘔吐。道西已經在一旁摟著她，眼看她吐得死去活來，狂吐一陣又一陣，吐

得他倆滿身都是。那幅景象看著聽著都恐怖至極。

道西吆喝道：「把那隻狗趕走，茱麗葉！快！」

我瘋也似的把狗推開，那女的邊哭邊道歉，連她自己都快情緒崩潰了。我抓住狗狗的項圈忙不迭說著：「沒關係！沒關係！不是你的錯。拜託你走吧。快走吧！」終於她扯著狗狗脖子上的項圈，帶著那可憐又迷惑的寵物走了。

然後芮咪安靜下來，只是仍然大口喘氣。道西望著我說：「我們帶她上你屋裡去，茱麗葉。那裡最近。」他抱她起來，我尾隨在後，感到無助又害怕。

芮咪冷得渾身打戰，於是我給她洗個熱水澡，等她身子暖和起來，才把她扶上床睡覺。她其實已經快要睡著，我把她的衣服捲成一團走下樓去。道西站在窗前向外眺望。

他背對著我說：「她有一次告訴我，警衛利用大狗來嚇她們。他們趁女犯人站著排隊點名的時候故意激怒大狗，再給牠們鬆綁，只為看了好玩。老天！我真無知，茱麗葉。我還以為跟我們在一起可以幫助她忘掉那些。

「茱麗葉，光是好意並不夠，是不是？差遠了。」

「沒錯，」我說，「是不夠。」他什麼話也沒再多說，只對我點點頭便離開。我打電話給阿米莉亞，告訴她芮咪在我這兒以及其中原委，然後才開始洗衣服。伊蘇拉送姬特回來；我們吃過晚餐便一起玩撲克牌到睡覺時間。

可我睡不著。

我深深為自己感到羞恥。我真以為芮咪已經復原到可以回家的地步，或是希望她走人？我是不是以為她早就應該回到法國，繼續過她的「日子」，無論那是什麼樣的「日子」？我確實這樣想……真是噁心。

愛你的茱麗葉

又：既然我都招了，不如再說點別的。抱著芮咪可怕的髒衣服、嗅著道西滿是嘔吐物的衣服雖然很糟糕，我一心一意想的卻只是他說：「好意……光是好意並不夠，是不是？」這是不是表示他對她只有好意？我整個晚上都在反覆咀嚼那飄忽不定的想法。

席尼給茱麗葉的深夜急信

九月四日，一九四六年

親愛的茱麗葉，那飄忽不定的想法不過意謂著你愛上道西了。驚訝嗎？我倒不覺得。真不懂你為何過了這麼久才明白；海風理應讓你頭腦清醒才是。我想親自過去看看你和王爾德的信，但我得等到十三日才分得開身。可以嗎？愛你的席尼

九月五日，一九四六年

親愛的席尼……你真叫人討厭，尤其是你說對的時候。無論如何，還是高興十三日能見到你。愛你的茱麗葉

九月六日，一九四六年

親愛的席尼：

茱麗葉說你要過來親眼看看芬奶奶的信，我說你早該來了。並不是說我對艾佛有意見；他是個挺不錯的傢伙，但他真不該打那種細細的領結。我告訴他，他戴領結並不怎麼好看，不過他對我懷疑碧莉碧的經過、我怎麼跟蹤她、又怎麼把她鎖在燻製房裡比較感興趣。他說那真是精采絕倫的偵探功夫，就算馬波小姐[27]本人也沒得比。

馬波小姐不是他的朋友，她是小說裡的一位女偵探，利用她所了解的人性來思考錯綜複雜的神秘事件，破解警方束手無

---

27 馬波小姐（Miss Marple）是英國推理小說家克莉絲蒂（Agatha Christie）創造的角色，她是七十多歲、和藹可親的單身老太太，擅長與相關人物交談而發現線索。

策的案件。

　　他使我想到，如果我能親自破解神秘案件的話那該多棒。我要是知道任何神秘案件就好了。

　　艾佛說陰謀詭計到處都有，再說我的直覺如此靈敏，肯定可以把自己訓練成另一個馬波小姐。「你顯然有絕佳的觀察技巧，只需要練習而已。留意身邊的一切，再把它們寫下來。」

　　我去阿米莉亞家借了幾本有馬波小姐的書。她好好笑是不是？光是靜靜坐在那裡織著毛線，卻看見每人忽略掉的事。我可以豎起耳朵注意聽不太對勁的聲音，再用眼角餘光看四面八方。你聽好了，我們根西島上沒有任何未破解的神秘事件，但不能說未來也不會有，到那時候我就準備好了。

　　我仍然十分欣賞你送我的那本摸骨書，我想轉行的事希望不至於傷你感情。我仍然相信摸骨是有道理的；只是除了你以外，所有我關心的人我都摸過也解讀過他們的頭骨了，因此變得有點乏味。

　　茱麗葉說你下個星期五到。我可以去接機，載你到茱麗葉家。艾班次日晚上要辦個海灘派對，他說非常歡迎你來。艾班難得辦派對，不過他說這次是為了向我們宣布一件開心的事。一場慶祝派對！但慶祝什麼呢？他打算宣布婚訊嗎？誰的婚訊呢？希望不是他自己要結婚；當妻子的通常不准丈夫晚上單獨出門，那我會想念艾班的。

你的朋友伊蘇拉

九月七日，一九四六年

親愛的蘇菲：

　　我終於鼓起勇氣告訴阿米莉亞我想收養姬特了。她的意見對我意義重大……她如此深愛伊麗莎白，又如此了解姬特……也幾乎一樣了解我。我心中焦急地想得到她的首肯……又怕自己得不到。我緊張得喝茶嗆到，不過最後總算說出了口。她滿臉如釋重負的神色，我不禁感到愕然，渾然不知她為姬特的未來多麼擔憂。

　　她開口說著：「如果我能有一……」隨即住口，一會兒才又說：「我想這對你倆都是最好的事。這是最好的安排……」她再也說不下去，便掏出手帕擦眼淚。接著我當然也掏出我的手帕。

　　我們哭完以後開始計畫。阿米莉亞要陪我一起去找戴文先生。「我從他穿短褲的時候就認得他了，」她說，「他不敢拒絕我的。」有阿米莉亞站在你這邊，宛如背後有支精銳部隊。

　　可是發生了一件更棒的事，比阿米莉亞的首肯更棒的事。我最後的疑慮縮到跟針頭一樣小。

　　你記不記得我曾說，姬特總是隨身攜帶一個用線綁住的小盒子？我以為裡面可能放著一隻死掉的雪貂？今天早上她走進我房間，輕拍我的臉，直到把我拍醒。她手中抱著那盒子。

她什麼話也沒說便動手拆繩子，然後掀開盒蓋，挪開了衛生紙，才把盒子交給我。蘇菲，她退開一步，緊盯我的臉看，看我翻著盒子裡的東西，然後把東西全部取出來放在床罩上。那些東西是：一個小小的嬰兒刺繡枕頭；一小張伊麗莎白的快照，照片裡的她正在花園挖土，同時仰臉對道西笑得開懷；一條女人的亞麻手帕，聞著還有淡淡的茉莉花香；一枚男人的圖章戒指；還有一小本皮革封面的里爾克[28]詩集，裡面題了詞：給伊麗莎白……她將黑暗變為光明，克里斯欽。

　　書裡夾著一張摺疊多次的字條。姬特點頭，所以我小心把它打開讀著：「阿米莉亞，她醒來時幫我吻她一下。我六點以前回來，伊麗莎白。又：她兩隻小腳是不是好美？」

　　字條底下是姬特的外公於第一次世界大戰獲頒的獎章，也就是伊萊即將撤離到倫敦時，伊麗莎白幫他別在衣服上的魔法獎章。保佑伊萊的好心……想來他把獎章交給姬特了。

　　她給我看這些她最珍視的寶貝，蘇菲……她的眼睛一逕望著我的臉不曾離開。我倆是如此莊重肅穆，這回我沒有先哭出來；我伸出雙臂，她立刻爬進我懷裡，跟我一起鑽進被子，然後她睡得好熟。我可沒有！我根本睡不著，滿腦子淨忙著計畫我倆的未來，我太開心了。

　　我不喜歡住在倫敦，我愛根西島，即使寫完伊麗莎白這本

28　里爾克（Rainer Maria Rilke,1875-1926）為奧地利浪漫派詩人。

書，我仍想住在這裡。我無法想像姬特住在倫敦要怎麼過，她時時刻刻都得穿鞋，只能走不能跑，沒有豬可看。她不能同艾班與伊萊一塊兒釣魚，不能看望阿米莉亞，不能與伊蘇拉一起配藥。最重要的是，不能同道西散步，不能同他消磨時光，不能去看他。

我想我若是成了姬特的監護人，我們可以繼續住在伊麗莎白的小木屋裡，把大宅留給那些懶散的有錢人當度假屋。我也可以用《畢可史塔夫上戰場》賺的大筆利潤，為姬特與我在倫敦買間公寓，我們去倫敦的時候就有地方可住了。

她的家在這裡，我的家也可以在這裡。作家可以在根西島寫作……你看雨果吧。倫敦讓我想念的只有席尼與舒珊、比較靠近蘇格蘭、有新戲可看，還有哈洛德百貨的美食區。

為戴文先生的理智禱告吧。我知道他頗有見地，我知道他喜歡我，我知道他知道姬特與我同住很快樂，而且目前我還養得起我們兩個……值此頹廢的時代，誰能說得比我更好？阿米莉亞認為，如果他說沒丈夫就不能領養，他仍會樂於批准我的監護人資格。

席尼下週即將再來根西島一趟。真希望你也能來……我好想你。

愛你的茱麗葉

九月八日，一九四六年

親愛的席尼：

姬特與我在屋外草地上野餐，我們邊吃邊觀賞道西開始重建伊麗莎白家傾倒的石牆。這真是一個偵查道西的大好藉口，我可以明目張膽地觀察他如何做事。他仔細研究每塊石頭，掂掂斤兩，盤算片刻，然後把它放在牆上。倘若符合腦中的圖像，他便露出微笑；不符合的話就拿開，再找另一塊石頭。他非常具有安定心神的作用。

他漸漸習慣於我們欽慕的目光，竟然史無前例地邀請我們共進晚餐。姬特有約在先（與阿米莉亞），我卻急忙答應了，急得不合體統。之後想到即將與他獨處，便陷入不可理喻的忐忑不安。我到的時候，我倆都有些手足無措，但他至少還要忙做菜，於是退入廚房，不肯讓我幫忙。我趁機窺探他的藏書。他的書不多，但品味絕佳：狄更斯、馬克吐溫、巴爾札克[29]、包斯威爾[30]和親愛的杭特、安·勃朗特的幾本小說（不曉得他為什麼有那些書），還有我寫的那本傳記。我不知道他居然有

---

29 巴爾札克（Honor Balzac, 1799-1850）為法國小說家與劇作家，被譽為歐洲寫實主義文學的創始人。

30 包斯威爾（James Boswell, 1740-1795）是蘇格蘭律師與作家，最有名的著作為英國作家約翰生（Samuel Johnson, 1709-1784）的傳記

那本；他一個字也沒提過……說不定厭惡得很。

吃晚餐的時候，我們討論斯威夫特[31]、豬以及紐倫堡大審[32]。這些豈非透露令人屏息的廣泛興趣？我認為是。我們聊得挺自在，不過兩人都吃得很少，雖然他煮了可口的蔬菜湯（比我煮的好吃）。喝完咖啡，我們閒步走到他穀倉裡看看他養的豬。成豬每天看著不會有什麼改變，小豬卻不同；道西的豬崽仔渾身斑點、愛玩愛鬧又狡猾。每天牠們都在柵欄底下挖個坑，表面上想要逃走，其實只是樂於見到道西把坑重新填好。你該看看他走近柵欄的時候，牠們笑得嘴巴開開的模樣。

道西的穀倉實在太過乾淨。他的乾草也堆得好漂亮。

我相信我越發無趣而可悲了。

我繼續說下去吧。我認為自己愛上一個會種花、會雕刻木頭的採石匠／木匠／養豬人。其實我很清楚。也許明天一想到他半點也不愛我，甚或他喜歡的是芮咪，我又會變得可憐兮兮了。不過眼前的我徹底屈服於這個愉快的心境，我的頭和我的胃感覺怪怪的。

星期五見……你大可因為發現我愛上道西而踬一下，甚至可以當著我的面擺出一臉得意洋洋。僅此一回，下不為例。

愛與XXXX的茱麗葉

---

31 斯威夫特（Jonathan Swift, 1667-1745）是愛爾蘭作家，以《格列佛遊記》最聞名。
32 一九四五到四六年，與猶太人大屠殺及戰爭罪行相關的德國軍民均在德國紐倫堡接受國際法庭審問裁決。

茉麗葉給席尼的電報

　　　　　　　　九月十一日，一九四六年
我已經可憐兮兮的了。今天下午在聖彼得港看見道西挽著芮咪一起買皮箱，兩人滿臉堆笑。是否為了他倆的蜜月？我好傻。都怪你。可憐的茉麗葉

　　　　伊蘇拉・裴比的偵探筆記
　　最高機密：請勿閱讀，連我死了也不行！

星期日
　　這本畫線的書是我朋友席尼・史塔克送的。昨天才郵寄過來。封面上印了「PENSÉES」的金字，可我把它擦掉了，因為那是法文「想法」的意思，但我只要寫下「事實」。用銳利的眼睛與耳朵蒐集的事實。一開始我對自己的期望不太多⋯⋯我得學習更加觀察入微才行。
　　以下是我今天的一些觀察。姬特很愛跟茉麗葉在一起：茉麗葉走進房間時，她看起來很平靜，而且不再背著人扮鬼臉。現在她也會扭動自己的耳朵⋯⋯茉麗葉來之前她還不會。
　　我的朋友席尼要來看王爾德的信。這回他住茉麗葉家，因為她把伊麗莎白的儲藏室清乾淨了，還替他擺了張床。

看見黛芙妮‧波斯特在佛瑞先生的榆樹底下挖了一個洞。她每次都趁沒有月亮的時候挖洞。我想我們應該一起去幫她買個銀茶壺，這樣她才會停止挖洞，晚上乖乖在家待著。

星期一

　　泰勒太太的胳膊長了疹子。是什麼或誰傳染給她的？番茄或她丈夫？深入詳查。

星期二

　　今天沒有值得記的。

星期三

　　今天也沒有。

星期四

　　芮咪今天來看我，把她那些法國來信上面的郵票送給我，它們的顏色比英國郵票來得鮮豔，所以我把它們貼起來。她有封信放在有小紙窗的棕色信封裡，是法國政府寄來的。這是她接到的第四封；他們要她幹嘛呀？去查查。

　　今天我確實開始觀察到什麼事情……在撒爾先生的攤位後面，可他們看見我就停下了。沒關係，艾班星期六要辦海灘野餐，所以我肯定有的是機會觀察。

我在讀一本書，有關畫家和他們如何打量想要畫的東西。比方說想專心畫一顆柳橙，他們會直接研究那顆柳橙的形狀嗎？不，才不是。他們擺布自己的眼睛，盯著旁邊的香蕉，或是上下顛倒從兩腿中間看過去。他們用全新的方式去看，這叫透視法。所以我也要嘗試新的觀看方式，不是上下顛倒從我兩腿中間看，而是不要直接看一樣東西或直勾勾望著前方。如果把眼皮拉低一點，我就可以偷偷滾動眼珠。多多練習這招!!!

星期五

　　有效……不要直勾勾望著前方有效。我和道西、茉麗葉、芮咪與姬特坐上道西的貨車，到機場去接親愛的席尼。

　　我的觀察如下：茉麗葉摟著席尼，他好像哥哥一樣抱她轉圈。他很高興認識芮咪，我看得出他斜眼觀察她，跟我一樣。道西握握席尼的手，可是我們去茉麗葉家吃蘋果蛋糕的時候他沒進屋。蛋糕中間有點塌了，不過味道很好。

　　我上床前非得點些眼藥水不可；斜著眼睛看人好累，眼睛老是半開半閉也弄得我的眼皮好痛。

星期六

　　芮咪、姬特、茉麗葉與我到海灘上撿今天晚上野餐要用的木柴。阿米莉亞也到屋外曬太陽。她看起來精神好多了，真高興看見她這樣。道西、席尼與伊萊合力把艾班的大鐵鍋抬到海

邊。道西對席尼總是親切有禮，席尼對道西也是盡可能和藹可親，不過他盯著道西的神情像是很好奇的模樣。為什麼呢？

芮咪丟下木柴，走過去同艾班說話，然後他拍拍她的肩。為什麼？艾班從來不太拍人的。接著他們又聊了一會兒，可惜我聽不見。

到了回家吃午餐的時間，伊萊跑去海灘撿破爛。茉麗葉與席尼兩人各自拉起姬特的一隻手，帶著她走上懸崖小徑，玩起「一步。兩步。三步……起飛！」的遊戲。

道西目送他們走上小徑，可他沒有跟過去。沒有，他走到岸邊，然後就站在那兒眺望海水。我突然想到道西是個好寂寞的人。我猜說不定他向來就寂寞，但他以前並不在意，現在卻在意了。為什麼呢？

星期六晚上

野餐時我確實看見一件事，一件重要的事：我必須像親愛的馬波小姐一樣採取行動。這天晚上天氣清冷，天空看來悶悶的。但這樣也好，我們全都把毛衣與外套緊緊裹在身上大吃龍蝦，一邊大聲嘲笑布克。他站在一塊岩石上發表演說，假裝是他為之瘋狂的那個羅馬人。我真替布克擔心，他得另外讀一本書才行。我想我會把珍·奧斯汀借給他讀。

我和席尼、姬特、茉麗葉與阿米莉亞坐在營火旁邊，我眼觀四方，耳聽八方。我們用棍子往火裡戳的時候，道西與芮咪

並肩朝艾班與龍蝦鍋走過來。芮咪對艾班說悄悄話,他微微一笑,隨即撿起他的大湯杓敲著鍋子。

「大家注意聽了,」艾班吆喝,「有事情要告訴大家。」

大夥安靜下來,除了茱麗葉以外,她倒抽好大一口氣,連我都聽見了。那口氣她一直沒有吐出來,而且變得渾身硬邦邦……連牙關都咬得死緊。會是哪裡不對呢?我自個兒得過盲腸炎,所以我好擔心她,擔心得聽漏了艾班說的開頭幾個字。

「……所以今晚是為芮咪辦的歡送會。下週二她就要離開我們,去巴黎的新家了。她將與朋友同住,而且要跟著名的糕點師傅拉爾吉.歐樂莫拜師學藝。她答應將來會回到根西島,而且我與伊萊的家就是她的第二個家,因此我們都要為她的好運感到高興。」

大家掌聲如雷,為她歡呼!每個人都跑到芮咪身邊把她團團圍住,恭喜她。只除了茱麗葉,她終於緩緩吁氣,然後往後倒在沙灘上,活像是身中魚叉的魚!

我四下張望,心想我應該好好觀察道西才是。他完全沒有繞著芮咪打轉,可他看來好傷心哪。突然間,我想到了!我搞懂了!道西不希望芮咪離開,他怕她再也不會回來。他愛上芮咪了,但是個性太害羞的他不敢告訴她。

喔,我敢。我可以把他的愛意告訴她,既然她是法國人,肯定知道接下來該怎麼辦。她會讓他知道,她很樂意接受他的追求,然後他們可以結婚,她就不用大老遠跑去巴黎生活了。

我沒有想像力真是一大福氣,這樣才能清清楚楚看見未來。

席尼來到茱麗葉面前用腳踢她。「感覺好些了?」他問,茱麗葉說是,所以我不再擔心她了。後來他陪她過去向芮咪道喜。姬特已經在我腿上睡著,所以我待在營火旁邊沒動,心裡仔細盤算著。

芮咪就像大多數的法國女人一樣實際。不管她願不願意改變計畫,在那之前,她八成想要看看道西對她有意的證據。我得找出她需要的證據才行。

過了一會兒,酒瓶打開且敬酒之後,我走到道西面前說:「道西,我發現你的廚房地板髒了。我想過去幫你刷乾淨。星期一可以嗎?」

他看來有點意外,但他說好。「這是我提早送你的耶誕禮物,」我說,「所以你絕不可以付錢給我。替我把門開著。」

事情安排好之後,我才向大家道晚安。

星期日

我已經訂好明天的計畫。好緊張。

我要打掃、洗刷道西的房子,隨時留意他對芮咪懷有愛意的證據。也許是搓成紙團、丟進字紙簍的一首詩〈給芮咪的頌歌〉?或是塗滿她名字的雜貨購物單?道西喜歡芮咪的證據一定(或幾乎一定)攤在人人能見到的地方。馬波小姐從不到處窺探,所以我也不會……我才不做破壞門鎖的事。

可是一旦我交出他對芮咪鍾情的證據，芮咪週二早上就不會坐上往巴黎的飛機。她知道該怎麼辦，到時道西就快樂了。

星期一全天：
嚴重的大錯誤，歡樂的一夜

我太早醒了，不得不跟我的母雞到處閒蕩，一直晃到道西出門去大宅上工的時候。然後我抄小路到他家農場，查看每根樹幹上有沒有心型鑿痕。沒有。

道西既然不在家，我手拿拖把、水桶、抹布從後門進去。我掃地、刷地、撢灰、打蠟兩個鐘頭，什麼也沒發現。正要開始感到絕望時，我想到書……他書架上的書。我開始一本本拿起來撢灰，可是沒有紙頭掉出來。過了好久，我才忽然看見那本關於蘭姆一生的紅色小書。這書怎麼在這裡？我明明看見他把它放在伊萊刻的寶盒裡，那是伊萊送給他的生日禮物。可是如果紅色小書放在書架上，那寶盒裡又放了什麼？寶盒在哪兒呢？我敲敲牆壁，到處都沒聽見空空的聲音。我把手臂伸進他的麵粉桶裡，除了麵粉，啥也沒有。他會不會放穀倉裡？讓老鼠吃掉？絕不會。還剩下哪裡？他的床，在他床底下！

我跑進他臥房，在床底下東摸西摸，終於把那寶盒拉出來了。我掀開盒蓋望了一眼。啥也沒看見，於是我不得不把東西全都倒在床上，還是啥也沒有：沒有一張芮咪的字條，沒有一張她的照片，沒有《亂世佳人》的票根，但我知道他帶她去看

過那部電影。他把它們怎麼了？沒有一角繡了「R」的手帕。
確實有一條手帕沒錯，但那是茱麗葉的香水手帕，上面還繡了
「J」的字樣。他想必是忘記還給她了。裡面還有其他東西，
但就是沒有一樣是芮咪的。

　　我把東西全放回盒子裡，再把床鋪拉整齊。我的任務失敗
了！芮咪明天就要上飛機，道西也會繼續寂寞下去。我心痛地
收起我的拖把和水桶。

　　看見阿米莉亞與姬特的時候，我正垂頭喪氣走回家；她們
要去賞鳥，問我要不要一塊兒去。可我知道就算是鳥的歌聲也
讓我開心不起來。

　　但我想茱麗葉可以逗我開心，通常都會。我不逗留太久打
擾她寫作，不過搞不好她會請我進門喝杯咖啡。席尼今天早上
走了，說不定她也覺得好像失去親人似的。我匆匆上路，趕往
她家。

　　我看見茱麗葉在家，書桌上攤著文件，可她啥事也沒做，
只是坐在那裡盯著窗外發呆。

　　「伊蘇拉！」她說，「剛巧我需要有人陪！」她正要站起
來的時候，瞥見我的拖把和水桶。「你來幫我打掃房子？算了
吧，快過來跟我喝杯咖啡。」

　　然後她仔細打量我的臉，又說：「有什麼不對嗎？你是不
是生病了？快過來坐下。」

　　我破碎的心靈禁不住她親切問候，於是我……我承認……

我開始放聲痛哭。我說：「不，不是，我沒有生病。我失敗了……我的任務失敗了。現在道西會繼續不快樂下去。」

茱麗葉拉我過去坐在她沙發上。她拍拍我的手。我哭的時候向來都會打嗝，所以她跑去幫我拿一杯水，那是她萬無一失的偏方：你用兩根大拇指捏緊鼻子，請朋友把一杯水倒進你喉嚨裡別流出來，等你快要淹死的時候再用力踩腳。這招每次都管用……奇蹟出現，不打嗝了。

「現在告訴我，你的任務是什麼？為什麼你覺得失敗？」

所以我全跟她說了，我覺得道西愛上芮咪，所以我故意幫他清理屋子、尋找證據。要是我能找到任何東西的話，就會告訴芮咪他愛她，那麼她就想留下來……說不準甚至會承認是她先愛上他的，那事情更好辦了。

「他好害羞，茱麗葉，他一直都是……我想從來沒有人愛上他，他也從來沒愛上過誰，所以他不知道該怎麼辦。他那種人可能只會把小東西藏起來，一個字也不對人說。我為他感到絕望，真的。」

茱麗葉說：「伊蘇拉，許多男人不留小東西的。不想留著做紀念。那也不見得代表什麼。你究竟在找什麼呀？」

「證據，好像馬波小姐那樣。可是沒找到，連她一張相片也沒有。你和姬特的合照好多，還有幾張你的獨照，包括你裹著蕾絲窗簾當死新娘那張，你還以為你弄丟了。我知道芮咪在收容所的時候他給她寫過信，她也一定回了信，可是沒有，連

一封芮咪的信也沒有，甚至沒有她的手帕……噢，他找到一條你的手帕。你可能會想跟他要回來，很漂亮的。」

茱麗葉站起來走到書桌前面。她在那兒站了一會兒，然後隨手拿起一塊水晶細細研究著，那上頭蝕刻著拉丁文「把握今天」之類字樣。

「把握今天，」她說，「真是激勵人心的想法，伊蘇拉，不是嗎？」

「大概是吧，」我說，「如果你喜歡讓一塊石頭刺激你的話。」

緊跟著茱麗葉真是令我大吃一驚，她轉身看著我，對我嫣然一笑，就是讓我一見到她就好喜歡的那種甜甜的笑。「道西在哪裡？大宅那邊是不是？」

見我點頭，她立刻衝出大門，奔向通往大宅的車道。

噢，茱麗葉太棒了，她要去跟道西說，說她對他如此逃避與芮咪之間的感情有什麼看法。

馬波小姐從不到處亂跑，她緩緩尾隨在後，因為她是位老太太。所以我也依樣畫葫蘆。等我走到的時候，茱麗葉已經邁進大宅。

我輕手輕腳走上陽台，身子緊緊貼住圖書室旁邊的牆壁。落地窗是敞開的。

我聽見茱麗葉打開圖書室的門。「各位早安。」她說。我聽見泰迪（他是泥水匠）與契斯特（他是木工）說：「早安，

艾許登小姐。」

道西說：「哈囉，茉麗葉。」他人在大摺梯頂上，我是後來聽見他下梯子好大聲的時候才發現的。

茉麗葉說她有話想跟道西說，大家可不可以借她幾分鐘。

他們說當然可以便離開了。道西說：「茉麗葉，出了什麼事？姬特還好嗎？」

「姬特很好。是我……我有件事想問你。」

喔，我想，她要告訴他說別那麼娘娘腔，說他一定要振作起來，馬上跑去向芮咪求婚才是。

可她沒有。她說的是：「你要不要娶我？」

我好想當場死掉。

好安靜，徹底的安靜。什麼聲音也沒有！而且那安靜一直持續下去，沒有一個字，沒有一點聲音。

可是茉麗葉不為所動，她又開口了，聲音穩穩的。而我，我連一口氣也吸不到肺裡。

「我愛上你了，所以我想問問看。」

就在那當兒，道西，親愛的道西咒罵一聲。他無助地呼喚上帝。「上帝，我當然要。」他大聲說，然後劈里啪啦匆匆走下摺梯，只是他的腳跟踢到梯階，他的腳踝就是這樣拐到的。

雖然誘惑不小，我還是謹守分寸，沒有往房間裡窺視。我等待著。裡面沒有一點聲響，於是我回家思索。

如果我無法正確判斷事情，那麼訓練好眼力又有啥用？我

全搞錯了。每件事情都搞錯了。結果是皆大歡喜，太歡喜了，可是一點不必感謝我。我沒有馬波小姐那種洞悉人心的能力。很悲哀，不過趁現在承認最好。

威廉爵士告訴我，英國有摩托車比賽……比速度，如果騎在凹凸不平的路面又不摔倒的話，可以得到銀盃。也許我應該訓練那個。我已經有摩托車了，現在我只需要一頂頭盔……或許還要護目鏡。

這會兒我要請姬特過來吃晚餐與過夜，這樣茱麗葉與道西才能自由自在散步在灌木林中……像達西先生與伊莉莎白・班奈特那樣。

茱麗葉給席尼的信

九月十七日，一九四六年

親愛的席尼：

很抱歉你得掉頭回來再穿越海峽一次，可是我需要你出席……我的婚禮。我把握住今天了……還有今晚。你星期日能來阿米莉亞的後花園擔任我的家長、把我嫁出去嗎？艾班當男儐相，伊蘇拉當女儐相（她為此場合正在製作一件禮服），姬特負責拋撒玫瑰花瓣。

道西是新郎。

你驚訝嗎？可能不會……我卻是驚訝極了。最近幾天我一直處於驚訝狀態。其實現在算起來，我才許下終身一整天，感覺竟像是我的一生都在最後這二十四小時內形成。你想想！我們很可能永遠這麼彼此渴望，卻依然假裝互不在乎。如果任憑這種矜持掌控一切，很可能毀了你的人生啊。

　　這麼快結婚是否很不得體？我不想等了，我想立刻開始。我一生都以為男女主角訂婚的時候，故事就該結束，畢竟珍·奧斯汀覺得這樣夠好的話，任何人也該覺得夠好了。不過那是騙人的。故事即將開始，而每天都將是一段嶄新的情節。也許我下一本書要寫一對迷人的新婚夫婦，以及他們朝夕相處以來對彼此的各項發現。訂婚對我寫作的正面影響有沒有讓你印象深刻？

　　道西已經從大宅過來我這兒了，眼前他需要我最密切的關注。他那眾人吹噓的羞澀已經完全蒸發，我想那是為了激起我憐惜的一項招數。

　　　　　　　　　　　　　　　　　　　　愛你的茱麗葉

　　又：我今天在聖彼得港遇到阿德雷德·艾狄森。她趁著恭喜我的機會說：「聽說你和那位養豬人就要把你們的關係合法化了。讚美上帝！」

感 謝

當初撒下這本書的種子純屬意外。我為研究另一本書旅行到英國,在那裡得知德國曾經占據海峽群島。我一時興起飛到根西島,匆匆目睹該島的歷史與美景,深深為之著迷。那次的造訪誕生了這本書,雖然其間已經相隔許多年。

可惜書無法從作者的額頭完整地迸出來。本書需要多年的研究與寫作,最重要的是我丈夫迪克·薛芙(Dick Shaffer)和女兒莉茲(Liz)與茉根(Morgan)的耐心支持,是他們告訴我,他們從不懷疑我會完成這本書,我自己倒沒那麼有信心。除了相信我能寫完之外,他們也堅持要我坐在電腦前面打字,本書能夠從無到有,靠的就是這兩股力量在後面不斷驅策。

家人的支持之外,外面還有更大一批支持者。首先也最重要的就是我的作家朋友莎拉·洛伊斯特(Sara Loyster)與茱莉亞·波比(Julia Poppy)。她們百般要求、半騙半哄地讀過初稿到五稿的每一個字,若是沒有她們,本書真的寫不出來。帕特·艾莉戈尼(Pat Arrigoni)的熱切與編輯專業也為本書寫作之初提供莫大協助。我姊姊辛妮依循一輩子的習慣,不斷慫恿我努力寫作,這回我衷心感激她。

感謝麗莎·朱魯(Lisa Drew)將我的手稿交給我的經紀人萊莎·道森(Liza Dawson),她將仁慈、耐心、編輯智慧與出

版技術結合在一起的能力，達到我無法相信的程度。她的同事安娜‧奧斯翁傑（Anna Olswanger）更提供許多精采的構想。也多謝她們，我的手稿終於有幸來到了不起的編輯蘇珊‧卡彌兒（Susan Kamil）桌上，她不但充滿智慧，更有深刻的人道關懷。同時我也感謝茜德勒‧克勞福（Chandler Crawford），她先將本書攜至英國的布倫斯貝瑞出版公司，然後把它變為全球現象，賣出十個國家的版權。

我必須特別謝謝我的外甥女安妮，在我剛剛賣出本書手稿不久，因為出乎意料的健康因素，我的工作不得不中斷。她慨然允諾代為完成，而且連眼睛也沒眨一下，就把手邊寫的書放下，捲起袖子進行我的手稿。我很幸運家族中有位像她一樣的作家，這本書若沒有她也無法寫就。

我希望這些人物與他們的故事，至少能讓人稍稍了解德軍占領時期海峽群島人民的痛苦與力量。我也希望我的書能闡明我的信念，那就是對藝術的愛好，無論是詩詞、故事、繪畫、雕刻或音樂，終使人們得以跨越人類發明的任何障礙。

瑪麗‧安‧薛芙
二〇〇七年十二月

我很幸運能夠參與本書。這本書結合我阿姨瑪麗·安一生的故事，以及蘇珊·卡彌兒的編輯智慧。蘇珊懷抱願景的力量是成就本書的關鍵，我能與她共事感到無比幸運。我也向她非常寶貴的助理編輯諾亞·耶克（Noah Eaker）致敬。

感謝布倫斯貝瑞出版公司的一組人員。亞麗珊卓·普林戈（Alexandra Pringle）是耐心與好脾氣的典範，她也提供了如何稱呼公爵子孫的資訊。我尤其感謝能夠優雅對待各種難題的瑪莉·摩里斯（Marry Morris），以及不可思議的安東妮亞·堤爾（Antonia Till），沒有她的話，書中的英國人物將身穿長褲、開旅行車、吃著糖果。而在根西島上，根西博物館藝廊的琳恩·艾許登（Lynne Ashton）與克萊兒·歐吉爾（Clare Ogier）最為幫忙。

最後我要特別感謝萊莎·道森讓一切變為可能。

安妮·貝蘿絲
二〇〇七年十二月

真愛收信中
（原書名：親愛的茱麗葉）

作者／瑪麗・安・薛芙（Mary Ann Shaffer）& 安妮・貝蘿絲（Annie Barrows）
譯者／趙永芬

責任編輯／王心瑩、陳懿文
編輯協力／林孜懃
封面設計／羅心梅
內頁編排、設計／陳春惠
行銷企劃／鍾曼靈
出版一部總編輯暨總監／王明雪

發行人／王榮文
出版發行／遠流出版事業股份有限公司
臺北市南昌路 2 段 81 號 6 樓
郵撥／ 0189456-1　電話／ 2392-6899　傳真／ 2392-6658
著作權顧問／蕭雄淋律師
2009 年 5 月 1 日　初版一刷
2018 年 5 月 5 日　二版一刷

定價／新台幣 320 元（缺頁或破損的書，請寄回更換）
有著作權・侵害必究　Printed in Taiwan
ISBN 978-957-32-8274-7

YL▶■■遠流博識網 http://www.ylib.com　E-mail: ylib@ylib.com
遠流粉絲團　https://www.facebook.com/ylibfans

國家圖書館出版品預行編目 (CIP) 資料

真愛收信中／瑪麗·安·薛芙（Mary Ann Shaffer），
　安妮·貝蘿絲（Annie Barrows）著；趙永芬譯.
　-- 二版 . -- 臺北市 : 遠流 , 2018.05
　　面 ；　公分
　　譯自 : The guernsey literary and potato peel pie
society
　　ISBN 978-957-32-8274-7（平裝）

874.57　　　　　　　　　　　　　　107005619